CAROL HIGGINS CLARK

D1375953

Bien frappé

ROMAN TRADUIT DE L'AMÉRICAIN PAR JEAN-MICHEL DULAC

ALBIN MICHEL

Titre original :

ICED

BIEN FRAPPÉ

Fille de Mary Higgins Clark, Carol Higgins Clark est à la fois écrivain et comédienne. Elle a joué au théâtre, au cinéma et à la télévision. Elle est l'auteur de trois romans : *Par-dessus bord*, *L'Accroc* et *Bien frappé*. Elle vit à New York et à Los Angeles.

Paru dans Le Livre de Poche :

PAR-DESSUS BORD

L'ACCROC

*Pour mes neveux et nièces, par ordre
d'entrée en scène : Elizabeth, Andrew,
Courtney, David, Justin et Jerry.
Avec toute mon affection.*

« Je suis moins un pêcheur qu'une victime des péchés d'autrui. »

WILLIAM SHAKESPEARE
(Sentiment partagé
par un certain Eben Bean)

PROLOGUE

Vail, Colorado

Vendredi 23 décembre

Judd ralentit avant de s'engager dans la voie privée menant à la maison Bonnell.

— Nous sommes presque arrivés, dit-il à Willeen, sa complice dans le crime et sa partenaire en amour.

Il était 14 h 55. Les sommets encapuchonnés de nuages laissaient présager une nouvelle chute de neige, pour la plus grande joie des skieurs venus passer leurs vacances à Vail. Judd lançait autour de lui des regards vigilants : au moment de commettre un délit, ses nerfs tendus vibraient toujours comme des cordes de violon. Cette fois, pourtant, le coup avait été préparé avec tant de soin et de précautions qu'il devait se dérouler sans problème.

Judd avait pris contact avec M. Bonnell en usurpant le nom d'un marchand de tableaux à la réputation au-dessus de tout soupçon. M. Bonnell avait été trop heureux de l'inviter à venir voir de près la toile de Beasley qu'il mettait en vente pour deux millions de dollars.

— Maintenant, n'oublie pas, dit Judd à Willeen pendant qu'ils approchaient de la luxueuse résidence. En principe, la bonne est partie à treize heures. Prépare quand même ta bombe de gaz au cas où il y aurait quelqu'un d'autre.

— Elle est prête.

Pour le cas, improbable, où M. Bonnell aurait surveillé leur arrivée par la fenêtre, ils arboraient des perruques poivre et sel que complétaient des sourcils de même nuance. Willeen dénaturait son irrésistible sex-appeal par le port de lunettes aux verres plus épais que des culs de bouteille et Judd dissimulait ses traits derrière des lunettes noires.

Après avoir garé leur anonyme berline grise devant le perron de manière à pouvoir opérer une retraite rapide, ils gravirent les marches et appuyèrent sur la sonnette.

Pas de réponse.

Un vent mordant forçait Willeen à battre la semelle pour éviter de grelotter.

— Je parie que Claude a encore tout fait foirer, dit-elle avec impatience.

— Claude ne fait jamais rien foirer, gronda Judd, agacé. Tu m'as entendu téléphoner à Bonnell il y a moins d'une heure. Il m'a lui-même confirmé le rendez-vous.

Judd fixait des yeux la poignée de la porte quand il se rendit compte que le vantail était légèrement entrebâillé. Il le poussa, la porte s'ouvrit sans bruit. Par réflexe, Judd prit dans sa poche sa propre bombe de gaz.

— Allons-y, souffla-t-il.

Le seuil franchi, Willeen lui montra un panneau électrique : le voyant vert allumé indiquait que le système d'alarme n'était pas branché.

Ils firent quelques pas dans le vestibule.

— Tu devrais peut-être appeler..., commença Willeen.

Elle s'interrompit : des grognements assourdis émanaient du placard de droite, suivis de coups de poing assénés sur la porte avec une force qui ne pouvait être due qu'à l'énergie du désespoir.

Un affreux soupçon envahit le cerveau de Judd, pour qui la délinquance était une seconde nature. Le plan communiqué par Claude indiquait que le tableau se trouvait au-dessus de la cheminée du salon, à droite du vestibule.

Un gémissement lui échappa :

— Non, pitié, non ! Pas ça...

Willeen sur ses talons, il s'élança, contourna un canapé, évita de justesse une table basse, freina des quatre fers devant la cheminée et se risqua enfin à lever les yeux. De grosses larmes d'enfant embuèrent alors ses lentilles de contact, accessoires d'un déguisement désormais sans objet.

Certes, le lourd cadre doré était toujours en place ; mais il pendait là, inutile, dépouillé de sa raison d'être qui consistait à mettre en valeur un chef-d'œuvre de l'art. Au lieu de rehausser la toile de Beasley représentant la gare de Vail au XIXe siècle, il ne servait que de repoussoir aux blocs gris et rébarbatifs de la cheminée de granit.

— Et voilà, ça recommence ! s'écria judd dans un sanglot. Cette ordure de Coyote nous a encore coiffés au poteau !

1

Aspen, Colorado

Samedi 24 décembre

Eben Bean adorait skier. Le caractère magique de la glisse lui donnait un exaltant sentiment de liberté — sentiment précieux pour un homme qui, comme lui, avait passé cinq ans sous les verrous. Les pistes d'Aspen, avec leurs grandioses panoramas sur les montagnes Rocheuses, le spectacle permanent de la nature dans toute sa gloire, lui faisaient du bien à l'âme. Ces vastes horizons rétablissaient aussi l'équilibre de son système nerveux, durement éprouvé par une vision du monde limitée à ce qu'il voyait de la couchette inférieure d'une minuscule cellule. Le châlit avait eu beau supporter sans faiblir le poids de dizaines de repris de justice, Eben n'avait jamais pu vaincre la crainte lancinante de finir aplati sous son corpulent compagnon de l'étage supérieur.

> *Quand je m'abandonne au sommeil,*
> *Que Dieu veuille emporter mon âme*
> *Sans me damner comme un infâme*
> *Si on m'écrabouille au réveil,*

avait-il dévotement prié chaque soir durant ce déplorable hiatus dans ses cinquante-six années d'existence.

Depuis son élargissement, Eben vouait au grand air un amour immodéré en toutes saisons. Du moment qu'une clôture ne dressait pas autour de lui ses lugubres grillages, ni le vent ni la pluie ni la nuit la plus noire n'altéraient son sourire. Sortir les poubelles était même pour lui une récréation — mieux, une récompense.

Bien entendu, ce n'était pas parce qu'il aimait le ski qu'Eben était un champion — il se débrouillait même plutôt mal. Pas plus tard que la semaine précédente, incapable de contrôler ses skis, il avait coupé la trajectoire d'une vacancière. Pour éviter la collision, elle avait tenté une manœuvre désespérée qui s'était terminée par une mauvaise chute et une double fracture de la jambe. Tandis que les secouristes sanglaient sur une luge la victime de son incompétence, Eben avait feint de ne pas entendre les propos injurieux dont la malheureuse l'accablait. Elle n'a pas tort, se disait-il. Et puis, il est malsain de refouler sa colère.

Voulant se faire pardonner, il avait appris par une infirmière que son superbe poinsettia, qu'il s'était donné la peine de choisir et de porter lui-même à l'hôpital, avait fini au panier à l'instant où la destinatrice avait lu son nom sur la carte. Sincèrement, il la comprenait. Passer six semaines sur un lit d'hôpital avec une jambe en traction n'avait rien de folichon.

Pour moi, en tout cas, la semaine s'annonce bien, pensa Eben à la fin de sa première descente de l'après-midi. Celle-ci lui avait pris plus longtemps que d'habitude, car il s'était arrêté pour manger un morceau chez Bonnie. Toujours bondé, ce restaurant-cafétéria à mi-pente était un des rares endroits au monde où l'on voyait des célébrités faire la queue au comptoir comme tout un chacun, leur plateau à la main. Eben s'était attablé à la terrasse au milieu d'une foule de gens en fuseaux, anoraks et lunettes noires de chez les meilleurs faiseurs, qui venaient se restaurer à seule fin de voir et d'être vus.

Seul dans son coin, Eben se sentait quelque peu dédaigné de ses semblables. Ce soir, en revanche, je serai le héros de la grande réception, se disait-il en guise de consolation. Bon, d'accord, on me regardera parce que je serai costumé en Père Noël... Pourtant, ce déguisement le libérait. Plus il faisait l'imbécile, plus on le trouvait drôle — comme quand il dansait autour de la pièce et balançait sa hotte en braillant des Ho ! ho ! ho ! tonitruants.

Un 24 décembre, tout le monde est de bonne humeur, ou presque. Partout, les gens font assaut d'amabilité. Pas de meilleur moment que Noël pour conclure une trêve, quelle que soit la religion qu'on pratique. Mmouais... Je me demande comment réagirait la dame à la jambe cassée si je lui offrais une guirlande de houx. Mal, sans doute, conclut-il. Sur quoi, Eben planta ses bâtons dans la neige et se propulsa avec la légèreté d'un plantigrade en direction des télécabines.

Skis sur l'épaule, il prit place dans la file d'attente. Cette remontée, la seule où l'on devait déchausser ses skis, était équipée de nacelles à six places. L'ascension durait près d'un quart d'heure, pendant lequel les passagers liaient conversation, tendaient l'oreille à celle des autres ou admiraient en silence la beauté du paysage.

Une nacelle vide s'arrêta devant lui. Eben se rendit alors compte qu'il était le dernier de la file et qu'il serait seul jusqu'au sommet. Il était tard, les gens se hâtaient déjà vers leurs cocktails ou leurs jacuzzis avant de se préparer pour la soirée. Beaucoup assisteraient peut-être à la grande réception où son entrée ferait sensation.

Eben fourra ses planches dans le porte-skis et se hissa tant bien que mal sur la banquette. Il avait toujours peur que la nacelle redémarre sans lui laisser le temps de s'installer, que la secousse le fasse tomber et qu'on doive tout arrêter en attendant qu'il se relève. Il avait subi cette humiliation plus souvent qu'à son tour au télésiège, où il fallait se dégager prestement à l'arrivée. Comme la pente était forte, il s'était plus d'une fois étalé à plat ventre. Un jour, un machiniste excédé lui avait suggéré d'aller plutôt skier sur la piste des débutants : « Au moins, Eben, ce serait à ta portée. — Oui, bon, chacun est libre de faire ce qu'il veut », avait bougonné Eben en s'éloignant. Et puis, il aimait bien faire halte chez Bonnie à l'heure du déjeuner.

Ayant pour une fois l'occasion de prendre ses aises, il s'étala de côté sur la banquette. Ainsi, il pouvait en même temps voir les skieurs dévaler la piste au-dessus de lui et admirer, au-dessous, le charmant village d'Aspen et les châlets chapeautés de neige disséminés au creux de la vallée. Quand la nacelle était pleine, on manquait la moitié du spectacle.

Au fond, je n'ai pas la mauvaise vie, se dit Eben en écoutant le crissement des câbles et les sifflements du vent. Jusqu'à sa sortie de prison cinq ans auparavant, il n'aurait jamais cru pouvoir s'adapter à une existence honnête. Passé maître dans l'art subtil de s'approprier les bijoux d'autrui, il avait accumulé les triomphes — jusqu'à ce funeste banquet officiel au Plaza où l'une de ses victimes était — mais comment l'aurait-il su ? — l'épouse du chef de la police de New York. Engagé comme extra par le Syndicat des serveurs sur la foi de fausses pièces d'identité, Eben ramassait les assiettes sales tout en exerçant sa véritable profession. Une Rolex en or et un pendentif de rubis, dissimulés dans les vestiges poisseux d'un banana-split, témoignaient déjà de sa sûreté de main quand les choses s'étaient sérieusement gâtées.

Il apprendrait par la suite — trop tard, hélas ! — que le chef de la police, doué d'une mémoire photographique, l'avait repéré et le surveillait depuis le début. Son arrestation immédiate suscita les exclamations de stupeur des dîneurs et l'amère déception de l'invité d'honneur, qui entamait à peine la huitième page de sa brève allocution. Les convives, jusque-là plongés dans la léthargie, avaient profité du tohu-bohu pour mettre fin à leur martyre et se ruer vers les vestiaires. Nombre d'entre eux avaient quand même eu la décence de manifester leur gratitude par un salut ou un clin d'œil à l'infortuné Eben, menottes aux poignets.

Hébergé aux frais de l'Etat pendant les cinq années suivantes, Eben avait eu tout loisir de faire un retour sur lui-même. Il volait des bijoux depuis l'âge de seize ans. Avoir joui pendant près de trente ans d'une existence paisible et prospère, record dont peu de ses confrères pouvaient s'enorgueillir, constituait à coup sûr une consolation. Son séjour forcé dans les geôles de l'Etat de New York l'en avait néanmoins dégoûté à jamais.

Lorsque, le jour de sa sortie, il avait reçu pour tout viatique un maigre chèque accompagné d'un complet mal coupé, il avait éprouvé un bref regret pour les amis qu'il s'était fait derrière les barreaux. La veille, ils avaient improvisé dans la salle de télévision une petite fête en son honneur. En hommage à ses exploits, la femme de l'un d'eux avait même confectionné un gâteau garni de montres et de bijoux en plastique. Et tandis que l'assistance entonnait un vibrant *Ce n'est qu'un au revoir !*, Eben avait ravalé l'émotion qui lui nouait la gorge afin d'exprimer ses remerciements : « Vous êtes la seule famille que j'aie jamais eue, avait-il conclu, mais je ne n'ai quand même aucune envie de revenir ici. »

Du temps de sa splendeur, Eben ne se refusait rien et se logeait volontiers dans de luxueuses résidences. A sa sortie de prison, il s'était rendu compte que les fruits d'un honnête labeur ne lui permettraient plus de s'offrir un tel faste. C'est en feuilletant avec découragement les pages d'une revue de décoration que la solution idéale lui était venue à l'esprit : chacune des somptueuses propriétés dont il voyait les images était, selon toute vraisemblance, pourvue de gardiens. Les piscines et les pièces d'eau agrémentées de fontaines nécessitaient un entretien constant ; les gazons veloutés devaient être tondus et ratissés ; les parcs aux majestueuses allées dégagés de la neige afin que limousines et voitures de sport y circulent en toute sécurité.

Maintes fois, Eben s'était plu à explorer une demeure dont il avait débranché le système d'alarme tandis que, dans son logement au-dessus du garage, le gardien buvait de la bière en regardant un match de catch à la télévision. Le meilleur moyen de se rapprocher du standing auquel il était accoutumé consistait donc à exercer lui-même le métier de gardien. Quant aux méthodes traditionnelles, le mariage avec une riche héritière par exemple, Eben n'avait pas encore eu l'occasion de rencontrer de candidates satisfaisantes.

Son physique insignifiant avait constitué un précieux atout dans la conduite de ses activités délictueuses. Taille moyenne, cheveux châtains, yeux marron, absence de signes particuliers — un cauchemar pour les policiers chargés de composer un portrait-robot ! Il lui suffisait de quelques accessoires élémentaires, lunettes avec ou sans monture, lentilles de contact colorées, perruques de teintes variées, pour échapper aux plus fins limiers. Il devait désormais à l'âge et à la liberté retrouvée une amorce d'embonpoint ; s'il n'en tirait pas gloire, au moins n'avait-il plus à se soucier de devoir la dissimuler par quelque artifice.

A l'école, il avait remporté la médaille d'honneur de comédie pour son rôle de roi mage dans le spectacle de Noël puis, par une ironie du sort, pour celui du Roublard dans une adaptation d'*Oliver Twist*. Le trop zélé metteur en scène n'aurait jamais dû faire appel à un prestidigitateur pour m'enseigner son tour de main, s'était souvent dit Eben par la suite. Avec une telle formation, subtiliser portefeuilles et bijoux sous le nez des gens était devenu un jeu d'enfant. Après son arrestation, Eben n'avait eu l'occasion d'exercer ses talents d'acteur qu'en incarnant le Père Noël une fois par an au bénéfice des enfants de prisonniers.

Et c'est ce qui m'a amené là où je suis aujourd'hui, pensait-il en observant le paysage du haut de son perchoir mobile. Les pistes, grouillantes de skieurs quelques instants auparavant, étaient presque désertes. Le vent rameutait des nuages qui commençaient à crever, les sommets avoisinants disparaissaient déjà derrière un épais rideau de flocons. Parfait, se dit Eben en fredonnant gaiement, au moins il n'y aura pas d'embouteillages.

Il débarqua de la nacelle, empoigna ses skis, se dirigea d'un pas lourd vers le départ de la piste. Après avoir serré ses fixations, il mit des lunettes pour se protéger les yeux de la neige et du vent. Un de ces jours, je serai champion de ski, se promit-il. En attendant, personne ne me gênera et je ne risquerai pas de casser une jambe à quelqu'un.

Eben se lança dans la descente en adoptant la technique dite du chasse-neige, la moins périlleuse sinon la plus rapide, sans cesser de se répéter les principes de la méthode *Le Ski pour les nuls*. Il la connaissait par cœur pour en avoir visionné plus de cent fois la cassette vidéo dans le confort douillet du chalet des Wood, dont il était le gardien permanent. Quelle chance d'avoir décroché ce job !

Travailler pour des personnalités en vue telles que Sam et Kendra Wood chatouillait agréablement son amour-propre. Les Wood, qui venaient rarement dans leur résidence d'Aspen, devaient arriver le lendemain pour les fêtes de fin d'année avec leurs invités, Nora Reilly, célèbre auteur de romans policiers, et son mari Luke. Eben avait déjà préparé la maison. Il ne lui restait qu'à débarrasser ses affaires de la chambre d'amis où il s'installait quand il était seul. Eben aimait le confort et, tout compte fait, cela ne causait de tort à personne. Son logement au-dessus du garage n'avait rien d'un taudis, bien sûr, mais il y avait des courants d'air quand le vent soufflait ; il ne disposait pas non plus d'une télé grand écran ni d'une moquette moelleuse ni d'un jacuzzi dans la salle de bains. Eben prenait toujours soin de laisser la chambre d'amis dans un état impeccable quand il devait en décamper. Certes, il était ravi de voir arriver la famille Wood, qui lui était très sympathique, il n'en appréciait pas moins le confort du grand lit double et l'agrément du chauffe-serviettes électrique, dont l'usufruit ne lui reviendrait qu'une fois que les Wood auraient bouclé leurs valises et repris le chemin de New York. Mais après tout, se disait-il avec philosophie, la vie est faite de compromis.

Eben était si fier de son opulente demeure qu'il n'avait pu s'empêcher d'en faire étalage la veille au soir. Je n'aurais pas dû les amener à la maison, se reprocha-t-il en rattrapant de justesse un dérapage incontrôlé.

Il était sorti manger un hamburger et boire une bière au Red Onion, saloon rescapé de l'époque des mineurs. Eben en aimait l'ambiance détendue, le vieux bar de chêne et la collection de photos jaunies de ces temps historiques. Qui aurait pu prévoir qu'il tomberait sur Judd Schnulte ? Pour une surprise, c'en était une — sans parler du problème que cela risquait de soulever ! A l'exception de son ami Louis, nul à Aspen n'était au courant de ses démêlés avec la justice, secret qu'Eben entendait sauvegarder à tout prix.

Eben n'aurait pas dû s'inquiéter : Judd et lui avaient été tellement horrifiés de se reconnaître qu'on n'aurait su dire lequel des deux était le plus paniqué.

— Ma petite amie va revenir des toilettes dans

une minute. Elle ne sait pas que j'étais au placard, j'aimerais que ça continue, avait déclaré Judd d'un air supérieur.

— Cela restera notre petit secret, avait répondu Eben, agacé. J'essaie moi aussi de mener une vie honnête, figure-toi. J'ai la chance d'avoir un job en or parce que j'inspire confiance à mes employeurs. Pas question de le perdre.

Eben n'avait nul besoin d'être convaincu qu'il valait mieux qu'ils gardent pour eux le fait qu'ils aient lié connaissance dans un lieu à l'atmosphère... confinée. De même, il allait de soi qu'une bonne amie, si éprise ou si fidèle soit-elle, ne verrait pas d'un bon œil une telle révélation. Au fait, s'était-il demandé, pour quel motif Judd avait-il été mis à l'ombre ? Eben se creusait la cervelle quand la réponse lui revint, au moment même où la petite amie en question les rejoignait : Judd était spécialiste des œuvres d'art.

— Ah ! voilà Willeen, avait annoncé Judd en reposant sa bière. Willeen, je te présente mon ami Eben. On se connaît depuis un bon bout de temps, lui et moi.

Eben avait manifesté une désinvolture de bon aloi.

— Bonsoir, Willeen.

— Enchantée, Eben.

Willeen lui avait souri en gardant sa main un rien trop longtemps dans la sienne. Elle devait avoir une quarantaine d'années, avait estimé Eben qui la jugeait plutôt mignonne avec ses cheveux blonds, ses taches de son et sa moue mutine. Judd, lui, n'avait pas changé depuis leur dernière rencontre : beau brun aux yeux noirs, à peu près de la taille d'Eben, il méritait toujours malgré ses cinquante ans son surnom de M. Suave. Eben se souvenait aussi de sa langue bien pendue et de son humour à froid. Ces deux-là vont bien ensemble, se disait-il, même si Judd ne pratique pas une franchise scrupuleuse dans ses rapports semi-conjugaux.

— Alors, Eben, parle-nous de ton job en or.

Pour décrire ses fonctions, Eben s'était étendu avec complaisance sur le luxe de la demeure dont il était responsable. Puis, la première tournée de bière terminée, ils avaient tous trois pris place à une table et commandé le dîner. Euphorique, Eben s'était alors vanté de sa prochaine apparition en Père Noël au cours de la fameuse réception que donnaient tous les ans Yvonne et Lester Grant.

Willeen avait paru impressionnée.

— Vous allez chez les Grant ? avait-elle demandé.

— Mais oui ! avait fièrement confirmé Eben. Yvonne Grant invite les enfants de ses amis, la présence du Père Noël est donc indispensable. C'est amusant comme tout. Si seulement vous pouviez me voir en tenue !

— On aimerait beaucoup, avait déclaré Judd en riant. Le spectacle doit valoir le déplacement.

— C'est vrai... Quel dommage que nous ne soyons pas invités, avait soupiré Willeen avec une moue irrésistible à l'adresse d'Eben.

Ce dernier en était à sa troisième bière et baignait dans une euphorie croissante. Il avait pour principe de ne jamais faire entrer d'étrangers chez les Wood. Mais, après tout, on était l'avant-veille de Noël et il avait son costume dans sa chambre. Pour une fois...

— Venez à la maison boire un dernier verre. Les Wood n'arriveront que demain. De toute façon, ils n'y verraient sûrement pas d'inconvénient.

Là-dessus, Judd avait insisté pour payer l'addition et ils étaient sortis ensemble dans la nuit.

Maintenant, à la lumière du jour, Eben en éprouvait des remords. Bah ! se dit-il en ahanant dans la poudreuse. A quoi bon se tracasser ? Ce qui est fait est fait.

La neige tombait de plus en plus dense, les lunettes d'Eben se couvraient de buée. Un temps de

Noël idéal, tentait-il de se convaincre. Soulagé d'arriver enfin au bas de la piste, il se hâta vers sa voiture et sangla ses skis sur la galerie de toit, tout guilleret d'être bientôt rentré, de se faire un bon grog et de prendre un bain avant de se préparer pour la soirée.

Il ouvrait sa portière quand il s'entendit héler. Il se retourna et reconnut Judd qui courait à sa rencontre.

— Salut, Judd. Qu'est-ce qui se passe ?

— Willeen devait venir me chercher, répondit l'autre en haletant, mais elle n'a pas pu faire démarrer la voiture. Cela t'ennuierait de me conduire jusque chez nous ?

Eben dut prendre sur lui pour dissimuler son dépit.

— Non, bien sûr. Où es-tu installé, déjà ?

— Juste à la sortie de la ville. Ce n'est pas loin, on y sera en cinq minutes.

— D'accord, monte.

Ils bavardèrent amicalement tout en roulant dans la direction exactement opposée à celle du chalet des Wood. Eben jeta un coup d'œil inquiet à sa montre en espérant qu'ils seraient bientôt arrivés à destination. Il ne lui restait plus beaucoup de temps devant lui.

— Voilà, tourne à droite, dit enfin Judd.

La voiture s'engagea sur un chemin de terre au bout duquel se profilait une vieille ferme du début du siècle.

— Aurais-tu perdu le goût des appartements modernes ? s'enquit Eben en freinant devant le perron.

— Willeen a un faible pour les maisons pittoresques dans des endroits tranquilles. Entre donc boire un verre.

Sans savoir pourquoi, Eben se sentit soudain mal à l'aise.

— Merci, Judd, je n'ai pas le temps. Je t'ai dit que

je dois faire le Père Noël ce soir, il faut que je me prépare.

C'est alors que Judd sortit de sous sa veste un pistolet qu'il braqua sur la tête d'Eben.

— Ne te tracasse pas pour le Père Noël. De toute façon, personne n'y croit. Et maintenant, entre.

Eben vit sa vie entière se dérouler devant ses yeux. Il regrettait amèrement de n'avoir pas obéi ce matin-là à son instinct, qui lui enjoignait d'enlever ses affaires de la chambre d'amis et de nettoyer la baignoire.

2

Summit, New Jersey

Samedi 24 décembre

Assise dans le canapé du salon de ses parents, une tasse de thé brûlant à la main, Regan Reilly se laissait hypnotiser par les lumières clignotantes de l'imposant arbre de Noël. Des paquets-cadeaux aux couleurs gaies s'amoncelaient artistement à son pied. Des guirlandes de cheveux d'ange scintillaient dans ses branches.

On ne se douterait jamais que cet arbre est faux, pensa Regan. On aurait peine à croire qu'elles sont fausses elles aussi, ajouta-t-elle en tournant son regard vers les flammes qui dansaient dans la cheminée. Pendues au linteau, trois chaussettes de feutre rouge brodées aux noms de Regan, Luke et Nora parachevaient ce touchant décor de fête familiale.

Cinq coups tintèrent à la grande horloge du vestibule. Où sont donc passés mon papa et ma maman ? se demanda Regan.

Son père, propriétaire de trois entreprises de pompes funèbres dans la région de Summit, New Jersey, était sorti faire des courses de dernière minute. Sa mère s'était rendue à New York afin de

25

se faire soigner une dent par le Dr Larry Ashkinazy, dentiste des stars et ami de la famille.

Quant à Regan, qui exerçait à Los Angeles la profession de détective privée, elle passait quelques jours chez ses parents avant de partir le lendemain avec eux pour Aspen. Elle comptait séjourner chez son ami Louis, qui y ouvrait un restaurant-auberge de standing.

Regan avait fait sa connaissance à Los Angeles trois ans auparavant, pendant un stage de circulation routière qu'ils subissaient l'un et l'autre après avoir été piégés par le même contrôle radar sur la Santa Monica Freeway. Plutôt que de perdre des points de leurs permis de conduire, ils avaient choisi l'option du stage de rattrapage. Dilettante par vocation, Louis avait connu des fortunes diverses. Cofondateur à l'époque d'une obscure chaîne de crêperies, il avait confié à Regan qu'il caressait le rêve de monter un jour son propre restaurant dans le Colorado. A cinquante ans, Louis réalisait enfin son ambition. Il avait vendu sa maison de Los Angeles, investi jusqu'à son dernier sou dans l'aventure et emprunté ou mendié le complément. Son établissement, baptisé La Mine d'Argent, devait être inauguré en grande pompe le 29 décembre par un gala au bénéfice de l'Association pour la sauvegarde du passé historique d'Aspen.

Pendant que Regan logerait chez Louis, ses parents seraient les hôtes de leurs amis Wood. Sam était un éminent producteur de théâtre. Kendra, actrice de renom ayant eu la vedette d'un des télé-films de Nora, devait prochainement faire ses débuts à Broadway dans une production de son mari.

Regan reposa sa tasse vide et s'enveloppa dans le châle afghan drapé en permanence sur le dossier. Faute d'un bras plus accueillant, elle se blottissait contre celui du canapé quand le téléphone sonna. Elle décrocha l'appareil posé près d'elle sur la table

basse et s'efforça de prendre le ton joyeux qu'impo-
sait la période des fêtes.

— All-llô ! chantonna-t-elle.

— Regan ?

— Kit !

Kit était depuis dix ans l'une de ses meilleures
amies. Dans le cadre d'échanges universitaires inter-
nationaux, elles avaient passé une année ensemble
au collège Saint-Polycarpe d'Oxford, où leur amitié
s'était nouée dès le premier soir. Constatant d'un
commun accord que le rata du réfectoire était
impropre à l'alimentation humaine, elles avaient
abandonné leurs plateaux pour chercher en ville un
endroit moins barbare. Le rapport qualité-prix des
spaghettis bolognaise d'une cafétéria les avait
séduites au point qu'elles en avaient fait leur ordi-
naire jusqu'à la fin de leur séjour.

Regan se redressa dans le canapé.

— Tout va bien au royaume de l'assurance ?

— Pas trop mal. Avant d'aller dîner chez mes
parents, j'essaie de me mettre dans l'ambiance.

— Comment t'y prends-tu ?

Kit poussa un profond soupir :

— Eh bien... Pour commencer, j'ai acheté du gui.

— J'admire ton optimisme.

— Très drôle !... Tu sais au moins vers quoi nous
nous dirigeons tout droit ?

— Non. Vers quoi ?

— Le triangle des Bermudes. Et c'est mortel,
crois-moi.

— De quoi parles-tu ?

— Noël, le jour de l'an et la Saint-Valentin. Les
trois fêtes les plus déprimantes pour les femmes
seules. Auras-tu un cadeau à Noël, un rendez-vous
au jour de l'an, une fleur — je ne te parle pas d'un
bouquet — pour la Saint-Valentin ?

Regan ne put s'empêcher de rire.

— J'ai l'impression que le 15 février, mon score
sera de zéro dans les trois cas.

— Pourquoi ?

— C'est simple. Je regarde en ce moment les cadeaux sous l'arbre de Noël et je reconnais l'écriture de ma mère sur tous ceux qui me sont destinés. On devrait s'amuser, à Aspen, pour le jour de l'an, c'est vrai, mais je crains fort que ce ne soit du genre strictement collectif. Quant à la Saint-Valentin, je refuse d'y penser... Sérieusement, Kit, tu vas venir me rejoindre à Aspen, n'est-ce pas ?

— Mmm... oui, je crois.

— Pas de *je crois* ! Je sais que tu seras en congé la semaine prochaine.

— Oui, mais je ferais quand même mieux de rester au bureau, j'ai plein de choses à régler avant la fin de l'année...

— Ta compagnie dépose son bilan ?

— Bon, d'accord, répondit Kit en riant. J'ai vérifié les horaires des vols, je pourrai peut-être arriver vers le milieu de la semaine.

— Qu'est-ce que cela veut dire, *peut-être* ? Y aurait-il autre chose qui te retienne ?

— Euh... nnnon, dit Kit avec une hésitation marquée.

— Pas de cachotteries ! Tu as acheté du gui, il y a un garçon dans l'air. Oui ou non ?

— C'est-à-dire que... je suis sortie deux ou trois fois avec un type de mon club de gym. Il a l'air vraiment gentil. Je me disais que s'il me faisait signe pour le réveillon... Enfin, tu vois ce que je veux dire.

— Tu parles ! Et s'il ne t'invite pas à réveillonner, tu te retrouveras toute seule le 31 décembre en train de taper sur des casseroles sous ta touffe de gui pendant les douze coups de minuit.

— Je l'ai envisagé, c'est vrai.

Regan entendit cliqueter dans l'écouteur.

— Une seconde, Kit, on appelle sur la ligne. Allô ?

— Ma chérie ? C'est moi.

— Louis ? Attends, je suis justement avec Kit.

Elle le voyait comme si elle y était, qui tenait l'appareil d'une main et se lissait les cheveux de l'autre en rabattant une mèche rebelle derrière l'oreille.

— Kit viendra-t-elle, au moins ?

— Je l'espère. Ne quitte pas, je reviens. Kit ? dit-elle en basculant l'interrupteur. J'ai Louis au bout du fil, je te rappelle dans cinq minutes.

— Je ne bouge pas.

Regan revint en ligne avec Louis, qu'elle entendit crier des ordres à la cantonade.

— Louis ! Allô, Louis !

— Me voilà, ma chérie. Nous sommes tous un peu survoltés en ce moment, tu comprends.

— Tant mieux. C'est merveilleux, non ?

Regan connaissait l'importance que Louis attachait à ces derniers préparatifs. Le succès de son restaurant, donc sa fortune ou sa ruine, dépendrait de la satisfaction de la clientèle pendant les fêtes de fin d'année et de la réussite du gala du 29 décembre.

— Peut-être, ma chérie, peut-être, dit-il d'un ton dubitatif. Mais ne fais pas attention, je suis à bout de nerfs. Je voulais juste m'assurer que tu arriveras bien demain soir. Quand je pense que ce sera déjà Noël ! C'est affolant.

— Je serai là, sois tranquille. Mes parents et moi partons demain dans l'avion des Wood...

— Attends, Regan, ne quitte pas. Qu'est-ce qui brûle ? l'entendit-elle hurler. Sortez le pain du four, bon sang !

— Je vois que tu es débordé, je ferais mieux de te laisser, dit-elle en se retenant d'éclater de rire. Nous devons dîner demain soir chez Kendra, je te verrai après.

— Auras-tu envie qu'on te prépare de bons petits plats spéciaux pendant ton séjour, ma chérie ?

— Ce que tu voudras, c'est toujours bon chez toi. Ah ! si, une chose.

— Quoi donc ?

— J'adore le pain tout juste sorti du four.

Louis marmonna quelque chose qui sonna aux oreilles de Regan comme une grosse obscénité et lui raccrocha au nez.

3

New York

Samedi 24 décembre

— Allez-vous me faire mal, Larry ? s'enquit Nora
Reilly.

Le visage couvert d'un masque qui lui envoyait
dans les narines du protoxyde d'azote censé pacifier
les centres de la douleur nichés dans son cerveau,
elle parlait avec peine.

Penché sur elle, le Dr Larry Ashkinazy était armé
d'un instrument qui ressemblait furieusement à une
pince à ongles.

— Ce ne sera pas long, Nora. Une vilaine carie...
Je vais un peu augmenter le débit de gaz.

— Il faut que je sorte d'ici sur mes deux jambes !
protesta Nora qui se sentait déjà planer.

— Pas de problème, Nora, je vous arrangerai cela
en un tournemain. Après, je pars en vacances.

Il fit gicler un liquide sur la dent incriminée. Nora
gardait les yeux fixés sur les cartes de vœux accrochées aux stores vénitiens. Dehors, derrière la vitre,
il commençait à neiger. On devinait sur le trottoir de
Central Park South des silhouettes qui se hâtaient
de faire leurs derniers achats de Noël. Dans son état
d'euphorie avancée, Nora se demandait sans réelle

inquiétude comment elle réussirait à regagner le New Jersey en voiture. Le protoxyde d'azote est efficace, se disait-elle, mais je préférerais quand même être chez moi avec un bon lait de poule.

La vision de Larry qui s'emparait de la roulette lui fit fermer les yeux. L'aspect de cet engin était déjà pénible, mais le bruit ! Rien que son sifflement suraigu vous donnait des jambes en coton — sans parler du fait qu'il couvrait la musique douce et apaisante que Larry prenait soin de diffuser en permanence dans son cabinet.

Tandis qu'elle aspirait des bouffées de gaz anesthésiant, Nora se demandait si elle avait la berlue ou si la cassette diffusait la même musique depuis qu'elle avait pris place dans le fauteuil. A la réflexion, elle avait aussi l'impression d'entendre toujours le même air à chaque fois qu'elle venait. Elle le connaissait mais n'arrivait pas à se rappeler le titre. Tout se brouillait dans sa tête.

— Voilà ! C'est fini, déclara fièrement Larry. Envoyez l'oxygène pur, ajouta-t-il à l'adresse de son assistante.

Nora s'essuya les lèvres. Flossie, l'assistante de Larry, lui tendit un gobelet de carton contenant tout juste assez d'eau pour noyer une fourmi. Nora se rinça la bouche et recracha une eau mouchetée de débris de plombage, aussitôt aspirés par le maelström miniature du crachoir.

— Merci de m'avoir reçue aujourd'hui, Larry. Je n'aurais pas pu partir en vacances avec une dent dans cet état.

Larry s'absorbait dans la mise à jour de son dossier.

— Pour vous, Nora, je ferais n'importe quoi, répondit-il. Heureusement que Flossie a pu se libérer.

Nora meubla son oisiveté forcée en le regardant tracer sur le papier des signes cabalistiques. A quarante-deux ans, Larry était ce qu'il est convenu d'appeler un beau garçon aux cheveux et aux yeux noirs. De fréquentes escapades vers des lieux tels que South Beach à Miami entretenaient son bronzage trois cent soixante jours par an, voire davantage. Il profitait pleinement de son statut de séduisant célibataire et n'entendait pas en changer de sitôt.

— Je suis ravi que Regan vous accompagne à Aspen, dit-il en refermant le dossier. Elle s'amusera beaucoup. Il y a toujours tant de types seuls là-bas qu'une fille ne pourrait pas s'y ennuyer, même si elle avait la tête de Lassie.

— Ma fille ne ressemble pas à Lassie ! protesta Nora avec un gargouillement étouffé.

— Je sais, c'est bien pourquoi elle s'amusera comme une folle. Je lui indiquerai les meilleurs endroits. Dites-lui qu'elle me fasse signe à mon hôtel, ajouta-t-il en griffonnant quelques mots sur une carte de visite. Joyeux Noël, Nora.

Il accompagna ses vœux d'un rapide baiser sur la joue et sortit du cabinet. A peine dans le couloir, on l'entendit parler à toute allure au magnétophone de poche dont il ne se séparait jamais.

Nora sentit que sa tête commençait à émerger du brouillard et se dit qu'il était temps de se mettre en route. Larry rentra alors qu'elle essayait de se lever.

— Flossie ! Inscrivez un rendez-vous pour Mme Reilly vers la mi-janvier. Maintenant que tout va bien, je pars.

— Si vous voulez, je peux vous déposer quelque part, proposa Nora d'une voix encore pâteuse.

— Je crois qu'il vaudrait mieux vous redonner d'abord un peu d'oxygène, dit Larry en riant. Où que vous alliez, autant y arriver en un seul morceau.

Nora se laissa retomber dans le fauteuil et ferma les yeux. Il y a toujours tant d'agitation à cette époque de l'année, pensa-t-elle. Cela nous fera du bien de changer d'air à Aspen et de nous détendre chez Kendra. Regan sera là elle aussi. Luke et moi pourrons nous laisser vivre sans arrière-pensée jusqu'à la fin des vacances.

Pourtant, au fin fond de son esprit encore embrumé, Nora prévoyait confusément que les choses ne se passeraient pas ainsi. D'habitude, elle se consolait de ce genre de pressentiments en se disant que si les événements tournaient mal, elle pourrait toujours en tirer profit et s'en servir dans un de ses romans policiers...

La voix de Larry interrompit ses réflexions :

— Je parie que ce séjour à Aspen vous procurera des tas de bonnes idées, Nora.

— C'est justement ce dont j'ai peur, Larry.

Sur quoi, elle avala une grande bouffée d'oxygène.

4

Summit, New Jersey

Dimanche 25 décembre

— Regan, dépêche-toi ! cria Nora du bas de l'escalier. La voiture est là !

— J'essaie de faire tenir dans ma valise tout ce que le Père Noël m'a apporté ! Il a été généreux, cette année.

Assise sur le couvercle, Regan s'évertuait à manœuvrer la fermeture à glissière tout en refoulant les manches et les ourlets qui dépassaient. Un chemisier de soie sur le point d'être sauvagement déchiqueté échappa à une fin atroce.

— C'est plus meurtrier que des dents de requin, bougonna-t-elle après l'avoir sauvé de justesse.

La valise enfin bouclée, Regan se releva et jeta un dernier regard autour de sa chambre pour s'assurer qu'elle n'avait rien oublié. Des vestiges de son adolescence décoraient encore les murs. Ces posters bucoliques, une abeille butinant une fleur, une prairie couverte de rosée à l'aurore, un couple d'amoureux la main dans la main sur une plage, proclamaient un message d'amour et d'harmonie universels dans un monde apaisé.

— Quelles âneries ! grommela Regan. Rien n'est jamais si simple.

Elle se demanda pourquoi ni sa mère ni elle n'avaient pris la peine d'arracher ces fadaises. Nora s'était décidée depuis peu à enlever le panneau ENTREZ À VOS RISQUES ET PÉRILS ! punaisé sur la porte. Peut-être avait-elle laissé le reste dans l'espoir que les bons sentiments placardés sur les murs finiraient par influencer sa fille. Regan ne put retenir un sourire sarcastique. L'image du couple sur la plage, censée illustrer à l'époque la toute-puissance de l'amour, serait sans doute utilisée aujourd'hui dans une publicité pour des préservatifs multicolores.

— Au moins, cette chambre a le mérite de me rappeler de temps en temps l'optimisme de mes seize ans...

— Regan !

La voix de sa mère la ramena au présent, celui de sa trente et unième année.

— J'arrive !

Elle empoigna sa valise, la traîna dans le couloir sur ses roulettes et lui fit dévaler l'escalier avec fracas.

— Pourquoi ne m'as-tu jamais appris à faire une valise correctement ? demanda-t-elle au bas des marches.

— Tout est encore ma faute ! feignit de s'indigner Nora d'un air ulcéré.

— Mais non, Maman, répliqua Regan avec un regard éloquent aux bagages de sa mère, amoncelés en pyramide. Personne ne te l'a appris à toi non plus.

— Que veux-tu, dit Nora en riant, ma Nanny ne savait que fourrer ses affaires dans deux sacs à provisions.

— J'espère que l'avion pourra décoller avec tout ce poids mort, commenta Luke qui sortait de la chambre.

— A propos de poids mort, Papa, faut-il que nous

roulions en corbillard un jour comme aujourd'hui ?
A chaque fois, on nous lance des regards apitoyés,
c'est déprimant.

— Je ne dispose pas d'un autre véhicule capable
de loger tout ce fourbi, répondit-il sans rire.

Luke Reilly dominait les deux femmes du haut de
son mètre quatre-vingt-cinq. Sa chevelure argentée,
son expression empreinte d'une bonhomie ironique
lui conféraient ce que Nora aimait qualifier de
« faux airs de James Stewart ». Blonde, les traits
d'une finesse toute patricienne, Nora atteignait à
grand-peine le mètre soixante. Je me situe entre les
deux, pensa Regan. Elle dépassait de peu la taille de
sa mère et la nature l'avait dotée des teintes contrastées propres à certains Irlandais : cheveux très noirs,
yeux très bleus et une peau si blanche qu'elle risquait le coup de soleil en plein hiver à six heures du
matin.

— En tout cas, dit Regan en riant, nous pouvons
être tranquilles sur un point : on nous accusera de
bien des choses mais jamais d'être normaux.

— Ce serait d'un ennui, ma chérie ! s'exclama
Nora. D'ailleurs, personne n'est vraiment normal. Il
suffit de gratter un peu la surface.

— Le problème, en ce qui nous concerne, c'est
qu'il est inutile de gratter... Avouez que c'est quand
même bizarre d'arriver en fourgon mortuaire au
pied d'un jet privé.

— Kendra ne s'en formalisera pas, déclara Nora.
Elle trouvera même cela très drôle, j'en suis sûre.

Nora ferma la porte d'entrée à double tour. Luke
et elle montèrent à côté du chauffeur. Assise à
l'arrière au milieu des bagages, Regan ne put
s'empêcher d'évoquer le jour où elle serait installée
au même endroit, mais en position horizontale et les
yeux fermés pour de bon.

Trois quarts d'heure plus tard, après avoir écouté
à la radio le show « Spécial Noël » d'Imus, un DJ
réputé pour son humour ravageur, les Reilly arri-

vaient sur la piste de l'aéroport. Tout au long du trajet, les automobilistes effarés avaient vu passer un corbillard dont les passagers pleuraient de rire tandis que le chauffeur s'esclaffait en tapant sur son volant à grands coups de poing.

— Merci, Imus, murmura Regan en mettant pied à terre. Grâce à vos imitations de Père Noël en goguette, notre réputation de cinglés est mieux établie que jamais.

Kendra Wood les accueillit en haut de la passerelle.

— Joyeux Noël !

Sa chevelure rousse flamboyait, ses yeux vert émeraude pétillaient. Debout près d'elle, Sam arborait une chevelure neigeuse, des yeux bleu ciel et un sourire éblouissant. Ils avaient tous deux l'air de sortir d'une publicité pour la joie de vivre.

— Bienvenue à bord ! mugit Sam de sa voix de baryton. Content de vous voir, Regan.

— Merci de me prendre en avion-stop, répondit-elle avec un sourire.

— Vous avez votre carte d'embarquement ?

— Pardon ?

— Non, je plaisantais. En tout cas, ce voyage ne vous rapportera pas de bonus ni de kilomètres gratuits.

— Ce ne sera pas un sacrifice, au contraire.

Dans la cabine, les deux fils Wood — Greg, quatorze ans, et Patrick, quinze ans — jouaient à des jeux vidéo. Qu'ils ont l'air jeunes ! pensa Regan. Et aussi jolis garçons l'un que l'autre. Elle se demanda combien de filles de leur âge, le cœur brisé, contemplaient au même moment leurs photos et tentaient de se consoler par la récitation de poèmes romantiques décrivant les tortures de l'amour malheureux.

Les deux godelureaux la gratifièrent d'un sourire poli. Dieu, que je me sens vieille ! pensa Regan, ulcérée.

Kendra servait déjà le champagne à la ronde.

— Une coupe, Regan ?

— Volontiers, merci Kendra. Viendrez-vous au gala chez Louis ? Il tient beaucoup à votre présence.

— Nous sommes inscrits, intervint Sam. S'il y a une chose dont Aspen a le plus grand besoin, c'est bien d'une nouvelle boîte amusante. J'espère que Louis ne se cassera pas la figure.

— Si par malheur cela lui arrivait, il serait mûr pour l'asile de fous. Il ne s'en remettrait jamais, le pauvre.

— La restauration est une entreprise très risquée.

— Pas plus que de produire des pièces de théâtre à Broadway, commenta Kendra.

— Mon métier n'est peut-être pas des plus folichons, déclara Luke, mais il m'apporte au moins une satisfaction : c'est l'activité économique qui comporte le plus faible taux de faillites dans notre beau pays.

— Nous en sommes tous enchantés pour toi, mon chéri, le rassura Nora avec suavité.

— Sérieusement, intervint Kendra, Louis a de la chance d'avoir été choisi pour le gala de l'Association historique. La concurrence était féroce, paraît-il. Il a bien joué, pour se concilier les membres du comité.

— Louis souhaite sincèrement que son établissement joue un rôle dans la sauvegarde du caractère d'Aspen, précisa Regan.

— Qu'est-ce que tu racontes ? grommela Luke. On croirait entendre des fariboles du style *New Age*.

— Mais non, Papa, c'est vrai ! protesta Regan. Les gens veulent lutter contre l'urbanisation abusive qui dénature tant d'autres stations. Le succès d'Aspen les dépasse déjà, au point qu'ils ont du mal à lui conserver sa taille humaine de petite ville où tout le monde se connaît. Louis s'est engagé à exposer dans son restaurant les œuvres d'artistes locaux et il a également promis de patronner des réunions littéraires hebdomadaires.

Greg leva les yeux au ciel en bâillant. L'hydre du conflit des générations pointe son mufle hideux, pensa Regan.

— Et que feront-ils à ces réunions ? demanda Sam.

— Chacun lira un texte écrit pour l'occasion, une nouvelle, un poème. Ceux qui le voudront pourront aussi chanter en s'accompagnant à la guitare.

— Je resterai chez moi ces soirs-là, commenta Luke.

— Tu es impossible, Papa !

Regan tendit son verre à Kendra qui le lui remplit.

— Au fond, ce n'est rien d'autre qu'un retour aux cafés littéraires de jadis, observa Kendra avec enthousiasme. Vous devriez leur lire une de vos histoire, Nora. Vous les feriez mourir de peur.

Nora posa son verre, se racla la gorge, prit la pose de l'orateur et commença d'un ton lugubre :

— C'était par une sombre nuit d'orage...

— Le vent qui soufflait en rafales faisait crépiter la pluie contre les vitres, enchaîna Sam avec des ricanements diaboliques.

— Un coup de feu retentit..., poursuivit Nora.

— ... et je dus sortir affronter la tourmente pour aller au travail, conclut Luke.

Le rire de Kendra fusa avec une gaieté et une sincérité touchantes. Regan lui sourit, réjouie de la voir détendue. Elle savait par Nora qu'après avoir fait toute sa carrière d'actrice à la télévision, Kendra n'envisageait pas sans effroi, malgré son talent et son métier, de débuter sur les planches, à quarante-cinq ans.

Le pilote passa la tête par la porte du cockpit :

— Mesdames et messieurs, nous avons le feu vert

pour le décollage. N'oubliez pas d'attacher vos ceintures.

Chacun regagna docilement son siège.

— Prochain arrêt, Aspen, déclara Kendra. Et l'accueil toujours souriant d'Eben, notre charmant gardien.

5

Aspen, Colorado

Dimanche 25 décembre

Louis baignait dans un paroxysme de bien-être : pas une table libre pour le brunch de Noël !

Sur fond de noëls diffusés en sourdine par la stéréo, la salle bourdonnait comme une ruche. Les serveurs louvoyaient entre les tables, prenaient les commandes à la volée, remplissaient les verres ; les convives se lançaient des bisous à travers la pièce ; les enfants béaient devant leurs nouveaux jouets tout juste déballés. Dehors, une fine chute de neige parachevait cette atmosphère de fête.

Tout va bien, tout va très bien, se répétait Louis en lissant le revers de son smoking de velours rouge. Si seulement ce rythme se soutient jusqu'au grand gala de jeudi soir, je pourrai peut-être me permettre de souffler un peu.

Des mois durant, il avait vu avec angoisse les coûts réels dépasser le devis initial. Tel le lion poltron du *Magicien d'Oz*, il n'osait plus fermer l'œil tant il redoutait l'irruption des sorcières sur leurs manches à balai — sorcières qui empruntaient curieusement les traits de ses investisseurs.

La famille Grant occupait une des tables centrales. Membres éminents de la haute société d'Aspen, Yvonne et Lester Grant avaient donné la veille au soir leur grande réception annuelle, à laquelle les enfants de leurs amis étaient conviés à rencontrer le Père Noël, venu en personne distribuer les cadeaux. Louis vit Yvonne Grant lui faire signe et se hâta d'obtempérer.

C'était une belle jeune femme, dont le visage ne portait aucun des stigmates de fatigue si fréquents chez les mères de famille pendant les périodes de fêtes. Ce matin-là, Yvonne paraissait fraîche et dispose. Pas étonnant, se dit Louis. Elle n'a jamais dû laver une assiette de sa vie.

Elle le gratifia d'un sourire charmeur et posa sur sa manche de smoking une main chargée de bagues.

— Ah ! mon cher Louis, il faut absolument que j'appelle ma gardienne pour lui demander de préparer des tartes. J'avais oublié de lui dire que nous attendions encore quelques amis ce soir.

Louis s'empressa d'extraire de sa poche un téléphone cellulaire, accessoire de rigueur dans tout établissement qui se respecte. Il déploya l'antenne et tendit cérémonieusement l'appareil à sa distinguée cliente.

— Chère madame...

— Merci, Louis.

Yvonne pressa quelques touches, s'interrompit et se tourna vers son mari, la mine soucieuse :

— Chéri, quel est notre numéro, déjà ? Je le confonds toujours avec celui de la villa d'Hawaii.

Lester feuilleta son carnet d'adresses.

— Laisse-moi faire, dit-il en prenant l'appareil.

Il composa le numéro, rendit le téléphone à Yvonne qui le porta à son oreille. Pour meubler son attente, elle feignit de s'occuper de ses enfants.

— Josh, mon chéri, dit-elle à son fils de quatre ans, mange donc encore un peu.

— J'veux pas, répliqua le charmant bambin.

— Mais si, juste une petite bouchée pour maman.

— Non !

— Comme tu voudras, mon ange... Ah ! Bessie, vous voilà, enchaîna-t-elle. Vous avez mis longtemps à répondre... Quoi ?

Son sourire s'effaça, ses ravissants sourcils se froncèrent.

— Mais enfin, de quoi parlez-vous ? Attendez... Lester, le tableau de Guglione dans la bibliothèque, est-ce toi qui l'aurais déplacé ?

— Bien sûr que non. Pourquoi ?

— Bessie a constaté qu'il n'était plus là quand elle y est entrée il y a quelques minutes pour passer l'aspirateur, expliqua Yvonne à son mari avec une agitation croissante. Personne n'aurait dû aller dans cette pièce hier soir. Les enfants et leurs nurses étaient cantonnés au petit salon et nous autres entre le hall et le grand salon ! Qui aurait pu prendre ce tableau ? Avez-vous vu quelqu'un entrer hier soir à la bibliothèque ? demanda-t-elle aux enfants.

— Le Père Noël, répondit Josh. Il m'a demandé s'il y avait des cabinets à côté et je lui ai dit qu'il ne tiendrait pas parce qu'il était trop gros.

— Le Père Noël ? hurla Yvonne. C'est lui qui aurait volé ce tableau ? Mais où l'a-t-il emporté ?

— Il a dit qu'il rentrait au pôle Nord, que c'était loin et qu'il devait faire pipi avant de partir, l'informa sa fille Julie avec la logique de ses cinq ans.

Aux tables voisines, des regards intéressés se tournaient vers le théâtre du drame. Louis sentit une sueur froide lui ruisseler le long du dos. Qu'ai-je fait, mon Dieu, qu'ai-je fait ? se répéta-t-il avec angoisse.

L'avion entama son approche de l'aérodrome d'Aspen. Les yeux rivés au hublot, Regan admirait les Rocheuses enneigées, qui dominaient l'avion de leur masse et semblaient s'écarter devant lui, comme pour mieux l'accueillir dans la vallée.

— Regardez ces arbres ! s'exclama Nora en désignant d'un geste large les conifères alignés à perte de vue sur les flancs des montagnes.

— Super ! marmonna Greg d'un air blasé.

— Hyperchouette, renchérit Patrick sans lever les yeux de sa console.

— Ils me rappellent notre arbre de Noël, déclara Regan. N'est-ce pas, Maman ?

— Je l'ai remonté moi-même de la cave ! protesta Luke.

— Oui, en trois morceaux, précisa Regan. On entendait même les vis ballotter au fond de la boîte en carton.

— C'est l'idée qui compte, déclara Nora.

— La vue est merveilleuse, mais j'ai hâte d'être arrivée, observa Kendra. Ici, l'atterrissage m'inquiète toujours.

— Il faut dire que nous sommes très au-dessus du niveau de la mer, intervint Sam. Surtout pas d'efforts inutiles le premier jour, ajouta-t-il à l'adresse des Reilly. On a beau être en forme, le manque d'oxygène à cette altitude peut provoquer des problèmes — vertiges, évanouissements, crises cardiaques foudroyantes. Et ça, avant même d'avoir posé le pied sur les pistes.

— Sam, je t'en prie ! le rabroua Kendra.

— Pardon, ma chérie. De toute façon, je n'ai pas besoin de les mettre en garde, ils sont déjà des skieurs émérites.

— J'espère quand même qu'il y a une piste facile pour les débutants, avoua Nora.

— Vu d'ici, on n'en a pas l'impression, dit Regan. Mais sois tranquille, Maman, tu t'en tireras très bien.

— Depuis qu'elle s'est démis l'épaule sur une pente verglacée, Nora est un paquet de nerfs en hiver, expliqua Luke à la famille Wood.

— La pauvre ! s'exclama Kendra avec compassion. Dans quelle station était-ce ?

— Super-Reilly, l'informa Regan en riant. La pente en question était la rampe d'accès à notre garage.

Quelques minutes plus tard, l'appareil se posa au milieu d'une nuée d'autres avions privés. Eben brillant par son absence au pied de la passerelle, les passagers firent porter leurs bagages dans la petite aérogare.

Etonnée, Kendra regarda autour d'elle :

— C'est curieux, lui toujours si ponctuel...

— Une véritable horloge, renchérit Sam.

Kendra entra dans une cabine téléphonique, composa le numéro de la maison et consulta sa montre avec impatience.

— Je ne comprends pas, il est quatre heures et quart, il aurait dû être là... Ah ! je tombe sur le répondeur. Eben, ici Kendra. Nous sommes arrivés. Vous êtes sans doute déjà en route. Nous vous attendons devant l'aérogare.

— Eben sera ici d'une minute à l'autre, la rassura Sam. Ce garçon est une perle, précisa-t-il aux Reilly. Il entretient la maison mieux que si elle était à lui. Il est toujours souriant. Et bon cuisinier, avec ça. Il sait même servir à table quand nous avons un grand dîner. Il était serveur à un moment, paraît-il.

Regan s'abstint de tout commentaire. Elle connaissait par Louis la triste histoire du banquet au cours duquel Eben, affublé de la veste blanche de rigueur, avait tenté avec l'insuccès que l'on sait de subtiliser le collier de l'épouse du chef de la police.

Au bout d'un quart d'heure, Sam n'y tint plus.

— Inutile de nous entêter. Prenons des taxis.

Après avoir réparti les bagages au mieux dans deux voitures, Kendra s'engouffra dans l'une avec Regan, Nora et Luke tandis que Sam et les garçons montaient dans l'autre.

Pendant le trajet, Nora tourna constamment la

tête de gauche à droite et poussa des exclamations admiratives. Le crépuscule tombait, les lumières s'allumaient une à une.

— Je déborde toujours d'énergie quand j'arrive ici, dit Kendra. Il y a un je-ne-sais-quoi dans l'air...

Elle s'interrompit pour dire au chauffeur de tourner à droite. L'allée de la maison était bordée de pins et de mélèzes aux branches chargées de neige.

— Que c'est beau ! s'exclama Nora. On se croirait dans la forêt vierge à la création du monde !

Lorsque le chalet se profila enfin, Kendra ne put retenir un cri de stupeur. Tout était plongé dans l'obscurité. Aucun signe de vie, pas de lumière aux fenêtres.

— C'est incompréhensible ! J'espère qu'il ne lui est rien arrivé...

Elle sauta du taxi et courut vers la porte de service, les clefs à la main. Nora, Luke et Regan lui emboîtèrent le pas. Kendra manœuvra la serrure, poussa la porte.

— L'alarme n'est même pas branchée !

Mauvais signe, pensa Regan.

Cette porte donnait accès à l'espace cuisine-salle à manger. Kendra alluma la lumière. Seule la présence de vaisselle sale dans l'évier — un bol et une assiette ornés du nom « Eben » en grosses lettres orange — déparait l'ordre parfait qui régnait par ailleurs.

— Où a-t-il pu dénicher cela avec un nom aussi peu courant ? s'étonna Nora. Te souviens-tu, Regan, que tu pleurais quand tu étais petite parce qu'on ne trouvait jamais rien nulle part à ton nom, pas même une plaque de bicyclette ?...

— Maman, je t'en prie ! l'interrompit Regan, oppressée par de sombres pressentiments.

Kendra ouvrit le lave-vaisselle.

— Il est plein, déclara-t-elle. Il y en a pourtant un dans le logement du gardien...

Elle passa derrière le comptoir séparant la cuisine

de la salle à manger, manœuvra des interrupteurs. Un flot de lumière illumina le living.

Pétrifiée sur le seuil, Kendra poussa un cri d'horreur.

— Qu'y a-t-il ? s'enquit Regan d'une voix soudain enrouée.

Kendra pointa un index tremblant vers les murs nus, où l'on distinguait des rectangles plus clairs :

— Là... et là... et là... Mes tableaux ! gémit-elle. Mes beaux tableaux ! Tous disparus !

Regan s'efforça désespérément de retrouver le nom du saint spécialisé dans les causes désespérées. Pourvu que ce ne soit pas Eben, pria-t-elle avec ferveur, pourvu que ce ne soit pas Eben !

6

Avec un murmure de gourmandise, Ida Boyle ouvrit la porte du four où la dinde rôtissait. Elle se pencha et tisonna la bête à l'aide d'une fourchette dans l'espoir de récupérer quelques bribes de la farce, dorée et appétissante, dont l'aspect lui mettait l'eau à la bouche.

— Maman ! s'écria d'un ton de reproche sa fille Daisy, arrivée sans bruit derrière elle. Tu sais bien qu'on ne doit pas ouvrir le four pendant la cuisson.

— Je vérifie, ma chérie, ça ne peut pas faire de mal. J'ai fait rôtir des douzaines de dindes avant même que tu sois née et ton père les a toujours trouvées délicieuses. J'espère qu'on n'a pas mis trop d'oignon dans la farce, ajouta-t-elle en se redressant.

Daisy approcha une chaise de la table de la cuisine.

— Sois tranquille, ils avaleraient n'importe quoi... Viens t'asseoir, Maman. Tu es tout le temps debout.

Ida se laissa tomber sur le siège.

— Si je restais assise, je ne parviendrais plus à me relever. Tu pourrais peut-être me masser un peu le dos.

Masseuse de profession, experte à soulager les muscles froissés et endoloris des skieurs d'Aspen, Daisy posa les mains sur les épaules de sa mère et commença à les pétrir.

— Ça te fait du bien ? demanda-t-elle au bout d'un moment.

— Tu es sans pareille, ma Daisy. Pas étonnant que tu sois toujours débordée.

Arrivée à Aspen en 1967, à l'âge de dix-huit ans, Daisy en avait maintenant quarante-six. A l'époque, la réputation d'Aspen en tant que lieu où la liberté, sinon la licence, régnait sans partage, se répandait chez les hippies du nord au sud et d'est en ouest. A peine sortie de la *high school*, Daisy avait sauté dans sa Coccinelle Volkswagen rouge et traversé le pays vers ce paradis terrestre en compagnie de deux amies. Elles n'avaient pas l'intention de s'y fixer, tout au plus d'y passer l'été avant de gagner les horizons psychédéliques de la Californie, terre promise des *Flower Children*, où la fumée des herbes annonciatrices d'amour et de concorde universels embaumait l'atmosphère.

Toutefois, la rencontre de Buck Frasher à une manif pacifiste allait modifier les plans de Daisy. Ils s'étaient repérés de loin dans la foule car ils portaient le même collier. Cupidon décocha ses flèches séance tenante ; Buck rejoignit Daisy et ne la quitta plus. C'est d'un ringard ! se disait-elle parfois encore. Si on m'avait dit que je me marierais aussi jeune, je n'aurais jamais voulu le croire.

Quoi qu'il en soit, Buck et elle s'étaient établis à Aspen où, depuis, ils vivaient heureux sans penser à jeter un regard en arrière. L'hiver, Buck organisait des randonnées en motoneige et il travaillait l'été dans une entreprise de bâtiment. Daisy exerçait en toute saison son métier de masseuse à domicile dans les hôtels et chez les particuliers. Sa clientèle couvrait un vaste éventail, allant des stars de Hollywood aux simples quidams.

— Tu te sens mieux, maintenant ? demanda Daisy.

— Un peu, merci, répondit Ida.

Elle se palpa l'épaule sous la veste. Ida avait beau

travailler dans une teinturerie, ce tailleur de tergal marron, qu'elle portait avec un chemisier jaune pâle au col à ruché, était son préféré parce qu'il était lavable.

Septuagénaire pleine d'entrain au sourire bienveillant, Ida avait un visage avenant encadré de cheveux gris et orné de grosses lunettes. Quand des clients lui confiaient leurs vêtements tachés en exprimant la crainte de ne plus pouvoir les mettre, elle promettait que la maison ferait l'impossible et que si ces maudites taches se révélaient tenaces, eh bien, elles seraient soumises à un nouveau tour de machine sans supplément de prix. Lorsque, par malheur, ces louables efforts se révélaient infructueux, il incombait à Ida le pénible devoir d'agrafer sur l'article une étiquette orange, ce qui, Dieu merci, se produisait rarement.

Ida habitait l'Ohio mais venait tous les ans passer deux mois avec Daisy et sa famille. Elle avait tenu un pressing express à Colombus et cette expérience lui valait, pendant ses séjours à Aspen, un emploi à mi-temps chez un teinturier qui avait besoin d'un coup de main en haute saison. Ida en profitait pour garder sous le comptoir un cahier d'autographes qu'elle faisait signer par les célébrités qui venaient à la boutique. Elle adorait aussi fouiller dans les poches, avec le secret espoir d'y faire quelque découverte intéressante dont elle pourrait régaler ses amies à son retour dans l'Ohio, au printemps. Bien entendu, elle rendait scrupuleusement ses trouvailles à leurs propriétaires.

« Vous êtes tout yeux et tout oreilles », lui disait son patron d'un ton mi-figue, mi-raisin. Ida ne faisait pourtant rien qui puisse nuire à ses affaires. Elle n'avait même pas protesté quand il lui avait enjoint de ne plus apporter son appareil photo au magasin, sous prétexte que les vedettes en vacances à Aspen n'aimaient pas être photographiées en train de faire leurs courses comme le commun des mortels.

— Daisy ! Quand est-ce qu'on dîne ? voulut savoir Buck.

Barbu, jovial et corpulent, il jouait par terre dans le living avec Zenith, sept ans, et Serenity, six ans, les deux enfants du ménage, nées coup sur coup au bout de longues années d'une inexplicable infertilité. Preuve qu'il ne fallait jamais se décourager et que tout pouvait arriver quand on ne s'y attendait plus, déclarait Daisy à ses clientes anxieuses de n'être pas encore mères. Daisy et Buck avaient attribué à leur progéniture inespérée ces prénoms symboliques, en vogue au temps lointain de leur jeunesse, et choisis dans l'enthousiasme lorsqu'ils avaient décidé de croître et de multiplier selon les préceptes des Ecritures.

Buck vint prendre une branche de céleri dans le ravier des hors-d'œuvre posé sur le comptoir. Affairée devant l'évier, Daisy repoussa une mèche de ses longs cheveux châtains toujours en désordre.

— On mangera vers six heures, l'informa-t-elle.

Daisy n'avait pas beaucoup changé depuis son époque hippie. Elle n'aurait su que faire, disait-elle, des mousses, des laques et des trucs invraisemblables que les femmes se collaient sur la tête, sans parler du fait que les aérosols détruisaient la couche d'ozone.

Le téléphone sonna. Accoudé au comptoir, Buck décrocha.

— Joyeux Noël !

Scandalisée, Ida se tourna vers Daisy :

— Il ne devrait pas dire ça ! Et si c'était un juif ?

— Ne t'inquiète donc pas...

— « Joyeuses fêtes » serait plus correct, insista Ida.

Daisy fit signe à sa mère de se taire en voyant Buck prendre une expression soucieuse.

— Non, Kendra, je n'ai pas parlé à Eben depuis quelques jours, disait-il dans le combiné. Quand je l'ai vu vendredi pour la dernière fois, il voulait aller faire des courses ailleurs qu'ici, je ne sais plus où.

— Qui est cet Eben ? chuchota Ida.

— Un type qu'on connaît... Que se passe-t-il, Buck ?

Buck couvrit le combiné d'une main.

— Sam et Kendra Wood viennent d'arriver chez eux avec leurs enfants et des invités. Tous les tableaux ont disparu, Eben aussi, et il n'y a aucune trace d'effraction.

— Ça alors ! s'exclama Daisy.

— Kendra Wood est une très bonne actrice, observa Ida. Si ses invités sont des gens célèbres, j'aimerais bien leur demander des autographes.

7

Eben avait passé une nuit épouvantable — et la nuit de Noël, en plus ! C'était trop injuste, à la fin. Il n'aurait jamais dû faire confiance à cette crapule de M. Suave. Judd ne s'était d'ailleurs jamais montré particulièrement aimable à son égard pendant leur incarcération. Pourquoi ce soudain changement d'attitude la veille ? Si seulement j'avais eu deux sous de jugeote, je me serais méfié. Un loup ne se transforme pas en agneau du jour au lendemain.

Et la petite Willeen, si mignonne et si délicate ! Parlons-en, de cette garce ! Elle en avait eu, de la poigne, pour lui tordre les bras derrière le dos pendant que Judd lui passait les menottes ! Connaissant la dextérité d'Eben quand il s'agissait de piquer des bijoux, Judd lui avait aussi lié les poignets avec une corde en faisant des doubles nœuds dont David Copperfield lui-même aurait eu du mal à se libérer.

Eben avait peur, et le souvenir de son nid douillet lui faisait monter les larmes aux yeux. Même s'il sortait vivant de cette aventure, il ne retrouverait jamais son job en or, surtout maintenant que Kendra avait découvert qu'il profitait sans vergogne du luxe de la chambre d'amis et vivait dans la maison comme chez lui.

Ah, si seulement !... Eben savait pourtant qu'un des exercices les plus douloureux et les plus inutiles auxquels il puisse se livrer consistait à remâcher les

« si seulement » dont sa vie était émaillée. Il l'avait déjà pratiqué pendant ses interminables heures en prison. Son oisiveté forcée le poussait à recommencer. Si seulement il avait astiqué la baignoire ! Si seulement il possédait le don inné de gagner de l'argent ! Si seulement il était né dans une famille qui l'aurait accueilli avec joie au lieu de le rejeter ! Assez, se dit-il. Inutile de me torturer, je peux compter sur Judd et Willeen pour s'en charger.

Eben se roula sur le flanc. Le lit était dur, la couverture empestait comme si un gros chien baveux s'y était vautré des années. Personne ne me retrouvera jamais ici, pensa-t-il avec désespoir. Cette baraque est bien trop isolée...

La porte s'ouvrit. Willeen apparut sur le seuil, en fuseau noir et sweater multicolore.

— Vous passez un bon Noël, au moins ? demanda-t-elle, sarcastique.

— Je ne pouvais pas en rêver de meilleur.

— Nous non plus. Grâce à vous, on a plein de beaux cadeaux.

La veille au soir, ils avaient laissé Eben seul après l'avoir attaché aux montants du lit. Ils étaient revenus quelques heures plus tard, radieux et triomphants. Judd était encore costumé en Père Noël, son bonnet et sa fausse barbe à la main.

— Willeen vaut mieux à elle seule qu'un attelage de rennes, avait-il déclaré à Eben d'un ton plein de cordialité. Elle m'attendait dans la voiture pour veiller sur les jolis petits tableaux décrochés des murs de Kendra Wood. A la fin de la réception des Grant, je n'ai eu qu'à sauter dans mon traîneau.

Les salauds ! avait pensé Eben. Après avoir vidé la maison de Kendra, ils sont allés cambrioler les Grant. Et moi qui rêvais de paix et de bonne volonté sur terre...

Mais le pire, c'est qu'ils avaient aussi visité le logement d'Eben et s'étaient emparés de sa garde-robe. Ainsi, tout Aspen serait convaincu que c'était lui le coupable et qu'il avait pris la fuite. Quelle réputation on allait lui faire !

— Voulez-vous un petit casse-croûte ? s'enquit Willeen.

— Vous ne comptez pas m'empoisonner, au moins ? répliqua Eben avec un sourire crispé.

Il ne plaisantait qu'à moitié. S'il ignorait quel sort ils lui préparaient, il avait de bonnes raisons de s'inquiéter. Il en savait trop pour qu'ils puissent se permettre de le relâcher vivant.

— Je vais vous préparer quelque chose de bon, le rassura Willeen.

Un instant plus tard, Eben entendit la voix de Judd dans la pièce voisine :

— Le coup d'hier soir nous sauvera la mise, Willeen. Claude nous reprochera peut-être d'avoir laissé le Coyote nous prendre de vitesse pour le tableau de Vail, mais nous dépasserons largement notre quota après le gala de jeudi.

— Tu as raison, approuva-t-elle. A lui seul, le Beasley devrait nous tirer d'affaires.

Oh, mon Dieu ! se dit Eben, accablé. Judd et Willeen se préparent-ils à voler le Beasley de Geraldine Spoonfellow pendant le gala chez Louis ? La vieille dame était connue pour son intransigeance sur le respect de la loi et le maintien de l'ordre. S'il survenait quoi que ce soit à un de ses biens dans le restaurant de Louis, elle le ferait fermer sans hésiter et Louis serait ruiné. Il l'est peut-être déjà si on sait que c'est lui qui a recommandé à Kendra Wood d'engager un repris de justice. Les langues ne chôment sûrement pas d'un bout à l'autre de la vallée...

Eben se força à respirer calmement. Le vertige le gagnait, il se sentait détaché de la réalité comme s'il flottait au-dessus de son corps entravé. Trop c'est trop, se répétait-il. Ils vont me tuer, c'est sûr, mais pourquoi ne l'ont-ils pas déjà fait ? Sans doute parce qu'ils n'auraient su que faire de mon cadavre. Après avoir volé le tableau de Geraldine Spoonfellow, en revanche, ils auront hâte de quitter la ville et ne voudront pas plus s'embarrasser de moi que me laisser derrière eux pour tout raconter. Donc...

Au prix d'un effort, Eben parvint à interrompre le cours de ses pensées. Elles l'entraînaient vers de trop sinistres perspectives.

Voyons, se dit-il dans un sursaut d'optimisme, il me reste quand même jusqu'à jeudi. D'ici là, je dois pouvoir trouver le moyen de m'échapper d'ici.

Quelles vacances, Seigneur, quelles vacances !

8

Après le coup de téléphone de Kendra aux amis d'Eben, Buck et Daisy, les Reilly et les Wood explorèrent la maison en attendant l'arrivée de la police. Ce que Regan découvrit était fort inattendu. La situation lui rappela le conte de Boucle d'Or et des Trois Ours : Eben avait disparu mais on trouvait partout des traces de sa présence.

La visite commença par la chambre d'amis.

— On a couché dans ce lit, déclara Kendra d'une voix tremblante d'indignation.

Ainsi, non content de la dévaliser, son fidèle gardien faisait preuve d'un incroyable sans-gêne ! A l'évidence, Eben prenait ses aises : on voyait des manuels de ski éparpillés sur le lit, le téléviseur tourné de manière à être regardé commodément, les oreillers empilés juste comme il fallait, un tube de Vicks et une boîte de Kleenex posés à portée de la main sur la table de chevet.

— Eben aimait l'odeur du Vicks parce que c'était un de ses rares bons souvenirs de l'orphelinat, dit Kendra. Quand il était enrhumé, m'avait-il raconté, les inhalations qu'on lui infligeait lui donnaient l'impression d'être aimé.

— Si j'avais su, je lui en aurais acheté une caisse pour sa chambre, grommela Sam qui feuilletait d'un air dégoûté des magazines policiers empilés sur le canapé. J'aurais dû me méfier de lui.

— Il inspirait tellement confiance ! protesta Kendra. Il me disait qu'il voulait s'occuper d'une belle maison parce qu'il n'avait jamais eu la chance d'en avoir une dans son enfance. J'ai peine à croire qu'il ait pu faire une chose pareille.

Je vais être obligée de tout leur dire, pensa Regan, accablée. Eben lui avait été d'emblée sympathique quand elle avait fait sa connaissance, à Los Angeles, deux ans auparavant. Il travaillait alors pour Louis, qui dirigeait une modeste affaire de traiteur à domicile. Regan n'ignorait pas non plus qu'Eben avait passé cinq ans à l'ombre pour vol de bijoux. Pourtant, en apprenant que Louis l'avait recommandé à Kendra Wood, elle avait refusé d'écouter la voix intérieure qui l'incitait à informer Kendra du passé d'Eben. Maintenant, ses remords tardifs s'alourdissaient en proportion du nombre des tableaux volés.

— Que se passe-t-il ? lui chuchota Nora. Tu en fais, une tête ! On dirait que tu as vu un fantôme.

La sonnette de la porte d'entrée la dispensa de répondre. Kendra courut ouvrir et revint aussitôt, suivie de deux policiers en civil.

— Voici la chambre d'amis, leur expliqua-t-elle. Je ferais mieux de l'appeler celle du gardien, puisqu'il semble en avoir fait sa résidence habituelle.

— Il a bon goût, commenta le premier policier, qui se présenta sous le nom d'inspecteur Dennis Madden.

— Ma femme et moi sommes les prochains occupants, l'informa Luke. Notre prédécesseur était pressé de décamper.

L'autre représentant de la loi, une jeune femme mince entre vingt-cinq et trente ans, se tourna vers Kendra :

— Saviez-vous qu'il devait apparaître en Père Noël, hier soir, à la réception des Grant ?

— Je sais qu'il y était l'année dernière et que les Grant l'avaient de nouveau engagé cette année.

Eben aimait beaucoup jouer ce rôle, qu'il m'a dit avoir tenu quelques années auparavant dans des grands magasins. Pourquoi me le demandez-vous ? Il n'y est pas allé ?

— Hélas, si ! Ils ont constaté aujourd'hui qu'un tableau de Guglione a disparu de leur bibliothèque, répondit l'inspectrice en consultant ses notes. Nous avons interrogé les enfants Grant. Selon leurs déclarations, le Père Noël aurait utilisé les toilettes adjacentes à la bibliothèque sous prétexte, je cite, de « faire pipi avant de repartir pour le pôle Nord ». Sa besace était pleine quand il a quitté la maison. Personne d'autre n'avait pénétré dans la pièce.

— Oh, mon Dieu ! s'exclama Kendra. Yvonne est une de mes amies ! Ce tableau vaut une fortune ! Je ne peux pas croire qu'Eben ait fait une chose pareille.

— Que saviez-vous sur son compte quand vous l'avez engagé, madame ? s'enquit l'inspecteur Madden.

Kendra consulta Sam du regard avant de répondre :

— Nous avions fait paraître des annonces sans trouver de postulant qui nous convienne. C'est alors que Louis Altide, que nous avions rencontré à Los Angeles par l'intermédiaire de Regan, nous a recommandé Eben, qu'il disait connaître depuis des années. Louis est maintenant installé à Aspen, où il vient d'ouvrir La Mine d'Argent.

Regan prit une profonde inspiration. C'est maintenant ou jamais, se dit-elle. Ça passe ou ça casse...

— Kendra.

— Oui, Regan ?

— Il y a certaines choses que vous devriez savoir au sujet d'Eben. J'aurais dû vous en parler plus tôt, mais...

Tout le monde attendit la suite dans un silence attentif. Regan refréna à grand-peine une grimace et débita d'une seule traite :

— Eben a passé quelque temps en prison.

— Pour quel motif ? voulut savoir Kendra.

— Vol de bijoux.

Les mains de Nora et de Kendra bondirent d'elles-mêmes vers leurs colliers respectifs.

— Pourquoi n'as-tu rien dit plus tôt ? demanda Nora.

— Je l'ai appris après que Kendra et Sam l'eurent engagé. Eben était déjà installé ici. A ce stade, j'estimais qu'il aurait été malvenu de m'en mêler

— Si vous me l'aviez dit avant que je l'engage, j'aurais sans doute hésité, admit Kendra. Mais par la suite, j'étais si contente de lui que je ne l'aurais pas renvoyé. Eben, repris de justice ? ajouta-t-elle. Ça alors !...

— Pas étonnant qu'il n'ait jamais porté de vêtements rayés, marmonna Sam.

— Louis était-il au courant quand il me l'a recommandé ? enchaîna Kendra sans relever l'interruption.

Regan maîtrisa de justesse un grincement de dents.

— Euh... je n'en sais trop rien. Peut-être. J'ai connu Eben quand il travaillait pour Louis. Il était si serviable, si gentil. Il acceptait n'importe quel travail.

— En effet, observa Sam d'un ton amer. Nous ignorions simplement quels avantages en nature il s'attribuait, sans parler de ceux qu'il comptait s'approprier.

— Et moi qui voulais l'augmenter ! soupira Kendra. Vous avez raison, je n'ai jamais connu de personne plus serviable. J'ai regardé dans le réfrigérateur ; il avait déjà fait presque toutes les courses... A votre place, Regan, moi aussi je lui aurais donné sa chance, poursuivit-elle. Mais pour Louis, c'est une autre histoire ! A la manière dont il chantait ses louanges, on aurait cru qu'Eben était son frère.

Le calepin à la main, l'inspecteur Madden s'adressa à Regan :

— Quel est le nom complet de cet individu ? Est-ce sa véritable identité ? Où était-il incarcéré ?

— Dans l'Etat de New York. Quant à son identité, Eben Bean, je la crois réelle, mais je n'en suis pas sûre.

— Je dirai deux mots à ce Louis Altide, grommela Madden. Recommander un repris de justice ! On aura tout vu...

Pendant que l'inspecteur interrogeait les autres, Regan alla jeter un coup d'œil dans la salle de bains. Elle est plus grande que mon living, pensa-t-elle, ahurie. Décorée dans les tons abricot, elle comportait une immense baignoire pourvue d'un jacuzzi, une douche fermée par une porte en verre, une toilette séparée dans une alcôve, deux lavabos encastrés dans un long plan de toilette en marbre surmonté d'un miroir sur toute la hauteur de la pièce. La fenêtre offrait une vue imprenable sur les montagnes.

Regan remarqua sous le plan de toilette une paire de bottes noires garnies de clochettes posée sur une serviette de toilette verte. Elle s'en empara et revint dans la chambre.

— Regardez ! s'écria-t-elle. N'est-ce pas le genre de bottes qu'on porterait pour se déguiser en Père Noël ? Elles sont cirées, prêtes à servir. On y a même mis des clochettes. Mais je ne vois nulle part le reste de la tenue.

— Allons vérifier dans son logement, suggéra Sam.

L'inspecteur Webb ouvrit la penderie. Elle contenait un vieux peignoir d'homme en tissu-éponge accroché à une patère, quelques chemises jetées à terre en désordre, des cintres de travers sur la tringle.

— Voilà qui évoque un départ précipité, déclara-t-elle.

Quelqu'un d'aussi attaché à son tube de Vicks n'aurait pas oublié son peignoir, pensa aussitôt Regan. Un peignoir en tissu-éponge est pour beaucoup de gens comme un ours en peluche pour un enfant. On l'use jusqu'à la trame, on ne s'en sépare que contraint et forcé.

Les bras croisés, Nora observait pensivement la scène.

— En sortant de chez les Grant, il est peut-être revenu ici prendre ses affaires avant de s'enfuir.

— Non, dit Regan, le risque aurait été trop grand. Les Grant savaient qu'Eben était le Père Noël. S'ils s'étaient tout de suite aperçus de la disparition du tableau, c'est d'abord ici que les recherches auraient commencé.

— Très juste, madame, approuva l'inspecteur Madden.

J'ai horreur qu'on m'appelle madame, s'abstint de répliquer Regan.

— Tout semble indiquer qu'il a quitté les lieux de son plein gré. Soit. Il est quand même étrange qu'il ait négligé d'emporter ceci, dit-elle en brandissant les bottes.

— Les malfaiteurs trop pressés commettent souvent des erreurs, déclara Madden. Pour ma part, je ne porterais pas de clochettes si je voulais m'éclipser discrètement.

Regan avait les nerfs à vif. L'affaire comportait trop d'invraisemblances, trop de questions sans réponse. Elle devait découvrir ce qui s'était réellement passé. Quand elle avait rencontré Eben, en Californie, il avait évoqué devant elle son plaisir de devenir gardien : « Pensez donc, vivre dans une belle maison pendant que les propriétaires s'évertuent à gagner de quoi l'entretenir ! » Et lorsque Louis lui avait révélé le passé d'Eben et qu'elle avait émis des réserves sur le fait qu'il l'ait recommandé à Kendra, Louis lui avait répondu : « Ecoute, Regan, Eben me jure qu'il ne volerait même plus une salière dans un

restaurant et je le crois volontiers. La prison l'a trau-
matisé, il a la hantise d'y retourner. »

Alors, qu'est-ce qui aurait pu lui faire changer
d'avis à ce point ?

— Nous devrions aller voir dans le logement
d'Eben s'il n'a pas oublié autre chose, répéta Sam.

Ils sortirent par la porte de service et se dirigèrent
vers l'appartement au-dessus du garage. La porte de
l'escalier n'était pas fermée à clef. Ils montèrent en
file indienne, entrèrent dans le living, petit mais
plaisant, prolongé par une kitchenette. Sam ouvrit
la porte de la chambre.

— Le lit est impeccable. Il n'y a sans doute pas
couché depuis des mois, observa-t-il amèrement.

Le logement n'avait rien d'un taudis mais Regan
comprenait qu'Eben ait préféré la grande maison.
La pièce était exiguë, sommairement meublée, un
téléviseur portable était posé sur une chaise pliante
près du lit. Mais l'édredon en patchwork avait des
couleurs gaies et, de la fenêtre, la vue sur les
Rocheuses était superbe. Et quelle tranquillité !
pensa Regan. Combien de fois, dans son appartement du rez-de-chaussée, à Los Angeles, avait-elle
dû se gendarmer contre des passants qui bavar-
daient sous sa fenêtre en pleine nuit ou à six heures
du matin ! Ici, au moins, Eben ne subissait pas ce
genre de nuisances. L'endroit était idéal pour s'iso-
ler — un peu trop, peut-être ?...

Dans le placard-penderie, ils trouvèrent deux
sweaters sur une étagère, des chemises et des jeans
élimés pendus à des cintres. Par terre, deux paires
de chaussures qui avaient visiblement connu des
jours meilleurs.

— Il ne reste plus grand-chose là-dedans, dit
Sam. Pas de costume de Père Noël non plus.

— Eben ne faisait guère de frais de toilette, précisa Kendra. Je ne crois pas qu'il ait possédé un seul
complet. Si mes souvenirs sont bons, il portait de
temps en temps un blazer bleu marine.

— Eh bien, je ne vois pas de blazer, constata Sam.

Le tiroir supérieur de la commode bâillait, comme s'il était resté coincé après avoir été mal refermé. Sam dut forcer pour l'ouvrir.

— En tout cas, il n'a pas oublié de se munir de ses sous-vêtements. Ces chiffons ne peuvent plus servir à grand-chose, n'est-ce pas ? dit-il en exhibant un slip en loques et deux chaussettes dépareillées.

— Sam, voyons ! dit Kendra, gênée.

— Au moins, il sait qu'il vaut mieux ne pas porter de linge troué si on est renversé par un camion. Cela fait mauvais effet devant les médecins et les infirmières.

Regan ne releva pas. Elle avait toujours estimé que le personnel des services d'urgence avait mieux à faire que de juger les sous-vêtements des patients.

— Allons donc voir la salle de bains, suggéra Nora.

Les deux policiers y entrèrent pendant que les autres restaient groupés devant la porte.

La pièce était fonctionnelle, sans plus : peinture et carrelage blancs, sanitaires de porcelaine blanche, rideau de douche en plastique vert sur la baignoire. A l'évidence, le porte-serviettes en tube n'était pas chauffant. En un sens, Regan ne reprochait pas à Eben d'avoir été tenté par la luxueuse salle de bains de la chambre d'amis. Coupable de sans-gêne, sûrement. Mais de là à l'accuser d'avoir volé des tableaux, il y avait un pas qu'elle hésitait à franchir.

L'inspecteur Madden ouvrit l'armoire à pharmacie. Rien de plus révélateur, pensa Regan. Une de ses amies ne quittait jamais une maison où elle était invitée sans être passée par la salle de bains afin d'inventorier discrètement l'armoire à pharmacie et de regarder derrière le rideau de douche.

A l'exception d'un tube de comprimés contre les aigreurs d'estomac, l'armoire d'Eben était vide. Pas même une brosse à dents. Aucun article de toilette non plus dans la salle de bains de la grande maison. Tout semblait donc indiquer un départ prémédité.

— Vous disiez avoir fait la connaissance d'Eben Bean par l'intermédiaire de Louis Altide, dit l'inspecteur Webb. Avait-il d'autres références ?

— Non. Louis était si élogieux sur son compte que nous l'avons cru sur parole...

Kendra s'interrompit. Soudain consciente de l'ampleur de la trahison dont elle était l'innocente victime, elle rougit jusqu'à la racine des cheveux.

— C'est inconcevable que Louis nous ait joué un tour pareil ! Si je ne me retenais pas, je l'étranglerais !

Elle se précipita dans le living, décrocha le téléphone et demanda aux renseignements le numéro de La Mine d'Argent. Quand elle eut Louis à l'appareil, elle entra sans préambule dans le vif du sujet :

— Nous avons été dévalisés par votre cher ami Eben ! Vous êtes sans doute déjà au courant pour le tableau des Grant. Les nôtres ne sont peut-être pas aussi précieux, mais ils nous avaient coûté cher et nous les collectionnions depuis vingt ans pour des raisons sentimentales !

On entendit des gargouillis confus dans l'écouteur. Louis sera mûr pour la camisole de force quand j'arriverai chez lui, pensa Regan, atterrée.

Kendra coupa court au flot d'excuses de Louis.

— Oh ! ça suffit ! cria-t-elle.

Sur quoi, elle raccrocha et sortit, raide de fureur.

Pendant le dîner, Sam et Luke firent de leur mieux pour la distraire et lui remonter le moral.

— Allons, ma chérie, dit Sam, tout n'est pas perdu. Nous nous aimons et nous avons de beaux enfants — bien qu'ils me donnent l'impression de préférer leurs consoles vidéo à leurs parents. Et n'oublie pas nos bons amis.

— Ni votre santé, renchérit Luke. C'est votre bien

le plus précieux. Bien sûr, ajouta-t-il après avoir marqué une pause, si tout le monde restait indéfiniment en bonne santé, je n'aurais plus qu'à mettre la clef sous la porte.

Nora voulut apporter sa contribution :

— Une fois, il y a des années, la police est venue chez nous parce que l'alarme s'était déclenchée en notre absence, dit-elle en moulinant du poivre sur sa salade. Quand ils ont découvert le capharnaüm dans la chambre de Regan, ils ont cru à un acte de vandalisme...

— Maman, de grâce ! protesta Regan.

— Voyons, ma chérie, c'est une histoire très amusante ! Dieu merci, nous sommes rentrés juste à temps, ils s'apprêtaient à relever les empreintes digitales. Il a bien fallu leur avouer que la chambre de Regan était dans son état normal. En fin de compte, conclut-elle, c'était un courant d'air qui avait déclenché l'alarme.

— Merci pour ces révélations sur ma vie privée ! dit Regan, qui prit distraitement un morceau de pain.

Elle affectait la bonne humeur, mais ses réflexions la troublaient. Je suis une enquêtrice expérimentée, se répétait-elle. Je sais qu'Eben était un voleur, pas un de ces amateurs qui se font pincer une fois et s'en tiennent là, mais un professionnel endurci jusqu'à son coup de malchance. Je dois découvrir ce qui lui est arrivé...

Le pain lui échappa de la main : elle avait pensé non pas à ce qu'étaient devenus les tableaux et à ce qu'Eben en aurait fait, mais à ce qui *lui* était arrivé. A lui, Eben.

Pourquoi pressentait-elle qu'il ne s'agissait pas d'un cas classique de récidive ?

9

Regan avait à peine franchi le seuil de La Mine d'Argent, suivie du chauffeur de taxi qui portait sa valise, que Louis se précipita au-devant d'elle. Il était visiblement affolé.

— Regan ! Dieu soit loué, te voilà enfin ! s'écriat-il.

— Tout ira bien, dit-elle d'un ton rassurant. Dis donc, il est très chic, ton bouge !

Une fraction de seconde, son expression de terreur fit place à la fierté.

— N'est-ce pas ?

Avec son parquet de chêne couvert de tapis d'Orient, ses profonds fauteuils, son immense cheminée et ses tables basses en verre aux piètements de bois de rennes, le hall avait en effet l'atmosphère feutrée d'un club sélect. Louis devait avoir été séduit par les ramures car il y en avait partout, de toutes les tailles et de toutes les variétés. Tableaux et portraits anciens se détachaient sur les murs tendus de papier floqué rouge. Derrière le comptoir de la réception, un majestueux escalier conduisait à l'étage.

Louis empoigna la valise.

— La salle de restaurant est à l'arrière. Montons d'abord déposer ton bagage dans ta chambre.

Regan le suivit. Le réceptionniste, jeune homme

au teint hâlé de skieur impénitent, héla Louis quand ils passèrent devant son comptoir :

— Voulez-vous que j'appelle un bagagiste ?

— Il est bien temps, Tripp ! répliqua sèchement Louis, qui posait déjà le pied sur la première marche.

Il a du mal à se contrôler, observa Regan. Ses cheveux bruns ramenés en catogan s'éclaircissaient — et blanchissaient sans doute de minute en minute. Dans sa veste de smoking rouge et son pantalon anthracite à ganse de soie, Louis gardait malgré tout l'allure imposante du seigneur du château.

Regan s'attarda derrière lui pour admirer les tableaux ornant les murs de l'escalier.

— Où as-tu déniché ces superbes portraits ?

— Ils font de l'effet, n'est-ce pas ? J'ai commencé à les collectionner quand j'ai acheté l'endroit. Tu n'as pas idée du nombre de gens qui se débarrassent de leurs ancêtres pour une bouchée de pain. Dans une vieille maison comme celle-ci, ils contribuent à créer une atmosphère.

— De quand date-t-elle, la maison ?

— Tout juste cent ans, répondit Louis en arrivant sur le palier. C'est d'ailleurs en partie pourquoi j'ai obtenu d'y organiser le gala. Il s'agissait à l'origine de la taverne de La Mine d'Argent, construite par le grand-père de Geraldine Spoonfellow. C'est elle qui anime l'Association pour la sauvegarde du passé historique d'Aspen. Elle compte lui faire don d'un tableau qui sera exposé ici à l'occasion du gala — s'il a encore lieu chez moi...

Il ouvrit une porte près de l'escalier, s'effaça.

— Voici ta chambre. C'est ma plus belle, j'espère qu'elle te plaira.

D'un coup d'œil, Regan embrassa le papier à fleurs, l'édredon moelleux, le lit de bois à l'ancienne.

— Ravissante ! Dans une ambiance comme celle-ci, j'aurais presque envie d'écrire des poèmes.

L'expression de Louis lui fit comprendre qu'il

n'écoutait pas. Elle se tut et attendit. Louis se laissa tomber dans un fauteuil de velours vert près de la fenêtre, se passa nerveusement la main dans les cheveux et poussa un soupir à fendre l'âme en tiraillant sur son catogan.

— J'ai des ennuis, Regan, de gros ennuis. Il y a des sommes considérables investies dans cette baraque.

— Cela se voit, laissa échapper Regan.

— Bien sûr, j'y ai englouti tout mon argent, sans compter celui des autres. Il faut absolument que je dégage au plus vite une certaine rentabilité, sinon...

— La restauration n'est pas une activité de tout repos.

Elle s'en voulut aussitôt : je dois penser positivement, se dit-elle. Po-si-ti-ve-ment ! Mais comment ?

— Ecoute, Regan, tout dépend de ce gala, reprit Louis d'un ton pitoyable.

— Je sais, ce sera très important...

— Plus encore : vital ! Je ne suis pas entré dans les détails quand je t'en ai parlé au téléphone, mais Geraldine Spoonfellow est un des piliers d'Aspen. Elle a découvert dans sa remise un portrait de son Pop-Pop, un tableau qui aurait plus de cent ans.

— Son... quoi ?

— C'est le surnom de son grand-père. Bref, ce tableau est un Beasley, estimé à plus de trois millions de dollars, qui représente Pop-Pop et ses amis devant leur mine d'argent à flanc de montagne. Elle veut en faire don à l'Association, qui l'exposera ensuite dans une salle spéciale du nouveau musée. Jeudi soir, le tableau sera exhibé en public pour la première fois et l'Association vendra aux enchères des plaques en argent qui seront gravées au nom des acquéreurs avant d'être scellées dans la salle du musée...

Louis s'interrompit afin de reprendre haleine :

— L'œuvre de Beasley, conclut-il, représente pour

la légende du Colorado autant que les tableaux de Remington pour celle du Far West...

— Et les toiles de Manet pour les déjeuners sur l'herbe, compléta Regan.

Louis ne put s'empêcher de rire.

— Regan, tu es impossible !... Voilà, en tout cas, la raison pour laquelle nous aurons droit à une couverture médiatique sans précédent. Tous les snobs se bousculeront au gala, le restaurant sera archicomble. Le magazine *People* a promis d'envoyer un correspondant, je fais un battage inimaginable, je me suis même offert les services d'une agence de publicité. Et maintenant, à cause d'Eben, tout le monde est furieux contre moi ! On parle même de transférer le gala dans un autre établissement. S'ils me font ce coup-là, Regan, le jour du nouvel an sera celui de mon dépôt de bilan.

— Qui parle de transférer le gala ?

— Kendra est folle de rage, n'est-ce pas ?

— Oui.

— Ses amis Grant aussi, je le sais déjà.

— C'est vrai.

— Tu es d'un réconfortant ! Yvonne Grant m'a téléphoné pour me couvrir d'injures après que Kendra lui a répété ce qu'elle savait sur Eben. Dans ces conditions, que penseront de moi les gens de l'Association, à ton avis ? Que je suis le complice du malfaiteur qui a dévalisé deux des citoyens les plus éminents d'Aspen. Me voilà dans de beaux draps !

— Qu'ils ne soient pas contents, c'est possible. Mais qui nous dit qu'Eben est bien le coupable, Louis ?

Il la dévisagea avec effarement.

— L'ennui avec toi et moi, vois-tu, c'est que nous avons trop bon cœur et que nous sommes d'incurables optimistes — autrement dit, d'indécrottables imbéciles. J'aurais dû tout raconter à Kendra. Et toi, tu aurais dû l'avertir quand je t'ai parlé d'Eben à ton tour.

— Merci de me mettre dans le bain, répondit Regan avec un rire amer. Une responsabilité partagée est moins lourde à porter, c'est bien connu... Mais d'abord, pourquoi t'es-tu cru obligé de m'informer de la condamnation d'Eben ?

— Je n'aurais pas dû, c'est vrai... Ecoute, Regan, les flics viennent m'interroger demain matin quand ils auront reçu un rapport complet sur Eben. Veux-tu rester avec moi, me soutenir moralement ?

— Je ne manquerais cela pour rien au monde !

10

L'individu connu dans les milieux de l'art sous le sobriquet du Coyote avait passé un Noël hautement distrayant.

Il avait pris au préalable la précaution de truffer la maison isolée où Judd et Willeen séjournaient avec Eben, leur hôte involontaire, d'un matériel d'espionnage ultra-perfectionné. Pour l'expert des techniques électroniques de pointe qu'il était, brancher micros et caméras sur la ligne téléphonique avait été un jeu d'enfant. Il pouvait ainsi à la fois écouter ce qui se disait dans la maison et surveiller sur l'écran de son moniteur les activités qui s'y déroulaient.

Quand il avait entendu Judd et Willeen tramer leur grotesque projet de kidnapper Eben avant de voler les tableaux des Grant et des Wood, il avait d'abord été tenté de leur couper une fois de plus l'herbe sous le pied. A la réflexion, il s'était dit que ce serait une grossière erreur. Comparée aux toiles de Beasley, la collection des Wood ne valait pas tripette. Et même à un million de dollars, le Guglione des Grant ne justifiait pas non plus le risque.

Le Coyote préférait se réserver pour le jeudi soir.

Que tout Aspen jette la pierre à ce pauvre imbécile d'Eben Bean et le croie coupable était pour lui un don du Ciel. Personne ne s'attendrait qu'Eben pousse l'audace ou l'inconscience jusqu'à revenir dérober le Beasley sous le nez de six cents spectateurs.

Le Coyote se pencha sur son écran. Il n'y avait plus rien d'intéressant à voir. Willeen et Judd étaient en route pour la ville et passeraient leur soirée à boire dans quelque saloon. Eben Bean fixait le plafond des yeux. On le voyait bouger les bras, ce qui signifiait sans doute qu'il essayait de dénouer les liens dont Judd avait pris soin de l'entraver.

— Vas-y, l'ami, je te souhaite de réussir, dit le Coyote à haute voix. Tu m'as rendu un fier service. Si je pouvais, je t'aiderais volontiers.

Le Coyote éteignit le moniteur, mais ne put rester en place. Il avait bien mérité de sortir boire un verre et se distraire, après tout. Au matin, frais et dispos, il réfléchirait au plan concocté par Judd et Willeen dans l'espoir de s'emparer du Beasley le jeudi 29 décembre.

En pleine connaissance de cause, il peaufinerait alors sa propre stratégie pour enrichir d'un nouveau chef-d'œuvre sa collection personnelle.

11

Eben avait mal dormi. Etre ficelé comme un saucisson n'arrangeait rien, à vrai dire. Il avait passé la nuit à fuir une troupe de Pères Noël qui se ruaient sur lui en agitant leurs clochettes et en criant *Joyeux Eben ! Joyeux Eben !* Mon Dieu, faites que je rêve, se répétait-il. Quand il émergea enfin du cauchemar, son soulagement ne dura que le temps de reprendre conscience de sa situation. De mal en pis, pensa-t-il, accablé. Et ça ne s'arrangera pas.

L'aube d'hiver grisâtre qui filtrait à travers le store s'accordait à son humeur. Je me sens aussi vide et désolé que ce taudis, se dit-il. En temps normal, je serais en train de me préparer une cafetière du délicieux moka de Kendra, je le savourerais paisiblement en lisant la presse locale avant d'attaquer ma journée. Cette aube-ci était lugubre, comme une aube où l'on est seul, sans rien à faire.

Comme lorsqu'il était en prison...

Il agita ses pieds ankylosés, liés au montant du lit.

— Je ne crois pas que j'irai quelque part de sitôt, dit-il à mi-voix.

Ses muscles lui élançaient, il souffrait de partout. La nuit, il aimait s'étaler, profiter du grand matelas moelleux. Mais là, ses mains liées derrière le dos et ses chevilles attachées au pied du lit ne lui laissaient guère le choix des positions. S'il essayait de se coucher sur le dos, ses mains s'engourdissaient et la circulation mettait longtemps à se rétablir.

Un soupir lui échappa. Si seulement Daisy pouvait me faire un bon massage ! Il la connaissait depuis que Buck était venu effectuer des travaux dans la maison. Deux ou trois fois, il s'était offert les services de Daisy et n'avait pas regretté la dépense. Quand il sortait de ses mains, il se sentait un homme neuf. Et puis, Daisy était sympathique, toujours gaie et détendue. *Pas de problème !* telle était sa devise. Eben aurait volontiers fréquenté le couple et accepté plus souvent ses invitations à dîner, mais il avait préféré ne pas trop se lier, de peur qu'ils ne découvrent son passé. C'était bien la peine ! se dit-il avec amertume. Maintenant, ils doivent tout savoir...

L'an passé, le journal local avait publié un écho sur la réception des Grant. Eben avait été un peu déçu qu'on ne se soit pas servi d'une des photos où il figurait, mais les commentaires flatteurs sur le *Père Noël plein d'entrain* qui avait si bien su *faire rire petits et grands* lui étaient allés droit au cœur. De quoi traiterait-on le Père Noël, cette année ? D'imposteur ? D'infâme crapule ?

Vers huit heures du matin, il entendit des voix dans le living. La maison n'était pas grande, les cloisons étaient minces et Eben avait l'ouïe fine. Il écouta et s'aperçut avec stupeur que ce n'étaient pas Judd et Willeen qui parlaient.

— J'ai été ravie de rencontrer ces Smith de l'Arizona, disait une femme à l'élocution distinguée.

— Il a un poste important dans les assurances, je crois, répondait un baryton mélodieux.

Qui sont ces gens ? se demanda Eben. Vais-je faire du bruit, attirer leur attention ? Les paroles suivantes lui ôtèrent ses brèves illusions.

— La barbe, Judd ! C'est trop emmerdant d'essayer de parler chic !

Sur quoi, la porte s'ouvrit à la volée et Willeen apparut sur le seuil.

— On vous a bien eu, hein ?

— Vous mériteriez un oscar, répondit Eben sèchement. A votre place, je chercherais quand même un autre job.

— Nous avons pris des leçons de diction, dit Judd. Elles nous ont coûté cher.

— Faites-vous rembourser.

Willeen éclata de rire :

— Quel sacré numéro, cet Eben ! Dis, Judd, laissons-le se dégourdir les jambes et aller aux cabinets. Après, Eben, vous pourrez venir prendre le petit déjeuner avec nous. Mais pas de coup tordu. Promis ?

— Oui, maugréa Eben.

Judd le détacha du lit. Quelques minutes plus tard, il rejoignit les deux complices à la cuisine. Un automatique était posé sur la table, à portée de main de Willeen.

Judd lui versa du café. Eben en avala une gorgée. La mixture était si noire et si amère qu'il s'étrangla presque.

— Vous n'avez pas de sucre, ici ? demanda-t-il.

— Si, si, ça vient.

Willeen se leva et alluma la radio au passage. « T'as mal choisi l'moment d'm'aban-donner, Luuuuu-cillle ! » chantait Kenny Rogers avec des trémolos dans la voix. Eben se surprit à taper du pied en mesure.

A la fin du disque, Marty, le présentateur de la station locale, enchaîna :

— Voilà une complainte que la famille Wood aurait de bonnes raisons de chanter ce matin en pensant à Eben Bean, son infidèle gardien. Voyons, Eben, comment as-tu pu leur faire un coup pareil ? L'équipe de la station te nomme à l'unanimité pour le prix du Délinquant le Plus Ingrat des Amériques. A mon avis, tu pars favori...

Judd se tapait sur la cuisse avec un rire évoquant les braiements d'une ânesse en chaleur.

— Revenons aux choses sérieuses, poursuivit Marty. La police a placardé la photo d'Eben en ville et demande à tous les bons citoyens d'ouvrir l'œil. En ce moment, Eben doit plutôt se trouver du côté de Tahiti...

— Pas du tout ! Il est là ! s'exclama Willeen.

Elle hurlait de rire. Judd monta le volume du poste.

— Ta gueule, Willeen ! ordonna-t-il.

— ... enquête sur le rapport éventuel entre Eben Bean et l'agression au gaz incapacitant commise sur une personne âgée à Vail, où un tableau de grande valeur a aussi disparu.

— Nom de Dieu, lâcha Eben d'une voix à peine audible.

— Parfait ! déclara Willeen. Tout s'arrange au poil. On ne pouvait pas rêver mieux.

Sur la table de chevet débarrassée du tube de Vicks et des Kleenex d'Eben, le réveil indiquait huit heures quinze. Avec un soupir d'aise, Nora se tourna sur le côté.

— Je comprends pourquoi Eben couchait ici, mon chéri, murmura-t-elle à Luke. Ce lit est d'un confortable !

Luke l'attira contre lui.

— On n'est jamais si bien servi que par soi-même. Te souviens-tu de l'énergumène que j'employais dans ma première boutique, celui qui volait les fleurs ?

— Oui. Il courtisait beaucoup de filles, n'est-ce pas ?

— Exact. Je me suis douté de quelque chose le jour où nous avons constaté, en arrivant au cimetière, qu'il y avait moitié moins de gerbes dans le corbillard qu'à la chapelle. Comme c'était la Saint-Valentin, cela me paraissait encore plus suspect. Au retour, j'ai dit au type que j'envisageais d'acheter une voiture comme la sienne et j'ai demandé à regarder le volume de son coffre...

Luke dut s'interrompre pour reprendre son sérieux.

— En l'ouvrant, je suis tombé sur deux superbes couronnes, l'une offerte par le Rotary et l'autre par le Lion's.

Nora se frotta les yeux en bâillant.

— Heureusement que sa voiture n'avait pas de coffre plus grand, sinon ton client n'aurait eu pour fleurir sa tombe que les pissenlits qu'il aurait fait pousser lui-même.

— Tu es morbide, protesta Luke.

— C'est de famille, mon chéri... Ahhh ! dit-elle en bâillant de plus belle. Il est quand même temps de se lever. Comme c'est bon de ne pas être obligés de se presser.

Luke se souleva sur un coude pour l'embrasser.

— Je fais d'abord un saut dans la douche de ce cher Eben. Puisque Sam conseille de s'accoutumer à l'altitude pendant une journée avant d'aller skier, nous pourrions les inviter à déjeuner en ville. Cela les distrairait du spectacle de leurs murs nus.

Nora se pelotonna sous les couvertures.

— Espérons que nous ne passerons pas devant des galeries de tableaux... Je me repose encore cinq minutes pendant que tu prends ta douche.

Un quart d'heure plus tard, Luke sortait de la salle de bains en se frictionnant la tête avec une serviette verte. Comme il s'y attendait, Nora dormait à poings fermés. Il s'approcha du lit sur la pointe des pieds, se pencha — et sursauta en voyant le bras de Nora se détendre comme un ressort et lui arracher la serviette.

— Méfie-toi, je te referai le coup quand tu me mettras dans l'un de tes cercueils... Qu'est-ce que c'est que ce chiffon ? poursuivit-elle avec un regard dégoûté à la serviette. Ce n'est sûrement pas le décorateur de Kendra qui l'a choisi.

— Une serviette ou une autre, ma chérie, je ne vois pas de différence. J'ai trouvé celle-ci dans le placard à linge. Elle remplissait fort bien son office jusqu'à ce que tu t'en empares d'une manière sournoise.

Nora se redressa.

— Regarde ! Cette chose se désintègre !

L'édredon abricot était couvert de débris pelucheux verts, qui retombaient en pluie sur la moquette beige.

— Cela te choquerait moins si les couleurs étaient mieux assorties ? demanda Luke.

— Tu es impossible ! dit-elle en riant.

Nora se leva et alla s'enfermer dans la salle de bains. Elle s'apprêtait à entrer dans la douche quand son regard s'arrêta sur les moelleuses serviettes de bain monogrammées, pendues au porte-serviettes chauffant. Je parierais n'importe quoi, pensa-t-elle, qu'Eben se servait de ses propres serviettes quand il s'installait ici.

Vingt minutes plus tard, elle eut la preuve que son intuition ne l'avait pas trompée.

Pendant que Luke l'aidait à faire le lit, elle remarqua une feuille de papier coincée entre le sommier et la table de chevet. Elle la ramassa et constata qu'il s'agissait d'un ticket de caisse du *Trocprix*, une solderie de Vail. La liste des articles achetés comportait une douzaine de serviettes de toilette à quatre-vingt-dix-neuf cents la pièce. La date était celle du 23 décembre.

— Regarde, Luke ! dit-elle en brandissant le reçu. Ta serviette en état de décomposition avancée était toute neuve.

Luke reconnut sur le visage de sa femme le froncement de sourcils de la concentration analytique propre à l'esprit curieux d'un auteur d'énigmes policières. Regan adoptait la même expression quand un événement la déconcertait, ce qui l'amusait toujours beaucoup.

— Eben a acheté ces serviettes il y a quelques jours à peine, reprit Nora. Elles sont horribles et de mauvaise qualité, soit. Mais pourquoi ne les a-t-il pas emportées ?

— Il n'en a peut-être pris qu'une partie, j'en ai vu cinq ou six à côté, dans le placard.

— Ou alors, il les a oubliées. D'autre part, le fait qu'il soit allé à Vail il y a trois jours peut avoir une certaine importance. Il faut que j'en parle à Regan.

12

Le même lundi matin, à neuf heures précises, Regan et Louis reçurent l'inspecteur Matt Sawyer, chargé de l'enquête sur les vols commis pendant le week-end de Noël.

Ce qu'il leur révéla sur le compte d'Eben Bean n'avait rien de réjouissant. Regan savait qu'Eben n'en était pas à son coup d'essai au moment de sa condamnation, mais elle ne se doutait pas de la noirceur de son palmarès. Son anxiété croissait à mesure que l'inspecteur lisait le contenu du dossier.

Ainsi, il leur apprit qu'Eben avait avoué, au cours de l'instruction, s'être adonné impunément trente ans d'affilée au vol de bijoux — il s'était même vanté que, s'il l'avait voulu, il aurait pu voler la couronne de la reine Elizabeth pendant la cérémonie du couronnement sans même qu'elle s'en aperçoive. Regan crut que Louis allait fondre en larmes.

Louis eut beau protester de sa bonne foi et jurer qu'il ignorait l'ampleur et la gravité des activités délictueuses d'Eben, l'inspecteur Sawyer ne se laissa pas impressionner.

— Vous êtes un nouveau venu ici, monsieur Altide, lui dit-il sèchement. Nous sommes fiers de notre ville, nous tenons à préserver sa réputation. Beaucoup de gens riches et célèbres viennent à Aspen pour fuir le stress des grandes villes et se sentir en sécurité. Un certain nombre d'habitants ne voient pas d'un bon œil cet afflux de résidents qu'ils qualifient d'intrus et nous n'y pouvons rien. Notre devoir, à nous, policiers, consiste à protéger nos hôtes. Or, poursuivit-il en haussant le ton, nous ne pouvons pas faire notre travail si des gens comme vous recommandent des repris de justice pour des emplois leur permettant de s'introduire chez nos visiteurs fortunés. Grâce à vous, Bean a pu tranquillement se servir chez les Wood et partir de chez les Grant avec un chef-d'œuvre dans sa hotte...

Regan écoutait avec un désarroi croissant, car les propos du policier reflétaient à l'évidence ce que tout le monde devait penser en ville. Mais ses paroles suivantes la glacèrent littéralement d'effroi :

— D'un autre côté, les Wood et les Grant ont peut-être eu de la chance. Il y a trois jours, le 23 décembre, un riche septuagénaire de Vail a été retrouvé asphyxié et ficelé dans un placard. Par une coïncidence pour le moins étrange, vous en conviendrez, un tableau de grande valeur, un Beasley, lui avait aussi été volé. Heureusement pour lui, il portait au cou un dispositif d'alerte médicale grâce auquel il a appelé à l'aide après avoir repris connaissance...

On frappa à la porte du bureau.

— J'ai donné l'ordre qu'on ne me dérange pas ! aboya Louis. Personne n'écoute jamais ce que je dis, bon sang ?

— Si : Kendra Wood quand vous lui recommandiez Eben Bean, commenta Sawyer avec un rire sarcastique.

La porte s'entrouvrit. Un des jeunes et séduisants serveurs-employés-réceptionnistes triés sur le volet par Louis passa timidement la tête à l'intérieur.

— Qu'y a-t-il encore de si important, Brendan ? Ça ne pouvait pas attendre ?

— Désolé de vous déranger, Louis, mais la mère de Regan est au téléphone. Elle dit que c'est urgent.

Louis empoigna l'appareil posé sur son bureau et le tendit à Regan.

— Rien de grave, Maman ?... Comment ?...

Regan écouta un instant, les sourcils froncés.

— Tu as raison, c'est important... Non, je te raconterai plus tard.

Elle raccrocha et se tourna vers l'inspecteur Sawyer.

— Mes parents sont les invités des Wood, ils occupent la chambre d'amis dont Eben se servait en leur absence. Ce matin, ma mère a trouvé par terre près du lit un reçu d'un magasin de Vail. Il porte la date du 23 décembre.

A cette révélation, Louis s'écroula sur son bureau, la tête dans ses bras repliés, et fondit en larmes.

— Je suis ruiné ! gémit-il. Fichu ! Anéanti !

13

Pendant qu'il savourait son petit déjeuner, le Coyote observa les pitreries de Judd et de Willeen qui singeaient l'élocution des gens du monde, dans l'intention futile de se moquer d'Eben. Peu après, il partageait leur sentiment de triomphe en apprenant qu'Eben était seul soupçonné des délits qu'ils avaient commis — chacun de son côté.

— Pauvre cloche, dit-il avec commisération.

Sur quoi, il sauça le jaune de ses œufs au plat avec un toast beurré et se lécha les doigts.

Après que Judd et Willeen eurent réintégré Eben dans sa prison improvisée et regagné la cuisine, il les écouta se répéter une fois de plus les détails de l'opération qu'ils projetaient pour le soir du gala.

Un rire sarcastique lui échappa.

— Ainsi, vous croyez réussir à décrocher la timbale et célébrer le nouvel an en vendant ce tableau à un de vos clients ? C'est ce que nous verrons, espèces de minables. C'est ce que nous verrons.

14

Tandis que l'inspecteur Sawyer informait par téléphone son collègue de Vail de la présence d'Eben Bean dans son secteur le 23 décembre, Regan tentait en vain de consoler Louis. Ses larmes refusant de se tarir, elle sortit de sa poche un sachet de Kleenex.

— Garde le tout, je crains que tu n'en aies besoin.

— Je ne sais pas ce que je ferais sans toi...

Ses gémissements et ses reniflements redoublèrent d'intensité. Sawyer, qui écoutait attentivement ce que lui disait son collègue, lui lança un regard excédé.

Regan l'observa de plus près. C'était un homme entre deux âges, son complet de confection craquait aux coutures et son teint blafard ne dénotait pas un habitué des pistes. Mais elle discerna dans son regard une intelligence aiguë, qui évaluait sans doute déjà la valeur des renseignements qu'il notait au vol. Lorsqu'il raccrocha le combiné un instant plus tard, Regan comprit qu'elle ne s'était pas trompée dans son jugement.

— Si votre ami Eben a commis le vol de Vail, il s'est fait aider par une amie, déclara-t-il. Quoi qu'il ne leur ait pas fallu avaler beaucoup d'épinards pour se donner des forces, car ils se sont contentés de découper la toile au cutter sans emporter le cadre.

— Il y avait une femme ? s'étonna Regan.

— Oui. Le pauvre vieux dans son placard était affolé et n'avait pas les idées nettes mais il est formel sur ce point : il a entendu parler un homme et une femme.

Intriguée, Regan se tourna vers Louis.

— Eben avait-il une petite amie ?

— Comment veux-tu que je le sache ?

— Réfléchis ! insista-t-elle. Le voyais-tu souvent ? Que sais-tu de lui, au juste ? Mais... qu'est ce que tu fais ?

Louis se tenait le poignet entre les doigts.

— Je prends mon pouls. Je suis hypertendu.

Gênée, Regan n'osa pas regarder l'inspecteur.

— Louis, je t'en prie ! Que sais-tu de la vie que menait Eben, des gens qu'il rencontrait ?

— Il fréquentait très peu de monde, il ne voulait pas qu'on découvre son passé — c'était bien la peine, hein ? Après mon arrivée, il venait voir où en étaient mes travaux. Ensuite, il s'arrêtait parfois boire une bière les soirs où il allait au cinéma. Il aimait beaucoup le cinéma.

— Il a eu largement le temps de l'apprécier en prison, intervint Sawyer d'un ton ironique.

Regan ne releva pas.

— Il aimait le cinéma. Bon. Quoi d'autre ?

Les yeux au ciel comme s'il en espérait une réponse, Louis réfléchit.

— Je crois qu'il allait au MacDonald's après la séance.

— Si vous étiez d'aussi bons amis, dit Sawyer, pourquoi ne venait-il pas dîner chez vous ?

— Il préférait les Big Mac. C'était son droit, non ? protesta Louis, ulcéré.

Sawyer rangea ses notes dans un porte-document.

— Bien. Je crois que nous ne pouvons plus faire grand-chose d'utile pour le moment. En tout cas, soyez certains que je garderai le contact. Je suppose que vous n'avez pas l'intention de vous absenter, monsieur Altide ?

Louis poussa un soupir déchirant :

— A moins qu'on ne me bannisse de cette ville...

Après le départ de l'inspecteur, Louis décocha à Regan un regard pathétique.

— Tu es venue ici en vacances, mon chou. Va skier, va t'amuser. Oublie cette malheureuse affaire, ne t'occupe plus de moi...

— Voyons, Louis ! Tu devrais savoir que c'est dans le besoin qu'on connaît ses amis.

— Ce proverbe est d'un ringard ! Je ne peux pas croire qu'il soit sorti de ta bouche.

Il se moucha énergiquement et jeta le dernier Kleenex dans la corbeille débordante.

— Et moi, je ne peux pas croire que tu me dises d'oublier cette affaire ! Grâce à toi, j'y suis impliquée jusqu'au cou. Et puis, tu devrais mieux me connaître. J'aime peut-être le ski, mais le plaisir de retrouver moi-même la trace d'Eben sera cent fois plus satisfaisant.

Regan venait de conclure une enquête à Los Angeles. Elle traquait un escroc aux cartes de crédit volées qui commandait par téléphone des marchandises à livrer à des adresses dont il changeait à chaque fois. Regan s'était chargée en personne d'une de ces livraisons et avait ainsi pu mettre un terme définitif aux activités de l'individu. Comme toujours quand elle refermait un dossier, elle brûlait d'impatience de relever un nouveau défi.

Elle ne pouvait pas se douter que celui-ci surviendrait si vite ni qu'il la toucherait de si près.

— Pour commencer, dit-elle en se levant, je vais demander à Kendra de me ménager une rencontre avec les Grant. Je voudrais entendre moi-même la version de chaque membre de la famille sur le comportement du Père Noël ce soir-là.

15

Ida versa la pâte à crêpes dans la poêle en s'efforçant de former des ronds parfaits, mais elle avait la tête ailleurs. Des événements sensationnels survenaient à Aspen et elle avait la chance inouïe de se trouver dans l'intimité, pour ainsi dire, de gens célèbres victimes d'un cambriolage ! Penser que sa propre fille Daisy était la première personne à laquelle une star telle que Kendra Wood et son producteur de mari avaient téléphoné en découvrant leur infortune ! A son retour dans l'Ohio, elle en aurait des choses à raconter à son club de bridge ! Dès ce matin, d'ailleurs, elle comptait en parler aux clients de la teinturerie.

Tout en surveillant les bulles qui se formaient à la surface, elle compta les myrtilles dans chaque crêpe — les enfants auraient vite fait de remarquer la moindre différence.

— Zenith ! Serenity ! cria-t-elle à la cantonade. Les crêpes de Mamie Ida seront bientôt prêtes !

Daisy apparut en peignoir de pilou sur le seuil de la cuisine, bâilla en s'étirant et s'étira en bâillant.

— Merci, Maman. Tu n'avais pas besoin de te donner tout ce mal.

— J'adore mes petits-enfants, je veux les gâter quand je suis ici, c'est normal. Et puis, franchement, des céréales tous les matins, cela finit par avoir un goût de carton.

— Pas du tout ! protesta Daisy. C'est très sain.

Elle prit des oranges dans le frigo et commença à les couper en deux pour presser du jus frais.

— Tu vas travailler, aujourd'hui ? demanda Daisy.

— Je pense bien !...

L'art délicat de retourner les crêpes au bon moment détourna un instant l'attention d'Ida.

— Ce matin, annonça Daisy, j'emmène les enfants faire un parcours d'éveil à l'environnement. Et cet après-midi, je les déposerai au centre aéré pendant que j'irai faire quelques massages chez Kendra Wood.

— Les pauvres, observa Ida, ils ont sûrement besoin de se détendre après leur cambriolage.

— Espérons qu'il ne se passera plus rien. Au moins, il n'y a eu ni morts ni blessés. Je croyais pourtant connaître Eben. Il n'était pas du genre à faire des choses pareilles.

— A table, les enfants ! cria Ida. Quel que soit le coupable, poursuivit-elle d'un ton normal, j'espère qu'on l'attrapera et qu'on le pendra haut et court. Entre-temps, veillons au grain. Dis-moi, je ferais peut-être mieux de t'accompagner tout à l'heure chez Kendra et d'attendre que tu aies fini. Ce ne serait pas prudent de conduire seule après la tombée de la nuit.

— Voyons, Maman, je ne risque rien !

Flûte ! pensa Ida, dépitée. J'aurais tant voulu être présentée à Kendra Wood et lui demander un autographe.

16

— Je croyais que vous vouliez skier de bonne heure ? déclara à ses patrons, Yvonne et Lester Grant, une Bessie Armbuckle plus revêche que jamais. Je vais encore être obligée de vous préparer à déjeuner ?

Elle est à bout de nerfs depuis le vol du tableau, se raisonna Yvonne. Elle lança un regard implorant à son époux, car Lester n'avait pas la réputation d'accepter sans réagir l'insolence de ses employés.

— Mais non, Bessie, nous déjeunerons sur les pistes, répondit-elle. Pour le moment, nous attendons Regan Reilly, une amie des Wood. Elle est détective privée et voudrait nous interroger sur les événements de l'autre soir.

— Comme s'il n'y avait pas déjà eu assez de monde pour nous assommer de questions ! s'exclama Bessie.

La veille, en effet, policiers et journalistes s'étaient succédé sans interruption. Comme toujours en période de fêtes, Aspen grouillait de reporters et de photographes attirés par les célébrités. Ils n'avaient pas tardé à apprendre le vol du tableau et la sonnette avait tinté toute la journée de dimanche. De guerre lasse, les Grant étaient partis se réfugier chez des amis en laissant Bessie essuyer seule la tempête. On comprenait, dans ces conditions, que ses nerfs soient dans un triste état ce lundi matin.

— Regan désire nous rendre service, expliqua Yvonne avec une patience méritoire. A quelle heure part votre autocar pour Vail ?

— Pas assez tôt à mon goût, grommela Bessie.

Pendant le petit déjeuner, Lester avait mis le marché en main à Yvonne : ou bien elle flanquait Bessie à la porte, ou bien elle lui accordait quelques jours de congé, faute de quoi elle se priverait de la présence de son mari jusqu'à la fin des vacances. Bessie avait sauté sur l'occasion d'aller rendre visite à sa cousine de Vail.

— Il est temps que j'aie des vacances moi aussi, avait-elle ajouté avec aigreur. Entre vos réceptions de New York et votre soirée d'ici, sans parler de la pagaille que j'ai dû nettoyer toute seule après le passage des traiteurs, vous finirez par me tuer. C'est trop, pour mon âge.

Excédée, Yvonne était sur le point d'approuver quand l'allure lasse et les traits tirés de Bessie, qui accusait ce matin-là plus que ses cinquante ans et quelques, lui fit comprendre ce que son comportement avait d'inhabituel. Bessie était à leur service depuis maintenant sept ans ; elle les suivait dans leurs pérégrinations avec une efficacité et un dévouement qui faisaient pardonner son caractère acariâtre. Grâce à son usage immodéré de l'huile de coude, les diverses résidences des Grant étincelaient de la cave au grenier. Yvonne savait aussi que si la moindre chose clochait, Bessie s'en considérait comme personnellement responsable. Le vol du tableau constituait l'incident le plus grave jamais survenu sous son règne et Bessie le prenait très mal. Elle avait donc grand besoin de récupérer pendant quelques jours.

La sonnette retentit. Pourvu que ce soit Regan Reilly et qu'on en finisse ! pensa Yvonne.

Derrière la porte, Regan observait les lieux en attendant qu'on lui ouvre. La maison était adossée à la montagne, au pied des pistes. La relative exiguïté du terrain, comparé à celui des Wood, était largement compensée par la proximité des remontées mécaniques. Au milieu de l'imposante façade de pierre, la porte en chêne massif ornée de ferrures anciennes semblait provenir d'une cathédrale gothique.

Une femme trapue à la mine rébarbative, que des lunettes à monture d'acier et un uniforme gris ne contribuaient pas à adoucir, apparut. Le seul aspect de sa coiffure donna la migraine à Regan : ses cheveux tressés, roulés en macarons, étaient plaqués sur sa tête par des épingles qui donnaient l'impression d'être directement plantées dans le crâne.

— Qui êtes-vous ? aboya le cerbère.

— Regan Reilly, répondit Regan sur le même ton.

L'expérience lui avait appris que c'était la seule attitude à adopter en pareil cas.

— Ah, bon !

D'un geste, Bessie lui intima l'ordre d'avancer. Regan pénétra dans un hall gigantesque, dominé sur trois côtés par un balcon bordé d'un nombre incroyable de portes. A droite, elle vit un ascenseur — équipement indispensable dans une maison d'un seul étage, ne put-elle s'empêcher de penser. Le dragon gris la précéda sur le dallage de marbre vers l'arrière de la maison, lui fit traverser un petit salon pourvu d'un téléviseur de la taille d'un écran de cinémascope et s'arrêta à l'entrée d'une luxueuse bibliothèque, meublée de fauteuils et de canapés en cuir écarlate.

— Madame ! clama la douce créature. Elle est là !

Cette présentation laconique incita Regan à se demander de quels propos cette *elle* avait été l'objet.

Assis côte à côte devant une table basse en laque de Chine, Yvonne et Lester Grant sirotaient du café. A l'entrée de Regan, ils se levèrent et vinrent lui serrer la main. Yvonne était moulée dans une tenue de ski noire digne d'une double page de *Vogue*. La mise de son mari ne le lui cédait en rien. Yvonne paraissait avoir une quarantaine d'années, Lester une dizaine de plus.

— Kendra m'a dit que vous vous apprêtiez à aller skier, commença Regan. Je vous suis d'autant plus reconnaissante d'avoir bien voulu m'attendre que vous avez sans doute déjà subi d'innombrables questions à ce sujet.

— Ah ! ça oui ! gronda Bessie.

Elle tournait déjà les talons. Yvonne la héla :

— Un instant, Bessie ! Regan, désirez-vous un café ?

L'expression de la fidèle servante fit comprendre à Regan qu'il valait mieux décliner l'offre.

— A quelle heure dis-tu que son car doit partir ? grommela Lester lorsque Bessie eut enfin disparu.

— Bessie prend quelques jours de congé, expliqua Yvonne en riant.

— Bonne idée, approuva Regan. Elle paraît... fatiguée, en effet.

Une fois assise en face des Grant, elle leur exposa en quelques mots ses rapports avec Louis et Eben, dont elle connaissait en partie le passé chargé.

— Vous comprenez pourquoi j'attache tant de prix à découvrir ce qui s'est réellement passé, conclut-elle.

— Nous sommes donc trois dans ce cas, commenta Lester.

— Cinq, le corrigea Yvonne. Sam et Kendra ont autant envie que nous de récupérer leur bien. Je regrette de ne pas lui avoir prêté plus d'attention l'autre soir, mais je remplissais mon rôle d'hôtesse auprès de nos amis au salon et les enfants jouaient au petit salon...

— J'aidais, moi aussi ! protesta Lester.

— Bien sûr, mon chéri, le rassura Yvonne en lui serrant tendrement la main. Tu es un parfait maître de maison.

Elle se pencha vers lui et le gratifia d'un petit baiser sur la joue. S'ils continuent leurs mamours, pensa Regan, ils vont me donner envie de vomir.

— Vous étiez donc tous deux au grand salon, dit-elle afin de remettre la conversation sur ses rails.

— La soirée était très réussie, déclara Yvonne avec un sourire béat. Je suis désolée que les Wood et vos parents n'aient pu venir. Et même vous, ajouta-t-elle.

Regan sursauta. *Même* moi ? Trop aimable...

— Merci, parvint-elle à répondre sans rire. Nous aurions été enchantés.

— Et nous donc ! renchérit Lester. Nos amis se sont tous beaucoup amusés et ont passé une excellente soirée.

— Surtout le Père Noël, déclara Yvonne.

Sur quoi elle éclata d'un rire hystérique, auquel son mari fit bientôt écho.

— Tu es impayable, ma chérie ! proféra-t-il entre deux hoquets.

J'ai dû manquer un gag quelque part, se dit Regan, désarçonnée par cette hilarité incongrue de la part de gens prétendument inconsolables.

— Excusez-nous, Megan, articula Lester qui reprenait à grand-peine son sérieux.

— Non, mon chéri, Regan, le reprit Yvonne.

Il leur fallut trois bonnes minutes pour retrouver leur élocution. Regan attendit, patiemment.

— Voyez-vous, lui expliqua enfin Yvonne, mon mari et moi lisons un traité sur la gestion du stress. Il paraît qu'il faut rire de ses problèmes si l'on veut éviter de se laisser dominer par eux.

— Vraiment ? Et depuis quand le lisez-vous ?

— Ce matin, gloussa Lester.

Je ne pouvais pas mieux tomber, se dit Regan. Ce doit être merveilleux d'être riche au point que le vol d'un tableau d'un million de dollars vous fasse pleurer de rire. Je devrais peut-être offrir ce livre à Louis, il serait plus efficace que mes Kleenex...

— Vous étiez assurés, je pense ? demanda-t-elle.

Le rire de Lester s'arrêta net.

— Bien entendu.

Je comprends mieux, pensa Regan. On prend plus volontiers les choses à la légère quand on sait qu'un gros chèque va vous tomber du ciel.

— Beaucoup de nos amis nous ont téléphoné pour savoir s'ils figurent sur les photos que nous avons données à la presse, enchaîna Yvonne. La publicité autour de cette affaire est incroyable !

Avez-vous une photo du Père Noël ? s'enquit Regan.

— Pas une, hélas ! Il est reparti presque aussi vite qu'il était arrivé...

— Nous en étions d'ailleurs bien contents, intervint Lester. L'année dernière, il n'arrêtait pas de faire le pitre, il voulait être photographié avec tous nos invités. Bref, nous avions presque été obligés de le jeter dehors pour nous en débarrasser. Cette année, Bessie avait l'ordre formel de le congédier le plus vite possible après la distribution des cadeaux aux enfants.

— Bessie s'est occupée de tout, précisa Yvonne.

— Comme d'habitude, grommela Lester.

Yvonne ne releva pas.

— Elle est à bout de nerfs d'avoir déjà répondu à tant de questions mais je vais quand même lui demander de venir. Bessie ! Bessie ! cria-t-elle d'une voix flûtée.

— Quoi encore ? hurla l'interpellée depuis le hall.

Elle est peut-être sans pareille pour faire le ménage, estima Regan, mais sûrement pas pour apprendre les bonnes manières aux enfants.

— Venez un petit instant, voulez-vous ?

Bessie apparut sur le seuil, la mine exaspérée.

— Je venais juste de sortir l'aspirateur ! Si je dois m'absenter quelques jours, je...

— Soyez gentille, l'interrompit Yvonne, allez chercher les enfants et revenez ici avec eux. Il vaudrait mieux que nous soyons tous ensemble pour parler à Regan.

— Bon, bon, si vous y tenez, grommela l'aimable Bessie.

Elle fit deux pas dans le hall :

— *Josh ! Julie ! Descendez, votre mère vous demande !* brailla-t-elle d'une voix de stentor.

— Regan, dit Yvonne, les enfants croient encore au Père Noël. Soyez prudente dans vos questions.

— Oui, intervint Lester, nous aimerions maintenir le mythe selon lequel le Père Noël est un brave homme, et pas une crap...

— Mon chéri, voyons !

Et ils pouffèrent à l'unisson d'un rire espiègle. Il va vraiment falloir que je me procure ce livre de psychologie, pensa Regan.

Un claquement de porte et un bruit de course dans l'escalier précédèrent l'arrivée des deux enfants dont les tenues de ski, à l'évidence, ne sortaient pas non plus de chez un fripier. Ils sautèrent sur le canapé et se blottirent contre leurs parents, offrant ainsi l'image de la famille idéale. Bessie se posa sur une chaise à côté de Regan, poussa un soupir lourd de sous-entendus et commença à se tourner les pouces. Regan se sentit aussitôt enveloppée d'un train d'ondes hostiles.

— Mes enfants, entonna Yvonne d'une voix mélodieuse, cette gentille dame est venue au sujet du Père Noël.

— Noël est fini, observa Julie avec bon sens.

— Je sais, ma chérie, mais elle voudrait que vous lui parliez du Père Noël qui était ici l'autre soir.

— Celui qui a volé le tableau ? voulut savoir Josh.

— Nous n'avons jamais dit ça ! protesta Yvonne en lançant un regard inquiet à Lester.

— Mais si, Maman ! Hier, au restaurant, tu étais furieuse et tu disais que...

— Maman a réagi trop vite, voilà tout, intervint

Lester. Nous ne savons pas encore qui a pris le tableau.

— C'est peut-être un de vos amis, déclara Julie, qui avait décidément l'esprit pratique.

Regan se retint à grand-peine de sourire.

— Non, ma chérie, répondit Yvonne avec une patience trop affectée pour être vraie. Et maintenant, nous allons répondre à des questions très importantes.

Les enfants se tournèrent vers Regan. Il va falloir faire vite, pensa-t-elle. Leur attention risque de s'évanouir plus vite que le tableau.

Elle allait formuler sa première question quand Julie prit la parole :

— L'année dernière, déclara-t-elle, le Père Noël était plus gentil.

— Ah oui ? Comment cela ?

— Eh bien... il était amusant et il était resté à jouer avec nous plus longtemps. Cette année, il a donné les cadeaux et il est parti tout de suite après.

— Les cadeaux ne valaient rien non plus, dit Josh. Le Père Noël était radin, cette année.

— Le Père Noël est un radin ! chantonna Julie. Un radin, un radin...

Les deux enfants éclatèrent de rire une fraction de seconde plus tard. Déconcertée, Regan se demanda si les parents leur lisait le traité sur la gestion du stress.

— J'ai encore eu un camion, déclara Josh.

— Et moi une idiote de poupée qui rote, ajouta Julie.

Outré par ces propos sacrilèges, Lester allait protester quand Yvonne évita le désastre d'extrême justesse :

— L'année prochaine, affirma-t-elle, le Père Noël vous apportera quelque chose qui vous plaira davantage.

— J'espère bien, déclara Josh.

Sur quoi, il enfourna son pouce dans sa bouche,

s'adossa à la poitrine de son père et prit un air maussade.

Julie se tourna vers Regan.

— Il est déjà de retour au pôle Nord, l'informa-t-elle.

— Je sais. Il est parti tout de suite après vous avoir donné vos cadeaux, n'est-ce pas ?

Bien entendu, il n'était pas question de faire la moindre allusion à Eben. Mieux valait laisser croire aux enfants que le Père Noël était avare plutôt que voleur.

— Oui, confirma Julie. Mais ça nous était égal, il y avait plein d'enfants pour jouer avec nous.

— L'année dernière, il est resté longtemps avec vous, n'est-ce pas ? Vous vous étiez bien amusés ?

— Oui. Il nous avait même chanté des chansons. Il était drôle comme tout.

Le silence retomba. Yvonne eut un haussement d'épaules fataliste, signifiant à Regan qu'elle ne tirerait plus grand-chose des enfants.

— Il est temps de vous quitter, dit-elle en se levant. Restez donc parler à Bessie quelques minutes. C'est elle qui a tout organisé avec le Père Noël.

Jetez-moi dans la fosse aux lions, pendant que vous y êtes ! pensa Regan.

— Eh bien, se força-t-elle à répondre, si Bessie n'y voit pas d'inconvénient...

— J'ai trop à faire avant de partir, gronda Bessie.

Yvonne lui décocha un regard si expressif que Bessie comprit qu'elle allait trop loin.

— Bon, bon, dit-elle en maugréant. Mais alors, pas plus de cinq minutes.

Le départ de la famille Grant créa un grand vide. Seule avec le dragon, Regan rassembla son courage et décida que la meilleure méthode consistait à entrer dans le vif du sujet.

— Connaissiez-vous Eben Bean ?

— Un peu, répondit Bessie. Quand il est venu

jouer le Père Noël l'année dernière, il a fait des saletés partout.

— Que voulez-vous dire ?

— Il est entré dans la maison avec des bottes pleines de boue. Nous venions d'avoir une période de redoux, la neige avait fondu et cet imbécile a fait le tour de la maison pour cogner aux fenêtres en criant *Joyeux Noël !* Il a fallu que je le poursuive et que je nettoie derrière lui, sinon il aurait abîmé les tapis. Avant qu'il parte, je l'ai prévenu qu'il ne remettrait pas les pieds ici l'année d'après si ses bottes n'étaient pas propres.

Regan sentit son pouls s'accélérer.

— Comment étaient-elles, l'autre soir ?

— Vous pensez bien que je les ai inspectées ! Il avait marché sur du chewing-gum ou je ne sais quelle cochonnerie orange, si collante qu'il aurait fallu une lampe à souder pour l'arracher. Je l'aurais tué ! Mais la maison était déjà dans un tel état que je l'ai laissé entrer.

— L'avez-vous revu ensuite ?

— Non. Il est resté au petit salon avec les enfants et il est sorti en passant par la bibliothèque.

— Quand aviez-vous vu Eben pour la dernière fois, avant cette soirée-là ?

— Il était venu mardi dernier chercher les jouets à mettre dans sa hotte. Si vous voulez un jour engager le Père Noël, n'oubliez pas de lui fournir les jouets, ajouta-t-elle avec une grimace qui se voulait un sourire.

Préoccupée, Regan n'y prêta pas attention.

— Cette histoire de bottes me gêne, dit-elle. Mes parents occupent chez Kendra Wood la chambre d'amis où Eben s'était installé. Or, j'ai trouvé dans la salle de bains une paire de bottes du genre de celles qu'on porterait avec un costume de Père Noël. On y avait même collé des clochettes.

— Cela ne m'étonne pas d'Eben.

— Pourtant, l'autre soir, les bottes du Père Noël n'avaient pas de clochettes, n'est-ce pas ?

Bessie regarda Regan comme si elle divaguait.

— Non. C'était des bottes noires ordinaires, des bottes de cow-boy comme tout le monde en porte ici.

— Alors, pourquoi Eben n'aurait-il pas mis celles qu'il avait spécialement préparées ? Car c'était bien Eben en costume de Père Noël, n'est-ce pas ? Vous n'avez pas de raison de croire qu'il pourrait s'agir de quelqu'un d'autre ?

— J'ai à peine regardé sa figure, je me souciais davantage de ses pieds ! Après, j'ai dû courir à la cuisine rattraper les bêtises des traiteurs.

Regan se leva.

— Merci, Bessie. Je sais que vous partez tout à l'heure, mais s'il vous revenait quoi que ce soit qui puisse faire avancer l'enquête, même un détail insignifiant, n'hésitez pas à m'appeler.

Elle griffonna le numéro de téléphone de Louis sur une de ses cartes de visite et la tendit à Bessie, qui la prit d'une main tremblante.

Pourquoi est-elle aussi nerveuse ? se demanda Regan, intriguée.

17

Dans son vieux fauteuil à bascule qui craquait de partout, Geraldine Spoonfellow laçait ses bottines. Elle aimait se lever tôt pour respirer l'air pur et frais de la montagne. Native de la vallée, qu'elle n'avait jamais quittée de sa vie, elle se sentait partie intégrante de ce coin de terre, d'Aspen et de tout ce qui s'y passait. Mieux, elle en incarnait l'idéal de libre expression — idéal consistant, la plupart du temps, à exprimer ses opinions devant qui voulait, ou ne voulait pas, les entendre.

Le grand-père de Geraldine, Burton P. Spoonfellow, était arrivé au début des années 1880 avec la première vague des prospecteurs qui franchissaient les montagnes au prix de mille dangers afin de s'établir à Aspen, connue alors sous le nom de Ute City. Il y avait acquis la concession d'une mine et bâti sa fortune grâce à l'argent qu'il en extrayait. Cette époque bénie avait connu une fin brutale en 1893, date à laquelle le gouvernement des Etats-Unis avait décidé de substituer l'or à l'argent en tant qu'étalon monétaire.

— J'ai cru perdre la tête, Geraldine, lui répétait-il quand elle venait se blottir sur ses genoux pour l'entendre égrener les histoires des pionniers. Je voulais aller à Washington botter le derrière de ces politiciens de malheur. Et puis, je me suis dit : à quoi bon, et je suis resté vivre à la dure. Rien d'autre à faire quand on traverse des temps difficiles — et tu peux être sûre qu'il y en aura beaucoup d'autres. Garder la tête haute et savoir vivre à la dure.

— Oui, Pop-Pop, répondait Geraldine.

Elle sortait son pouce de sa bouche le temps de prononcer sa réplique et se blottissait à nouveau contre la poitrine osseuse mais réconfortante de son cher Pop-Pop.

Pour Pop-Pop, vivre à la dure signifiait se contenter des revenus de la fortune considérable qu'il avait déjà amassée. Il en avait cependant détourné quelques bribes pour fonder en ville un saloon, ce qui arrondissait ses gains déjà coquets. Puis il s'était marié et avait eu un fils, le futur père de Geraldine. Lorsque son épouse, la pieuse et méritante Winifred, avait succombé à une hydropisie, Pop-Pop et son fils Felix avaient vécu seuls jusqu'à ce que ce dernier prenne femme à son tour et qu'Imogene, sa tendre moitié, vienne enfin réintroduire dans la maison la touche féminine qui y faisait si cruellement défaut.

Dans la vaste demeure fin de siècle érigée au flanc du mont Aspen, Geraldine et son frère Charles avaient grandi et prospéré dans l'affection de leurs dévoués parents et de leur bien-aimé Pop-Pop. Les splendeurs de la nature leur appartenaient et ils jouissaient des bienfaits dispensés par les lacs, les rivières et les montagnes bien avant que la mode ne s'en empare. Ils cueillaient mûres et framboises, donnaient à manger aux cochons, aux poules et aux lapins, trayaient les vaches et couraient la campagne en charrette à âne. A ce régime, Geraldine était devenue un vrai garçon manqué ; elle ne se laissait distancer par Charles, quand il la défiait à la course sur quelque sentier escarpé, qu'à la vue d'un irrésistible caillou n'attendant que d'être lancé d'une main sûre pour ricocher sur les troncs des sapins.

Dans l'enfance de Geraldine, Aspen était une bourgade repliée sur elle-même. Le krach de 1893 ayant provoqué une exode massif, le noyau de population resté fidèle s'était serré les coudes durant la période noire de la récession, qui avait duré jusqu'aux années 40. Dîners de gaufres, barbecues de cochon, assemblées paroissiales et parties de canasta autour de la TSF, tandis que les enfants jouaient à chat perché ou au ballon, marquaient les étapes de la vie sociale. A la belle saison, le corps des pompiers bénévoles organisait des pique-niques et, de loin en loin, une troupe théâtrale itinérante apportait un divertissement inédit.

Seule survivante de la famille Spoonfellow, Geraldine vivait toujours dans la même maison, qu'elle n'avait jamais pu quitter puisqu'elle ne s'était pas mariée. « Une fille honnête n'abandonne pas le foyer familial avant de prendre époux », lui répétait sa mère. A l'âge de cinquante-sept ans, Geraldine avait envisagé de louer un appartement en ville, mais il avait suffi à ses parents d'un regard indigné pour que le sujet ne soit plus abordé. Il ne revint d'ailleurs jamais sur le tapis, pour la bonne raison qu'ils moururent tous deux peu de temps après. C'est ainsi, à soixante ans, que Geraldine vécut chez elle en célibataire.

Certes, elle se sentait parfois un peu esseulée mais, selon les bons conseils de Pop-Pop, elle serrait les dents, gardait la tête haute et faisait contre mauvaise fortune bon cœur. Elle compensait sa solitude en s'impliquant de plus en plus dans les activités civiques et politiques, voire les controverses qui agitaient la ville. Pourvue d'amis fidèles et d'ennemis jurés dans toutes les tranches d'âge et toutes les couches de la société, elle assistait assidûment aux séances du conseil municipal et ne manquait pas une occasion de mettre son grain de sel dans le débat à l'ordre du jour.

Le franc-parler et une assurance allant souvent jusqu'à l'outrecuidance constituaient des traits de caractère chers aux Spoonfellow. « Ne te laisse jamais intimider ni marcher sur les pieds », prêchait Pop-Pop. Geraldine en avait fait sa ligne de conduite. En 1956, elle était à la tête du commando qui, à la faveur de la nuit, avait abattu tous les panneaux publicitaires bordant la nationale 82 parce qu'ils défiguraient la beauté des sites. Geraldine et son groupe de pression ayant extorqué à la municipalité un arrêté les bannissant à jamais, on n'en avait plus revu un seul dans la région depuis. Plus récemment, elle avait mené une campagne de protestation contre l'instauration du stationnement payant dans les rues d'Aspen : plusieurs dizaines d'automobilistes avaient tourné une heure autour de la mairie, avertisseur bloqué. Le niveau sonore, se vantait Géraldine, avait dépassé les 115 décibels. On avait même relevé une pointe à 120.

En juillet, l'*Aspen Globe* avait lancé une série d'articles sur les descendants des pères fondateurs d'Aspen. Parmi les toutes premières personnalités, Geraldine se fit interviewer et photographier chez elle, posant fièrement sous le portrait de Pop-Pop au mur de la salle à manger. Cette modeste toile de trois mètres sur deux mètres cinquante, commandée par Pop-Pop pour l'ouverture du saloon, le représentait dans une posture avantageuse devant son établissement, vêtu de son plus bel habit, sa canne à pommeau d'argent sous le bras.

Le journaliste avait ensuite demandé à Geraldine de lui faire visiter sa demeure historique. Elle l'avait emmené dans la grange où, depuis qu'ils n'élevaient plus d'animaux, les Spoonfellow se débarrassaient de leur bric-à-brac. *On ne sait jamais quand on en aura encore besoin :* selon cet article de foi en vigueur dans la famille, tout ce qui perdait son utilité immédiate au fil des générations, du lit conjugal de Pop-Pop aux ustensiles de cuisine rouillés, parsemait la grange, en un fouillis indescriptible.

Le journaliste, jeune homme fébrile qui s'appelait Ted Weems et se targuait d'être historien, explorait avec une fascination croissante ces vestiges du passé quand il manqua défaillir en soulevant un vieux drap qui masquait un tableau. La lanterne à la main, Pop-Pop en tenue de mineur descendait de la montagne avec un camarade. Derrière eux, une longue file de mineurs s'étirait sur le sentier.

— Savez-vous ce que c'est ? bredouilla Ted Weems d'une voix tremblante d'émotion.

— Un portrait de mon Pop-Pop. Mais je préfère celui de la salle à manger. Ici, il a de la crasse sur la figure.

Le journaliste faillit s'étrangler :

— Mademoiselle Spoonfellow ! Tout me porte à croire qu'il s'agit d'une toile de Beasley !

— Qui c'est, ce Beasley ? avait répondu Geraldine.

A la publication de l'article, le fait que Geraldine soit en possession d'un tableau d'une valeur inestimable suscita une attention passionnée. Beasley était célèbre pour avoir parcouru les régions minières dans les années 1880-1890, capturant sur la toile l'esprit et l'atmosphère du temps. Les experts avaient perdu la trace de ce tableau, intitulé *Le Retour au foyer,* considéré depuis longtemps comme détruit. Il fut immédiatement authentifié et estimé à plus de trois millions de dollars.

Le comité directeur de l'Association pour la sauvegarde du passé historique d'Aspen se frotta les mains, se lécha les babines et se réunit d'urgence pour déterminer un plan d'action. Sous la conduite de Ted Weems, cheville ouvrière de l'Association, une délégation gravit la montagne afin de rendre visite à Geraldine. L'objectif était, bien entendu, d'arracher le chef-d'œuvre aux griffes de la vieille demoiselle et d'en faire le plus bel ornement du nouveau musée, dont l'inauguration était prévue pour le début de l'année suivante. Mais il convenait auparavant de rendre hommage à la mémoire de Pop-Pop.

— *Le Retour au foyer* traduit admirablement

l'esprit de ces premières années si chères à votre grand-père, déclara l'un des délégués d'un ton plein de révérence. L'offrir à l'admiration du public dans notre musée serait, je crois, payer à votre aïeul un tribut amplement mérité.

— Et son autre portrait ? s'enquit Geraldine, toujours pragmatique. Pourquoi n'en voulez-vous pas ?

— Eh bien, intervint un second délégué avec embarras, nous ne voulions pas vous paraître trop gourmands. Nous pensions que vous aimeriez le conserver.

— Si je vous donne ce *Retour*, je veux qu'il y ait dans votre musée une salle dédiée à mon Pop-Pop et que ses deux portraits y soient accrochés.

Il ne fallut pas plus d'une nanoseconde aux membres du comité pour hocher affirmativement la tête avec un ensemble touchant et faire assaut de commentaires enthousiastes sur l'excellence de cette idée, à laquelle ils s'en voulaient de n'avoir pas pensé d'eux-mêmes. Ils se relayèrent ensuite pour exposer à Geraldine leur projet de gala de Noël, qui constituerait à coup sûr l'événement de la saison à Aspen et dont il allait sans dire qu'elle serait l'invitée d'honneur. Sa vanité ainsi chatouillée, Geraldine se laissa emporter par un élan de civisme et proposa de financer le gala, dont la recette irait ainsi intégralement dans les caisses du musée.

— De toute façon, je n'ai personne à qui léguer mon argent. Alors, du moment que la mémoire de Pop-Pop survit...

Si les délégués n'étaient pas tombés de leurs chaises, c'était un pur miracle.

Quelques semaines plus tard, ceux-ci avaient rendu une autre visite à Geraldine dans le dessein de l'informer de l'avancement de leurs projets, tant pour le gala que pour l'aménagement du musée. Ils avaient décidé, lui dirent-ils, de reconstituer dans plusieurs salles l'atmosphère d'un village de mineurs un siècle plus tôt. Peut-être Mlle Spoonfellow avait-elle dans sa grange quelques objets anciens dont elle accepterait de se dessaisir ?

— Personne n'a fait le ménage dans cette grange depuis des dizaines d'années, avait répondu Geraldine. Voilà une bonne occasion de m'y mettre.

— N'importe quel objet, un outil, un ustensile, peut avoir de l'importance dans son contexte historique, avait précisé Ted Weems. Je pourrais vous aider, si vous voulez.

— Non, je veux d'abord être seule avec mes souvenirs, avait-elle répliqué. Si je me sens fatiguée ou s'ils me dépriment trop, je vous ferai signe.

Ce matin-là, quand elle s'extirpa de son fauteuil à bascule, Geraldine sentit ses vieux os et ses muscles raidis lui rappeler fâcheusement ses soixante-quinze ans.

— Secoue-toi, ma fille ! se dit-elle à haute voix. La journée s'avance. Si tu veux arriver à ranger cette fichue grange, il faut t'y mettre.

Elle y avait déjà fait quelques découvertes intéressantes, telles que les crachoirs de cuivre en usage au saloon et de vieilles salopettes de Pop-Pop, symboles de l'ardeur au travail en honneur à l'époque.

En passant devant le portrait de Pop-Pop, elle le salua comme elle le faisait tous les matins. Celui-ci, elle comptait le garder chez elle jusqu'au jour du gala.

— Quand tu seras au musée, je viendrai te voir tous les jours, lui dit-elle en boutonnant sa vareuse.

Cela fait, elle ouvrit la porte d'entrée et ramassa le journal. Elle était sur le point de le jeter à l'intérieur quand son regard tomba sur la manchette.

— Bon sang de bon sang ! gronda-t-elle.

Sur quoi, elle rentra au pas de charge et se précipita sur le téléphone.

18

Louis accueillit Regan sur le seuil de son bureau par un cri de détresse :

— Cette fois, c'est la ruine !

Tripp, le jeune homme bronzé qu'elle avait vu à la réception le jour de son arrivée, se tenait devant lui, mi-penaud, mi-affligé.

— Que se passe-t-il, Louis ?

Les yeux humides, le teint congestionné, Louis semblait mûr pour la crise d'apoplexie. Il fit à Tripp un vague signe de la main :

— Dis-lui, toi, dis-lui...

Regan ouvrit son anorak et prit place sur une chaise capitonnée en face de Louis. Tripp hésita, se passa la main dans les cheveux et s'assit à côté d'elle.

— Eh bien ? demanda Regan avec impatience.

— Mon copain Jack, qui travaille dans un restaurant à l'autre bout de la ville — un endroit pas mal du tout...

Louis émit un bruit qui tenait à la fois du râle de l'agneau agonisant et du grondement du loup enragé.

— ... Mon copain Jack, donc, m'a téléphoné il y a quelques minutes. Si j'ai bien compris, la vieille fille qui patronne le gala et fait don du tableau, Geraldine Spoonfellow, est folle furieuse contre

Louis parce qu'il a recommandé un ancien cambrioleur sans en avertir personne...

— Et alors ? l'interrompit Regan, agacée.

— Alors, elle a appelé le restaurant pour demander si la salle serait libre ce soir-là. Elle voudrait que son comité y organise le gala plutôt qu'ici.

— Tu vois, Regan, gémit Louis. La ruine...

— Pourquoi y tient-elle autant ? s'étonna Regan.

— Parce qu'elle se croit la conscience d'Aspen et mène une croisade contre la délinquance ! s'exclama Louis en tapant du poing sur son bureau. Et elle s'en prend à moi parce que ce vaurien d'Eben est retombé dans son ornière. J'étouffe... Je crois que j'ai une crise cardiaque

— Du calme, Louis, ne t'énerve pas. Veux-tu quelque chose ? demanda Regan.

— Oui, du café.

— Pas dans l'état où tu es. Il te faut plutôt un calmant. Une tisane.

— Ce que tu voudras, je m'en moque. Tripp, va chercher de la tisane.

Trop content d'échapper au drame, Tripp se leva d'un bond. On devrait fusiller les porteurs de mauvaises nouvelles, pensa Regan.

— Tisane pour deux, avec des biscuits, ajouta Louis. Et dépêche-toi, bon sang !

— Parle-moi de cette Geraldine, dit Regan après le départ de Tripp.

Sans mot dire, Louis poussa vers elle un dossier de coupures de presse. Regan l'ouvrit et parcourut l'article de l'*Aspen Globe*.

— Allons la voir, déclara-t-elle, sa lecture terminée.

— Non, j'ai trop peur...

— Arrête ! Qu'est-ce qui peut arriver de pire ?

— Qu'elle dise que le gala se passera ailleurs.

— Exact.

— Pour moi, ce serait la ruine ! Quand je pense à

la belle publicité que j'avais prévue ! On aurait parlé de moi dans tous les magazines...

— Louis, aller voir Geraldine ne peut pas te nuire. Au contraire, cela pourrait te sauver la mise. De toute façon, c'est notre seul espoir.

— Demain, à la rigueur...

— Aujourd'hui, Louis !

— Cet après-midi, alors...

— Tout de suite.

— Téléphonons d'abord...

— Non. Elle pourrait refuser de nous recevoir.

— Ce serait incorrect ! Ta mère ne t'a jamais appris qu'on ne doit pas arriver chez les gens sans prévenir ?

— Louis ! dit Regan d'un ton menaçant. Lève-toi et mets ton manteau.

— Et notre tisane ?

— Geraldine nous invitera peut-être à prendre le thé. Notre visite se déroulera de manière très civilisée, tu verras. Viens donc ! ajouta-t-elle en le tirant par la main. Cette vieille fille a l'air d'un sacré numéro. Nous allons lui montrer de quel bois nous nous chauffons.

Louis se leva enfin et poussa un soupir déchirant en voyant défiler devant ses yeux les physionomies irritées de ses investisseurs.

— Puisque tu y tiens... Ah ! cet Eben de malheur, je le tuerais si je le tenais ! Me faire ça, à moi !

19

Sans doute inchangée depuis sa construction, peinte en blanc rechampi de vert, la maison de Geraldine avait un charme suranné. Faute de réponse à leur coup de sonnette, Regan et Louis se dirigèrent vers une grange qui s'élevait au fond du jardin. Regan s'approcha de la porte entrouverte :

— Il y a quelqu'un ? Mademoiselle Spoonféllow ?

— Nous ferions mieux de partir, murmura Louis.

— Pas question ! Viens, entrons.

La vaste bâtisse était plongée dans la pénombre. Lorsque leurs yeux se furent accommodés, ils découvrirent un incroyable capharnaüm. Regan se demanda si des animaux avaient jamais foulé le sol de terre battue couvert de paille.

— Qui va là ? fit soudain une voix.

— Mademoiselle Spoonfellow ? s'enquit Regan.

Geraldine émergea d'une stalle.

— C'est moi. Qui êtes-vous ?

— Je suis Regan Reilly. Et voici mon ami Louis.

— Tant mieux, mais que voulez-vous que ça me fasse ?

— Nous voudrions vous parler.

— Me parler de quoi ? J'ai fort à faire ici, je dois trier tout ce fatras.

— J'ai l'impression, en effet, que vous possédez des objets d'un grand intérêt, mentit Regan avec aplomb. Avez-vous l'intention de les vendre ?

— Non. Ceux qui sont en bon état, je les donnerai au nouveau musée. Le reste, dit-elle en montrant par terre une sorte de bâche repliée, ma foi... je n'en sais trop rien.

— Qu'est-ce que c'est ? demanda Regan.

— Bah ! Une croûte que j'avais achetée pour le cadre. Le portrait d'un vieil énergumène déguisé. Un Français, je crois bien.

— Puis-je regarder ?

— Si ça vous chante.

Regan déplia la toile. Masquée par d'épaisses couches de crasse et de poussière, elle découvrit la silhouette corpulente d'un personnage d'allure aristocratique, portant perruque et drapé dans une cape de velours bordée d'hermine sous laquelle on distinguait des jambes en culottes et bas de soie blancs. Il tenait d'une main un bicorne à plumes, de l'autre un sceptre. On distinguait à l'arrière-plan un siège en forme de trône et une couronne royale posée sur une console.

— Je me demande ce que ces individus avaient en tête pour se déguiser comme cela, commenta Geraldine. A-t-il l'air ridicule !

— A l'époque, c'était le comble de la mode, dit Regan en riant. Comptez-vous en faire don au musée ?

— Comme je vous disais, je l'avais acheté parce que le cadre était beau et que je voulais le récupérer pour le portrait de mon Pop-Pop.

— Votre ?...

— Mon grand-père.

— Ah, oui... Savez-vous qui est ce personnage ?

— Le marchand m'avait dit que c'était un roi de France, Louis je ne sais plus combien — dix-huit, peut-être. Le musée n'en voudra sûrement pas ; il n'a jamais mis les pieds à Aspen. Il faudra que je m'en débarrasse.

Pendant cet échange, Louis était prudemment resté sur le seuil de la grange. Regan réfléchit à toute vitesse : le moment était peut-être propice pour dévoiler à Geraldine l'identité complète de son compagnon.

— Tu as entendu, Louis ? lui cria-t-elle. Un portrait du roi Louis ! Il serait superbe dans ton restaurant.

— Holà ! intervint Geraldine. Quel restaurant ?

— Je suis celui que vous détestez, bafouilla Louis. Mais écoutez-nous d'abord, je vous en prie !

— C'est donc vous qui avez introduit un serpent dans le sein de notre bonne ville et l'avez laissé perpétrer ses forfaits pour corrompre notre jeunesse ? s'exclama Geraldine en pointant sur Louis un index vengeur. Notre police a une devise admirable : « Maintenir la paix et la sécurité pour tous, encourager la responsabilité et le respect d'autrui. » Vous, mon garçon, vous êtes un irresponsable, vous n'avez eu aucun respect pour les Wood ou les Grant, ni pour tous ceux qui ont la chance de vivre dans notre petit paradis !

— Pardonnez-moi, dit Louis d'une voix tremblante. Partons, Regan, inutile d'insister.

Le dos rond, il s'éloignait déjà en faisant crisser la neige sous ses pieds quand Regan le rappela :

— Louis, attend ! Mademoiselle Spoonfellow, selon ce que Louis m'a appris et ce que j'ai lu de l'histoire de votre famille, votre grand-père avait gravement souffert de la décision du gouvernement de démonétiser l'argent.

— Ne prononcez jamais devant moi le nom du président Grover Cleveland ! Cet individu était un serpent.

— Huit mineurs sur dix furent réduits à la misère et la ville d'Aspen acculée à la faillite, n'est-ce pas ?

— Ça, oui ! 1893 fut une année noire.

— Pourtant, contrairement à beaucoup d'autres, votre grand-père a préféré rester ici...

— Et vivre à la dure, compléta Geraldine.

— Autrement dit, déclara Regan, il ne voulait pas

déserter le navire en perdition et abandonner ses amis.

— C'est vrai. Il a sacrifié ses dernières ressources pour ouvrir un saloon parce que les gens avaient besoin d'un endroit où se réunir et oublier leurs malheurs. Pop-Pop aimait rendre service à ses semblables.

— Et sa petite-fille refuserait sa chance à Louis ?

— Quel rapport entre cet individu et mon Pop-Pop ? Ne mélangez pas les torchons et les serviettes, ma petite !

Regan marqua une pause et respira un grand coup. Si elle échouait, le sort de Louis serait scellé.

— Ecoutez, mademoiselle Spoonfellow, ce que Louis veut créer va au-delà du simple restaurant. Il entend fonder un foyer culturel, un lieu de rencontre où les gens viendront lire des poèmes, faire de la musique, échanger des idées. Les peintres locaux y exposeront leurs œuvres en permanence. Si quelqu'un s'efforce d'exalter l'idéal d'Aspen, c'est bien Louis. De même que votre Pop-Pop dans son saloon, il cherche à réunir des gens qui, autrement, s'ignoreraient. Si vous transférez votre gala dans un endroit qui n'est rien de plus qu'une entreprise commerciale comme les autres, Louis sera ruiné et son généreux projet anéanti.

Ils étaient sortis de la grange et marchaient à pas lents vers la maison. Pensive, Geraldine écoutait en lançant des coups de pied dans les mottes de neige. Ses cheveux blancs se confondaient avec l'arrière-plan de montagnes enneigées.

— Et cet Eben ? Cette vermine malfaisante ?

— Louis voulait seulement l'aider à prendre un nouveau départ. Il était persuadé qu'Eben referait courageusement sa vie, à l'exemple des premiers mineurs établis à Aspen. Si on avait su qu'il avait été en prison, personne ne lui aurait donné du travail. Louis n'est coupable que d'avoir rendu service à un ami dans le besoin. Qu'il ait été mal inspiré, c'est possible. Mais pourquoi Louis devrait-il payer aussi cher une erreur de jugement ? Je croyais qu'Aspen était fier de sa largeur d'esprit, de sa capacité d'accueillir des gens venus d'horizons différents...

— Ceux qui en ont les moyens, l'interrompit Geraldine.

— Soit. Il n'empêche que cette ville a été fondée et bâtie par des hommes qui savaient prendre des risques, pas par des timorés. Votre grand-père était parmi les premiers. Je ne crois pas me tromper en pensant qu'il n'aimerait pas vous voir dépouiller quelqu'un de ses chances avant même d'avoir pu faire ses preuves.

Le regard dans le lointain, Geraldine l'écoutait sans mot dire. Quels souvenirs de son Pop-Pop lui passent par la tête ? se demanda Regan.

— Tout le monde peut se tromper, dit-elle enfin. Il fait frisquet. Entrez donc tous les deux prendre un café.

Sur le qui-vive, prêt à détaler en cas d'attaque sur-prise de Geraldine, Louis n'avait pas desserré les dents jusque-là. L'invitation de la vieille fille le sur-prit au point qu'il faillit bondir de joie et taper des mains comme un enfant à qui on offre un bonbon.

— Auriez-vous de la tisane ? osa-t-il demander en entrant dans la maison derrière les deux femmes.

— La tisane, c'est bon pour les femmelettes, déclara Geraldine d'un ton sans réplique.

La visite dura trois bons quarts d'heure.

— Appelez-moi Geraldine, leur avait-elle ordonné dès le début. Vous vous rendrez compte que plus on vieillit, moins on connaît de gens qui vous appellent par votre prénom. Ceux qui le font sans vous connaître sont de grossiers personnages. J'ai hor-reur de ces marchands qui téléphonent pour vous vendre des choses dont on n'a pas besoin et qui se croient malins de vous parler comme s'ils avaient gardé les cochons avec vous. Dès que je les entends, je leur raccroche au nez. En tout cas, maintenant que je n'ai plus de famille et de moins en moins d'amis de mon âge, j'aime bien entendre le son de mon propre prénom.

La maison était désuète, mais douillette et confortable. Le sapin de Noël décoré de guirlandes anciennes, les bibelots sur le manteau de la cheminée, le portrait en pied de Pop-Pop, les rideaux à fleurs et les tapis d'Orient, tout contribuait à donner le sentiment que l'histoire de la demeure et celle de Geraldine étaient intimement imbriquées.

Un bouquet de fleurs trônait au milieu de la table de la salle à manger, autour de laquelle ils étaient assis. Louis se pencha pour en respirer le parfum.

— Qu'elles sont belles !

Un léger sourire apparut sur les lèvres de Geraldine.

— J'avais un amoureux qui me cueillait de gros bouquets de mysotis. C'est en souvenir de lui que j'aime avoir des fleurs fraîches autour de moi. Nous allions nous promener là-haut, dans les prairies, nous discutions du sens de la vie. Ou bien nous descendions à la rivière avec nos cannes à pêche. En dehors de Pop-Pop, Purvis était l'homme le plus intelligent que j'aie jamais connu. Et puis, un beau matin, il s'est réveillé raide mort.

— Quand est-ce arrivé ? demanda Regan.

— L'année dernière.

Louis exprima ses regrets sincères, tout en s'étonnant in petto qu'on puisse se réveiller raide mort.

— Oui, nous nous amusions bien, reprit Geraldine. Il était curieux de tout et cherchait toujours à s'instruire. Comme il n'était pas originaire d'ici, il s'intéressait beaucoup à l'histoire de la ville. Tenez, saviez-vous que Ute City a pris le nom d'Aspen en hommage à la variété de trembles qui pousse partout dans la vallée ?

Comment ai-je vécu si longtemps sans connaître

un fait aussi capital ? se demanda Regan, qui avoua humblement son ignorance. Pour sa part, Louis écoutait avec la ferveur du mauvais élève menacé de renvoi et qui cherche à se racheter.

— Le tremble appartient à la famille des peupliers, poursuivit Geraldine. Ce sont des arbres superbes. Rien ne me met plus en rage que de voir des promeneurs graver leurs initiales dans l'écorce. Les insectes s'introduisent par la blessure et l'arbre pourrit sur pied. Je me suis fâchée contre Purvis une seule fois ; quand il a voulu graver nos initiales sur un de ces arbres. Bien entendu, il ne se rendait pas compte de ce qu'il faisait jusqu'à ce que je le lui dise... Allons, suffit comme ça.

A l'évidence, Geraldine aimait disposer d'un auditoire. Depuis que Purvis était parti pour un monde meilleur, elle devait souffrir de la solitude et se réjouissait visiblement de profiter de leur compagnie. Regan l'observait, mi-fascinée, mi-amusée. Elle avait d'autant plus de mal à imaginer Geraldine avec un homme que l'esprit de Pop-Pop semblait n'avoir jamais déserté la maison.

— Vous partagiez sûrement avec Purvis les histoires de votre grand-père, lui dit-elle.

— Oh, oui ! Pop-Pop était un personnage ! Il a vécu tant d'aventures qu'on ne se lassait pas de l'écouter. J'ai toujours essayé de m'en souvenir, de les garder en vie.

Elle avala une gorgée de café et mordit dans une des brioches aux airelles disposées sur une assiette à fleurs qui rappelait à Regan celles de sa grand-mère.

— Ce café est délicieux, dit Louis en vidant sa tasse.

— Le café réveille le matin et donne du nerf pour la journée. Si j'entends encore dire qu'on a besoin de tisane pour se calmer les nerfs, je ferai un malheur ! déclara-t-elle en assenant un coup de poing sur la table.

Elle marqua une pause, s'essuya les lèvres et reposa sa tasse.

— Bien, reprit-elle. Louis, je ne m'opposerai pas à ce que le gala se passe chez vous. D'ailleurs, les gens du comité feraient une maladie si je les forçais à changer leurs projets à la dernière minute. Dieu sait pourtant s'ils me portent sur les nerfs, avec leurs mamours obséquieux. Comme s'ils me croyaient aveugle ! Mais à une condition...

Louis et Regan retinrent leur respiration. Il y a toujours un *mais*, se dit Louis sombrement.

— Je ne veux plus de problèmes avec cet Eben de malheur. Nous voulons rester fiers d'Aspen. Compris ?

— Compris. Vous savez, il est sans doute déjà à l'autre bout du monde, observa Louis qui avait hâte de partir avant de commettre à son insu quelque nouvelle erreur fatale.

— Je suis détective privée, Geraldine, intervint Regan. Je tiens absolument à découvrir le fin mot de cette triste histoire. Vous connaissez cette ville mieux que quiconque. Puis-je faire appel à vous si j'ai besoin de renseignements ?

— Bien sûr. Les rumeurs qui courent m'arrivent toujours aux oreilles. Vous m'avez l'air d'une jeune femme énergique et intelligente, poursuivit-elle en jaugeant Regan. Ces temps-ci, j'ai affaire à des détectives privés qui ne valent pas grand-chose. Si l'un d'eux se casse le nez, je vous ferai peut-être signe.

— Je serais enchantée de vous être utile, répondit Regan avec sincérité.

Geraldine se tourna ensuite vers Louis.

— Vous, écoutez-moi bien, dit-elle d'un ton sévère. Au gala, le portrait de Pop-Pop sera exposé à la place d'honneur. Le comité a beau jurer ses grands dieux qu'il se charge de tout, je vous en donne l'entière responsabilité.

— Soyez tranquille, je le mettrai à la place d'honneur, jura Louis. Vous pouvez compter sur moi.

— Oh ! je sais, c'est ce fameux tableau de Beasley qui aura droit à l'attention générale sous prétexte qu'il vaut de l'or. Je me rappelle l'avoir vu quand j'étais toute petite, mais Pop-Pop ne l'aimait pas. L'individu peint à côté de lui était un ami qui avait voulu l'escroquer. Depuis, nos familles sont restées à couteaux tirés, c'est pourquoi Pop-Pop avait relégué le tableau dans la grange. En tout cas, j'avais complètement oublié son existence jusqu'à ce que ce journaliste vienne fouiner dans mon bric-à-brac.

Au moment de prendre congé, Louis s'éclipsa un instant aux toilettes. Regan essaya de convaincre Geraldine de lui vendre le portrait de Louis XVIII. Mais Geraldine ne voulut rien savoir :

— Non, je vous en fais cadeau. Emportez-le, vous me rendrez service. Si vous y tenez, faites une donation au musée en mémoire de Pop-Pop.

Regan et Louis ficelèrent le roi de France, sous forme d'un rouleau de toile, sur la galerie de la voiture. Maintenant que la perspective d'une catastrophe s'éloignait de son horizon, Louis aurait presque dansé la gigue et se trémoussait en chantonnant d'un air guilleret. Regan avait l'impression de figurer dans une mauvaise comédie musicale.

— Tu n'avais pas besoin de t'encombrer de cette croûte, ma chérie ! gazouilla Louis.

— On ne refuse pas un cadeau, mon chou. Et je tiens à participer aux frais de restauration et d'achat d'un cadre neuf. Nous le pendrons chez toi, bien en vue.

— J'ai moi-même l'impression d'avoir échappé de peu à la pendaison.

— Peut-être. Mais ce Louis-ci sera pendu de manière que tout le monde puisse l'admirer et s'incliner devant lui comme il le mérite.

— On croirait t'entendre parler d'une veillée mor-

tuaire ! Au fond, c'est normal pour la fille d'un entrepreneur de pompes funèbres.

— Trop aimable ! En attendant, le soir du gala, le
seul défunt célèbre sera Pop-Pop. Le Beasley ne sera
dévoilé qu'à la fin de la cérémonie. Jusque-là, on ne
verra que les portraits de Pop-Pop et de Louis. Le
couple idéal !

— Des personnages de légende, chacun dans son
genre ! Après ce gala, je serai l'homme le plus heureux du monde.

Regan avait malgré tout le pressentiment que les
événements ne suivraient pas un cours aussi bien
tracé. Elle était surtout dévorée de curiosité quant
aux raisons pour lesquelles Geraldine Spoonfellow,
à l'âge de soixante-quinze ans, faisait appel aux services de détectives privés.

20

A trois heures de l'après-midi, Eben refrénait de plus en plus mal les appels de la nature. Judd et Willeen étaient partis à neuf heures du matin, après l'avoir reficelé sur le lit. Avoir eu la force d'âme de se moquer de leurs grotesques imitations avant le petit déjeuner le consolait un peu, pas assez cependant pour le tirer de la dépression dans laquelle il s'enfonçait d'heure en heure. Tout en regardant la télévision qu'ils avaient installée dans sa chambre, il s'étonnait que le besoin de se soulager puisse devenir obsessionnel au point d'oblitérer pratiquement toute autre pensée, y compris sa conscience du monde extérieur.

Il avait été stupéfait que Judd et Willeen aient pris la peine de mettre le téléviseur en face de lui.

— Vous verrez peut-être aux informations des gens se vanter de vous avoir vu ici ou là, avait dit Willeen en branchant la prise. Je ne vous garantis pas que l'image sera bonne mais estimez-vous heureux quand même.

— Je ne demandais rien ! protesta Eben.

Willeen ne releva pas.

— C'est un vieux poste sans télécommande, vous aurez la même chaîne toute la journée. Judd et moi, on se dispute toujours pour la télécommande, ajouta-t-elle. Comme vous serez seul, vous n'aurez pas de problème.

— La solitude a des avantages, répliqua Eben. Quand nous étions en prison, Judd se bagarrait avec tout le monde dans la salle de télévision parce qu'il ne voulait jamais regarder le même programme que les autres.

— Ça ne m'étonne pas. Judd adore emmerder le monde, vous devriez le savoir.

Le regard rivé malgré lui sur le petit écran noir et blanc perché sur la commode, Eben dut subir un énième flash spécial avertissant les populations d'ouvrir l'œil.

— Eben Bean est probablement armé et dangereux, déclara le présentateur. La plus grande prudence est donc de rigueur. Ceux qui auraient des informations à son sujet peuvent appeler le numéro suivant...

— Moi qui n'ai jamais fait de mal à une mouche, murmura Eben, ulcéré.

Ses yeux s'embuèrent. Non, je ne dois pas pleurer, se dit-il. Si je pleure, je devrai m'essuyer dans cet infâme oreiller qui pue.

C'était quand même rageant d'apprendre que la police avait lancé un avis de recherche dans le Colorado et les Etats limitrophes alors qu'il était là, à quelques centaines de mètres du centre-ville. Si près et si loin à la fois — comme tant de choses au long de son existence...

Eben était certain que Judd et Willeen réussiraient à voler le tableau au gala de Louis. A l'évidence, le coup était monté avec soin et les bribes de conversation qu'il avait pu surprendre indiquaient qu'ils opéraient dans le cadre d'un gang bien organisé. Avaient-ils aussi volé le tableau de Vail ? D'après ce qu'il les avait entendus dire la veille, Eben ne le pensait pas. Ce genre de travail correspondait pourtant à leur style ; d'ailleurs, le présentateur répétait qu'un homme et une femme semblaient impliqués dans l'affaire. La police doit être en train de se demander avec qui je me suis acoquiné. Un comble ! se dit-il avec un rire amer. Je n'ai pas fréquenté une fille depuis mon arrivée à Aspen. Et même depuis plus longtemps, surtout si on compte mes cinq ans de placard...

Au fil de la journée, chaque bulletin d'information citait l'un ou l'autre de ses méfaits passés — sa razzia des bijoux Wellington, par exemple. Eben était le seul à savoir que l'inestimable rivière de diamants était en réalité du toc et que la vraie avait été volée — sinon vendue par un parent jaloux ou ruiné — longtemps avant qu'il ne mette la main dessus. Penser qu'il s'était écorché les tibias pour rien en descendant le long de la gouttière !

A la fin des informations, Eben roula sur le flanc et se replia en chien de fusil. Il aimait s'endormir dans cette position fœtale, peut-être parce qu'elle lui rappelait son dernier contact avec sa mère inconnue.

Pourquoi me gardent-ils en vie ? se demanda-t-il. Quel sort me réservent-ils ? En prison, la rumeur courait que Judd aurait eu deux morts sur la conscience mais nul n'en avait eu la preuve. Alors, qu'est-ce qui l'empêche de me liquider ? Bien sûr, Willeen et lui se frottent les mains que je sois accusé à leur place. Mais après ?

Le sang d'Eben se glaça dans ses veines. Ils veulent me rendre responsable du vol pendant le gala et se débarrasseront de moi ensuite, voilà pourquoi ils ne l'ont pas encore fait ! Comment s'y prendront-ils ? En mettant le feu à la maison, pour me faire disparaître avec les toiles sans valeur ?

Eben entendit une voiture s'arrêter devant la porte. Pas de danger que ce soit un voyageur égaré venu demander son chemin, quelqu'un à qui je puisse crier de m'aider, pensa-t-il avec amertume. La voix nasillarde de Willeen dans le vestibule le lui confirma aussitôt.

— On vient vous promener, Eben !

Judd apparut derrière elle sur le seuil.

— On s'est fait un tas d'amis aujourd'hui, tu serais jaloux, annonça Judd. Des gens rupins qui nous ont donné leur adresse en nous invitant à venir les voir quand on passera dans leur coin.

— On ira leur rendre visite à l'improviste, gloussa Willeen. Quand ils ne seront pas chez eux, par exemple.

— Bonne idée, renchérit Judd. Pour le moment, nous allons faire le tour des boîtes chic et rencontrer de nouveaux amis. Mais on pense quand même à toi, tu vois ? Comme nous ne serons sans doute pas rentrés avant le dîner, on s'est dit qu'il vaudrait mieux revenir cinq minutes pour que tu puisses te soulager. On n'est pas des sauvages.

— Dépêchons, grogna Willeen. C'est pire que de faire pisser le chien.

— Ta gueule ! déclara Judd avec une exquise courtoisie.

Tous deux plantés au pied du lit, ils contemplaient Eben comme un précieux objet de curiosité.

J'ai l'impression d'être un agneau qu'on prépare pour l'abattoir, pensa Eben. Il faut que je trouve le moyen de sortir d'ici. Par tous les moyens.

21

Bessie se réjouissait de prendre le large quelques jours. Trop, c'est trop, se disait-elle. Entre la dernière réception à New York et les préparatifs de la soirée de Noël ici, j'ai travaillé comme une bête — sans parler du vol du tableau. Je ne suis pas un robot, mes nerfs craqueront si je ne m'arrête pas pour souffler.

L'indignation l'étouffait, au souvenir de la sombre fripouille qui avait eu l'audace de commettre son forfait sous la défroque du Père Noël, symbole de confiance et de bonté universel. Si seulement je l'avais mieux regardé ! se reprochait-elle sans cesse depuis cette funeste soirée. Parce que j'avais d'autres chats à fouetter ce soir-là et que je devais activer ces fainéants de serveurs, je me suis contentée de vérifier si ses bottes étaient propres.

En attendant le départ de son car pour Vail un peu plus tard dans l'après-midi, Bessie se reposait dans sa chambre en regardant à la télévision une série à l'eau de rose.

— Je ne sais pas pourquoi j'aime ces âneries, bougonna-t-elle. Dans cette famille, je vis la même chose au quotidien...

Bessie travaillait pour les Grant depuis sept ans. Depuis le jour, en fait, où Lester et Yvonne avaient prononcé le vœu de s'aimer et de se soutenir leur vie durant pour le meilleur et pour le pire. Leur ayant accordé au mieux un an ou deux, Bessie avait eu la bonne surprise de constater que le ménage tenait le coup et que, de ce fait, elle pouvait arrondir son fonds de retraite. Yvonne était bien un peu prétentieuse de temps en temps mais, dans l'ensemble, Bessie n'avait pas lieu de se plaindre. Il y avait pire dans la vie que de partager son temps entre Hawaii, Aspen et New York, même si Bessie jugeait plutôt vexant que les Grant ne lui paient jamais ses voyages en première classe. C'était pourtant elle qui en avait le plus besoin.

Aux accents bouleversants du thème musical, le générique de fin se déroula sur l'image d'un couple tendrement enlacé. Bessie marmonna des propos désobligeants sur la stupidité du héros, perdu sept longues années dans la forêt amazonienne avant de retrouver sa belle qui se languissait de lui, mais elle n'en essuya pas moins une larme furtive.

Leur baiser passionné s'était à peine éteint dans un fondu au noir qu'une photo d'Eben Bean apparut sur l'écran. Bessie bondit de son fauteuil et se rua vers le téléviseur, comme si Eben pouvait mieux entendre de près les imprécations dont elle l'abreuvait. Le présentateur confirma qu'il se trouvait à Vail le jour de l'autre vol et que, selon le témoignage de la victime, il opérait avec une complice.

Bessie sentit son cœur palpiter. Non, mon Dieu, non ! C'est impossible, je ne peux pas croire que cela m'arrive encore ! J'étouffe, il faut que je sorte, que je respire. Je vais boire un verre avant de prendre mon bus.

Tandis qu'elle allait et venait dans sa chambre en rassemblant ses affaires à la hâte, elle vit dans le miroir le reflet d'une femme trapue, aux cheveux grisonnants et aux yeux marron, dont on n'aurait su dire si elle approchait de la cinquantaine ou avait dépassé les soixante printemps. En fait, elle avait cinquante-six ans. Elle ne s'était jamais mariée mais se satisfaisait de n'avoir travaillé que pour quatre familles en trente-cinq ans. L'idée même d'avoir un chez-soi lui semblait impensable, presque absurde. Certaines personnes y aspiraient peut-être, mais pas Bessie.

Elle referma son sac de voyage et jeta un dernier coup d'œil autour d'elle pour vérifier si elle n'avait rien oublié. De toute façon, pensa-t-elle, Carmen me prêtera ce dont j'aurai besoin. Elle avait laissé un message sur le répondeur de sa cousine pour lui annoncer son arrivée. Carmen l'incitait depuis longtemps à prendre un congé et à venir la voir. Bessie se réjouissait déjà d'avoir à qui parler de ces événements incroyables.

— En route, Mary Poppins ! dit-elle à haute voix.

Un quart d'heure plus tard, elle s'asseyait dans un des confortables fauteuils du bar voisin de la gare routière. Elle se trouvait un peu trop loin de la cheminée pour son goût, mais il fallait arriver de bonne heure pour occuper les meilleures places. D'habitude, elle aimait regarder à loisir les gens parader et faire assaut d'élégance dans leurs tenues de ski mais elle avait autre chose en tête ce jour-là. Elle commanda un Martini-gin bien sec sans prêter attention à ceux qui l'entouraient, pas même au pianiste qui s'évertuait dans son coin.

Un couple entra et se dirigea vers le sofa à deux places resté libre près du fauteuil de Bessie.

— Pourquoi pas ici, Judd ? demanda la femme.

Une fois assis, l'homme se croisa les jambes dans une pose typiquement macho en posant un pied sur son genou, de telle sorte que la semelle de sa botte de cowboy se retrouva pratiquement sous le nez de Bessie.

Lorsque Bessie prit conscience un instant plus tard de ce qu'elle voyait, son sang ne fit qu'un tour : un reste de chewing-gum orange était collé sous la semelle. Son regard remonta le long de la tige et reconnut le motif en argent incrusté dans le cuir. La botte du Père Noël ! Il s'agissait bien de celle qu'elle avait examinée avec soin l'autre soir, elle en était absolument certaine, et pourtant, celui qui la portait n'était pas Eben. Que signifiait ce mystère ? Il fallait de toute urgence appeler Regan Reilley.

Elle se leva précipitamment au moment où la serveuse lui apportait sa consommation.

— J'ai changé d'avis, bafouilla-t-elle.

— Mais votre cocktail est servi !

— Je vous le paie.

D'une main tremblante, elle sortit de son sac un billet qu'elle posa sur le plateau en faisant signe à la serveuse de garder la monnaie. Elle se retourna trop vite, son sac lui échappa et tomba devant l'homme aux bottes de cowboy. Quand elle s'accroupit pour le ramasser, il se pencha pour l'aider. Leurs visages étaient à vingt centimètres l'un de l'autre, leurs regards se croisèrent. Celui de l'homme alla de Bessie au chewing-gum collé sur sa semelle. Elle ne put retenir un tremblement de frayeur en comprenant qu'il l'avait reconnue.

— Merci, parvint-elle à murmurer.

Sur quoi, elle partit en courant, avisa un téléphone dans le couloir, fouilla fébrilement dans son sac, retrouva le numéro de Regan et pressa les touches du cadran.

Un employé lui répondit que Mlle Reilly était sortie. Pouvait-il lui transmettre un message ?

— Ici Bessie Armbuckle. Je dois lui parler de toute urgence, c'est extrêmement import...

Une main surgit devant elle et coupa la communication. Willeen et Judd la serraient de près.

— On va faire une petite promenade, ma jolie, lui dit Judd. Soyez gentille et tout se passera bien. Mais si vous voulez faire un scandale, je ne réponds de rien.

Bessie replaça le combiné sur son support. Les deux autres l'encadrèrent et la poussèrent vers le parking.

22

— C'est incroyable comme le temps passe ! s'écria Regan. Déjà quatre heures ?

Louis et elle faisaient franchir avec précaution à Louis XVIII la porte de La Mine d'Argent.

— Bientôt l'heure des cocktails, ronronna Louis. Nous boirons à Geraldine. Et à toi qui m'as forcé à l'affronter.

— Il faut toujours se débarrasser des épreuves pénibles. Quel que soit le résultat, on se sent mieux après.

— C'est peut-être vrai. Il n'empêche que si Geraldine avait refusé, tu serais en train de me faire respirer des sels. Où veux-tu mettre Sa Majesté ?

— Montons-le dans ma chambre jusqu'à ce que je trouve un restaurateur capable de nettoyer la toile, de la remonter sur un châssis et de l'encadrer. Si on veut qu'elle soit prête pour le gala, il n'y a d'ailleurs pas de temps à perdre.

Tripp, qui sortait du bureau, une pile de messages à la main, s'approcha avec curiosité.

— Une toile ? Qu'est-ce qu'elle représente ?

Regan la déroula en partie.

— C'était un roi de France, annonça-t-elle.

— On voit bien qu'il ne s'agit pas d'un skieur olympique. Je ne suis pas complètement ignare, vous savez. J'ai suivi un cours d'histoire de l'art à l'université.

— Bravo. Pas d'appels pour moi ?

— Si, vous en avez manqué un de justesse.

— Qui était-ce ?

— Une dame, Bessie Armbuckle.

— Vraiment ? Qu'est-ce qu'elle a dit ?

Tripp lui tend le rectangle de papier.

— Elle avait l'air excitée. Elle voulait vous parler d'urgence mais elle a tout de suite raccroché.

— Cela ne m'étonne pas. J'ai fait sa connaissance aujourd'hui, elle est volontiers... abrupte. A-t-elle laissé un numéro où la rappeler ?

— Non. Il y a eu aussi un certain Larry Ashkinazy qui demande que vous le retrouviez au Little Nell entre quatre et six. C'est l'heure du coup de feu. Il doit déjà y être, ajouta-t-il en consultant sa montre.

Regan se tourna vers Louis :

— Nous devions boire un cocktail ensemble...

— Ne t'inquiète pas, ma chérie. Va te distraire, tu le mérites. De toute façon, il faut que je me prépare pour le dîner et que je les secoue, à la cuisine, il n'y a déjà plus une table libre ce soir. Nous nous verrons plus tard.

Regan se dit qu'il serait bon de changer un peu de décor. Elle était à Aspen depuis vingt-quatre heures sans avoir, pour ainsi dire, mis le nez dehors.

— D'accord, je monte me changer. J'appellerai Bessie chez les Grant, voir ce qu'elle a de si urgent à me dire.

— Mon Dieu, soupira Louis, faites qu'Eben n'ait pas encore commis un nouveau crime ! J'en mourrais.

Louis et Tripp se chargèrent du rouleau de toile et la suivirent jusqu'à sa chambre. Une fois seule, Regan composa le numéro des Grant. Ce fut Yvonne qui répondit.

— Je me demandais si Bessie était encore là, dit Regan après les politesses d'usage.

— Non, elle est partie. Nous venons de rentrer après avoir passé l'après-midi sur les pistes. Vous devriez y aller, vous savez, c'est merveilleux !

— Je sais et j'en ai bien l'intention. Bessie n'est donc déjà plus chez vous ?

— Son car a dû partir il y a peu de temps. Vous l'avez vue ce matin ; elle a les nerfs à vif, la pauvre. Nous lui avons accordé quelques jours de congé pour son bien... et pour le nôtre, ajouta-t-elle en riant.

— Elle a essayé de me joindre tout à l'heure, c'était urgent paraît-il. Auriez-vous le numéro de sa cousine ?

— Il doit être quelque part, il faudra que je cherche. Je vous appellerai quand je l'aurai trouvé.

— Merci, Yvonne.

Regan raccrocha, pensive. Où peut bien être Eben ? se demandait-elle jusqu'à l'obsession depuis la veille au soir. Au moins, elle n'avait pas tout à fait perdu sa journée. Sauf catastrophe imprévue, le gala de Louis était sauvé.

On frappa à la porte.

— Qu'est-ce que c'est, encore ? grommela-t-elle.

Elle alla ouvrir. Son amie du Connecticut se tenait sur le seuil, la valise à la main et le sourire aux lèvres.

— Kit ! C'est bien toi !

— Comme tu vois.

Elles s'embrassèrent.

— Entre vite, dit Regan en lui prenant sa valise. J'ose à peine te demander ce qu'est devenu l'Adonis du club de gym.

Avec une moue dégoûtée, Kit se laissa tomber sur le fauteuil.

— Son ex-petite amie serait venue lui apporter un cadeau de Noël prétendument acheté avant leur rupture.

— Le mensonge le plus éculé...

— C'est pourtant ce qu'il a osé prétendre. Il fallait qu'ils s'expliquent, bien entendu. Il a promis de me rappeler, je cite : « quand la poussière serait retombée ».

— Et alors, que lui as-tu répondu ?

— Qu'il n'avait qu'à s'acheter un aspirateur.

— Bravo ! dit Regan en riant.

— Il n'y a pas de quoi rire, c'est pitoyable. Je le croyais différent des autres, j'espérais que le réveillon ne se passerait pas comme les autres années...

— Eh bien moi, je suis ravie que tu sois là ! Nous nous amuserons bien, tu verras. En plus, j'ai besoin de toi pour me soutenir moralement. Il se passe ici des choses invraisemblables, je te raconterai tout plus tard. Pour le moment, nous avons tout juste le temps de nous préparer. Le dentiste des stars nous attend au Little Nell.

— Rien de tel que de se plonger dans le bain sans réfléchir, n'est-ce pas ? Sauf que je vais encore tomber sur un schnock et que je sombrerai de nouveau dans la déprime.

— Mais non, voyons !

Kit s'étira en bâillant.

— Au fait, Regan, j'espère que tu ne vois pas d'inconvénient à ce que je partage ta chambre. Louis m'a dit qu'il était archicomplet mais qu'il installerait un lit de camp.

— Aucun inconvénient. Au contraire. Cela nous rappellera nos années de collège.

— Cela veut-il dire qu'il faudra dormir jusqu'à midi ?

— Non, simplement que nous pourrons faire la grasse matinée en parlant de tout ce qui se passe en ville. Si on pouvait du même coup coincer quelques criminels, ce ne serait pas plus mal.

— Je te croyais en vacances.

— Le ski ne me suffit sans doute pas. Et puis, nous ne voudrions pas sombrer dans l'ennui, n'est-ce pas ?

— L'ennui, je ne connais que ça ces temps-ci...

— Allons, prépare-toi ! On ne sait jamais, tu rencontreras peut-être l'homme de ta vie !

23

Je ne me lasserai jamais de regarder le paysage, pensa Daisy en se rendant chez les Wood au volant de sa Jeep. Les vieux chalets de carte postale, souvent peints en rose, en vert ou en turquoise et rehaussés d'ornements de couleurs contrastées lui tiraient toujours un sourire amusé. Les vaches peintes sur les boîtes aux lettres ajoutaient çà et là une touche de fantaisie. Quant au majestueux panorama des montagnes, il la comblait en toute saison. Daisy estimait mener une vie idyllique, même si les trois mois de visite annuelle de sa mère étaient parfois un peu éprouvants.

Daisy travaillait toujours beaucoup entre Noël et le nouvel an. Les skieurs qui affluaient à cette époque avaient besoin de massages et ses affaires gardaient un rythme soutenu pendant les mois d'hiver. Elles se calmaient un peu au printemps mais les foules revenaient en été pour les festivals de musique et les randonnées en montagne.

Elle sourit de plus belle quand elle s'arrêta devant la maison. Les Wood lui étaient si sympathiques qu'elle allait toujours chez eux avec plaisir. Quant à l'histoire d'Eben, se dit-elle en sortant de la voiture sa table de massage, je n'arrive toujours pas à y croire.

Kendra l'accueillit à la porte.

— Entrez, Daisy, vous arrivez à point nommé.

Nous étions justement en train de tirer à la courte paille pour savoir qui commencerait, dit-elle en la présentant à Luke et à Nora. Et nous ne sommes même pas allés skier aujourd'hui.

— La journée a pourtant été rude, commenta Luke. Nous sommes sortis déjeuner et nous sommes rentrés nous reposer.

— Alors, mon travail est à moitié fait, répondit Daisy en riant. Vous êtes tous détendus.

— Je vois ce que vous voulez dire, dit Luke. Je travaille moi aussi sur des corps et c'est beaucoup plus facile quand ils sont souples.

— Luke, je t'en prie ! protesta Nora.

— Quel métier faites-vous ? s'enquit Daisy innocemment.

— Je suis entrepreneur de pompes funèbres.

Daisy éclata de rire.

— J'ai eu des clients si crispés qu'on aurait juré qu'il s'agissait de cadavres. Il sont généralement comme cela le premier jour des vacances.

— Pour les miens, c'est plutôt le dernier.

— Luke, tu es impossible ! s'écria Nora. D'habitude, il ne parle jamais ainsi de ses clients, ajouta-t-elle avec une moue d'excuse à l'adresse de Kendra.

— Pourquoi ? s'étonna Sam qui tisonnait le feu. Eux, au moins, ils ne peuvent pas répliquer.

Kendra s'aperçut que Daisy regardait les murs nus.

— Vous voyez, lui dit-elle avec amertume, nous nous sommes convertis au minimalisme.

— Excusez-moi, mais... je ne m'explique pas ce qui a pris à Eben. Il n'avait pas l'air capable d'une chose pareille.

— Pourtant, les preuves s'accumulent. Nora a trouvé le reçu d'un magasin de Vail établissant qu'Eben y était le jour d'un autre vol de tableau.

— Ce qui me rappelle que je voulais en parler à Regan, intervint Nora. Je me demande ce qu'elle a fait aujourd'hui.

— C'est vous qui commencez, Nora. Vous appellerez Regan ensuite. Pendant ce temps, j'essayerai de trouver ce que nous ferons pour le dîner.

— Réserve une table, suggéra Sam. C'est le plus simple.

— Depuis le départ d'Eben, expliqua Kendra à Daisy, nous n'avons plus personne pour faire les courses et la cuisine...

— Sauf nous-mêmes, déclara Sam en dépliant le journal.

Kendra poursuivit :

— Nous avions pourtant l'intention de nous reposer cette semaine. Eben s'occupait si bien de tout quand nous venions ici ! Il nous a laissé des provisions et même des plats cuisinés mais ce sera loin de nous suffire jusqu'à la fin de la semaine...

— Il a eu les yeux plus grands que le ventre, marmonna Luke.

Kendra feignit de n'avoir pas entendu.

— Alors, conclut-elle avec un soupir, il va falloir imaginer les menus pour chaque repas et faire les courses en conséquence. Quelle plaie !

Pendant qu'elle exposait leur déplorable situation, Daisy réfléchissait. Sa mère était bonne cuisinière, pas un cordon-bleu, certes, mais tout à fait capable de mijoter de bons petits plats qu'une journée de ski et de grand air feraient paraître d'autant plus savoureux. Elle était aussi une acheteuse avisée. Devait-elle en parler à Kendra ? Daisy hésita. Elle ne recommanderait sans doute pas Ida pour les fourneaux de la Maison-Blanche, mais les Wood étaient plutôt abattus cette semaine et n'exigeraient sûrement pas des festins de roi. Après tout, pourquoi pas ?...

— Ma mère vient tous les ans de l'Ohio nous rendre visite, elle est chez nous en ce moment. Elle travaille à mi-temps à la teinturerie mais je suis sûre qu'elle serait très heureuse de venir deux ou trois heures par jour pour vous sortir de ce mauvais pas.

Elle fait bien la cuisine, rien de très compliqué, bien sûr, mais...

Sam avait déjà reposé son journal.

— Je vous ai toujours trouvée très sympathique, Daisy. Quand votre mère peut-elle commencer ?

24

Assise sur la banquette arrière, Willeen braquait le pistolet sorti de la boîte à gants sur la tête de Bessie, couchée tant bien que mal sur le plancher de la voiture.

— Plus vite, Judd ! cria-t-elle. On se traîne.

— Ta gueule, Willeen ! Je n'ai pas envie de me faire arrêter par un flic.

— C'est pourtant ce que vous mériteriez tous les deux, petits voyous ! clama Bessie.

Willeen lui planta le canon de l'arme dans l'oreille.

— Brûlez ma vieille cervelle si cela vous chante, la défia Bessie, mais votre crime ne restera pas impuni !

— Ecoutez, la vieille..., commença Judd.

— Je m'appelle Bessie. Dites-moi mademoiselle Armbuckle, je vous prie.

— *Mademoiselle* Armbuckle, nous ne voulons pas d'histoires...

— C'est pour ne pas avoir d'histoires que vous vous êtes déguisé en Père Noël et que vous avez volé le tableau ? Je n'aurais jamais dû vous laisser entrer.

Bessie tenta de changer de position pour soulager ses membres ankylosés. A mon âge, jetée par terre comme une pile de linge sale ! fulmina-t-elle. Elle était tellement enragée qu'elle en oubliait d'avoir peur. Le premier choc passé, elle réagissait comme à son habitude, c'est-à-dire en laissant libre cours à ses propos.

Elle ne sentit sa crainte revenir que lorsque la voiture s'arrêta et que Judd ouvrit la portière. Tant qu'ils avaient roulé, elle n'avait pas eu besoin de penser à la réalité de ce qui l'attendait. De même qu'un enfant dort paisiblement pendant des centaines de kilomètres et se met à hurler dès qu'on s'arrête au péage, les nerfs de Bessie obéissaient à des lois illogiques.

— On vous recherche, vous savez, déclara-t-elle. Il y a en ce moment en ville une jeune détective, Regan Reilly, qui sait fourrer son nez aux endroits où il faut.

Judd et Willeen échangèrent un regard en poussant Bessie dans la cuisine. Ils lui avaient lié les mains avec la corde qu'ils gardaient aussi dans la boîte à gants.

Lorsque Willeen eut allumé la lumière, Bessie regarda autour d'elle d'un air dégoûté.

— L'endroit aurait besoin d'un bon coup de balai, observa-t-elle.

— Voilà une occupation toute trouvée pour vous, répondit Judd.

— Compte là-dessus, mon bonhomme, marmonna Bessie.

— Vous disiez ?

— Rien, rien.

Elle se demandait ce qu'ils comptaient faire d'elle. Willeen lui fournit bientôt la réponse en ouvrant la porte d'une chambre contiguë au living.

— Eben ! Voilà de la compagnie.

— Eben ? s'exclama Bessie.

Elle n'en croyait pas ses yeux : là, les mains attachées derrière le dos et les chevilles au montant du lit, gisait l'homme censé avoir tenu le rôle du Père Noël. Le malfaiteur dont, à peine une heure auparavant, elle avait vu la photo anthropométrique sur son écran de télévision.

Aussi effaré qu'elle, Eben la dévisagea bouche bée.

— Bessie ! Qu'est-ce que vous faites ici ? Excusez-moi de ne pas me lever pour vous serrer la main.

— J'adore votre sens de l'humour, Eben ! gloussa Willeen. Bessie, allez donc dire bonjour à votre copain Eben.

Bessie darda sur lui un regard dénué d'indulgence.

— C'est *vous* le sagouin qui traînait ses bottes boueuses sur mes tapis l'année dernière, ce qui veut dire que c'est à cause de *vous* que je suis dans ce pétrin ! Si je ne m'étais pas tant souciée l'autre soir des bottes du Père Noël, je n'aurais pas remarqué tout à l'heure celles de cet énergumène.

— Que voulez-vous, soupira Eben, c'est le destin.

Et moi qui me languissais d'avoir de la compagnie ! se dit-il amèrement. Voilà ce que je récolte : Mme Propre.

— Ne vous inquiétez pas, vous deux, déclara Judd, vous aurez le temps de faire connaissance puisque vous allez partager le même lit.

— Quoi ? protestèrent avec ensemble les intéressés.

— Le canapé..., suggéra Eben. Je m'en contenterai...

— Il n'est pas assez long et il ne se déplie pas. Mais de quoi vous plaignez-vous ? On vous offre une chance de partager vos sentiments les plus intimes. Vous tomberez peut-être amoureux l'un de l'autre. Comme Willeen et moi. Hein, chérie ?

Willeen laissa échapper un ricanement :

— Pour ce qui est de partager tes sentiments intimes...

— Ta gueule ! Vous, couchez-vous, ordonna-t-il à Bessie. Eben a droit à une pause-pipi et il reviendra tout de suite vous tenir chaud sous les draps.

— Une pause-pipi, déjà ? dit Eben pendant que Judd défaisait ses liens. Ta générosité me bouleverse.

— Pas de commentaires, gronda Judd.

— Au fait, demanda Willeen à Bessie, qui est cette Regan Reilly ?

Eben dressa l'oreille. Regan Reilly... Mais oui ! Ses parents étaient les invités des Wood. Elle était détective privée et il l'avait lui-même rencontrée chez Louis.

Bessie comprit qu'elle aurait mieux fait de tenir sa langue. Si Eben et elle devaient compter sur Regan pour les tirer de ce bourbier, il ne fallait surtout pas lancer ces deux-là sur sa piste. Elle devait donc rester dans le vague sans éveiller leurs soupçons.

— Qui est-ce ? insista Willeen.

— Une détective privée. Elle est ici en vacances.

— Où est-elle descendue ?

— Je n'en sais rien, répliqua sèchement Bessie.

— Bien, déclara Judd. C'est sans importance.

Willeen était quand même inquiète quand ils remontèrent en voiture pour retourner en ville.

— Qui est cette fille, Judd ? On est restés ici trop longtemps, je n'aime pas ça. On devait simplement passer le week-end à faire du ski, rencontrer des gens rupins et filer aussitôt après la réception. Et nous voilà maintenant transformés en baby-sitters avec ces minables sur les bras pendant que les flics se grattent la tête et lancent des avis de recherche.

— Qu'est-ce que tu veux, à la fin ? A partir du moment où Eben m'avait reconnu, nous n'avions plus le choix. Si nous voulions réussir le coup du gala, il fallait le neutraliser. De toute façon, ça ne peut pas mieux se passer. C'est *lui* que tout le monde soupçonne d'avoir commis les autres cambriolages. C'est *lui* que la police recherche. Pas nous.

— J'espère que cette détective privée est sur sa piste à lui. Malgré tout, j'aimerais bien en savoir davantage sur son compte.

— On le saura, Willeen. Ne t'inquiète pas, on le saura.

Impatient d'aller se mêler à la foule joyeuse dans les boîtes à la mode, le Coyote sifflotait gaiement sous la douche. Pendant qu'il se séchait, il alluma son moniteur — et contempla l'écran avec stupeur.

— Qu'est-ce qui se passe encore ? dit-il à mi-voix.

Il s'habilla sans perdre un mot ni une image de l'arrivée d'une femme dans la chambre d'Eben.

— Une fille à domicile. Tu en as de la chance, Eben ! commenta-t-il en éclatant de rire.

Il s'était rarement autant amusé pendant une opération. Willeen avait l'air énervée. De qui parlaient-ils ? Regan Reilly, détective privée ? Eh bien, laissez-la enquêter...

Il ne devait cependant pas négliger une règle cruciale de son métier : ne jamais sous-estimer personne, aussi bien les flics que les concurrents. Le coup de Vail était bien monté, Judd et Willeen n'avaient pas saboté le travail. Mais ils ne pouvaient pas deviner qu'il y avait une taupe dans leur réseau. Ils apprenaient ainsi à leurs dépens que les opérations les mieux planifiées tournaient parfois mal. Le Coyote sourit : son plan à lui ne pouvait pas échouer.

Quand Judd et Willeen quittèrent la maison après avoir ficelé Eben et Bessie, il leur fit un petit signe de la main et éteignit le moniteur.

— Peut-être à tout à l'heure, les enfants !

Après le départ de ses visiteurs inattendus, Geraldine retourna dans sa grange. Elle espérait ne pas avoir commis d'erreur en se montrant magnanime envers ce Louis, car Regan Reilly lui avait été d'emblée sympathique. Malgré sa jeunesse, elle paraîssait directe et sensée — pas comme ces hippies qui avaient envahi Aspen dans les années 60 et ne savaient rien faire de mieux que de gratter leurs guitares et chanter des âneries pacifistes.

Il était près de cinq heures du soir quand Geraldine prit conscience d'être fatiguée et d'avoir froid. A part une vieille gamelle qui aurait pu dater du temps de la mine de Pop-Pop, elle n'avait rien déniché de valable. Tout ce qu'elle avait examiné ce jour-là était bon pour la décharge.

Geraldine allait abandonner quand son instinct la poussa à se dresser sur la pointe des pieds afin de vérifier si l'étagère explorée pendant la dernière demi-heure était bien vide. La lumière jaunâtre de l'ampoule qui se balançait au bout d'un fil n'atteignait pas ces sombres recoins entre la planche et le toit.

Elle décrocha de sa ceinture la torche électrique dont elle se munissait dans l'espoir de découvrir quelque trésor caché sous une pile de vieilleries sans valeur. Elle distingua alors dans le rayon lumineux un gros volume ayant l'aspect d'un livre de comptes ou d'un album de photographies.

Geraldine approcha un tabouret, monta dessus et tendit le bras, mais l'étagère était profonde et ses doigts effleurèrent à peine la reliure. Enfin, après de longs efforts, sa patience fut récompensée et elle parvint à tirer le livre jusqu'à elle. Espérant, contre toute vraisemblance, qu'il s'agissait de photographies encore inconnues de Pop-Pop et de sa famille, elle braqua sa lampe sur la couverture, balaya la couche de poussière du plat de la main et poussa un cri de joie en découvrant deux lettres d'argent gravées dans le cuir marron : B.S. Les initiales de Pop-Pop !

Les larmes aux yeux, Géraldine ouvrit le volume. Tracé en capitales, ornées de fioritures et d'une superbe faute d'orthographe, le titre s'étalait sur la page de garde :

HISTOIRRE DE MA VIE
PAR BURTON SPOONFELLOW

Dans sa hâte, elle prit à peine le temps d'éteindre la lumière et de fermer la porte de la grange avant de courir jusqu'à la maison, le livre serré sur sa poitrine. Elle se versa une rasade de bourbon, ralluma le feu et se carra dans le fauteuil à bascule, le préféré de Pop-Pop, dont le cher portrait semblait la regarder avec bienveillance.

Le verre levé, Geraldine lui porta un toast :

— Comme vous disiez, Grand-Papa : Cul sec !

Sur quoi, elle lampa le bourbon d'un coup et s'essuya les lèvres du revers de la main.

— Et maintenant, je vais enfin découvrir vos secrets.

Il y en avait un, surtout, dont elle espérait retrouver enfin la trace écrite.

27

Sur le chemin du retour, Daisy chantonnait au volant de sa Jeep. Tout le monde aime se faire masser, pensait-elle. Les Wood et les Reilly s'étaient répandus en commentaires flatteurs sur la manière dont elle avait pétri leurs muscles raidis et rendu la souplesse à leurs articulations rouillées.

Pendant qu'elle soignait Kendra, Daisy avait mis sur le magnétophone sa cassette la plus lénifiante, le bruit de la mer se brisant sur la plage avec quelques cris de mouettes en arrière-plan. Par malheur, cet enregistrement évoquait à Kendra un paysage de Cape Cod, une de ses toiles préférées désormais disparues.

— Vous feriez mieux de changer de cassette, lui avait dit Kendra. Celle-ci me tape sur les nerfs.

— Pas de problème, avait répondu Daisy à son habitude. Je croyais qu'elle vous plairait parce que notre corps est composé d'eau à plus de quatre-vingt-dix pour cent. C'est sans doute pour cela que nous sommes tellement attirés par la mer.

— Oui, comme Eben par mes tableaux, avait répliqué Kendra avec amertume.

La voyant fermer les yeux, Daisy n'avait pas insisté. Elle savait d'expérience qu'il arrive parfois un moment où le client ne veut plus actionner un seul muscle, y compris ceux de sa mâchoire. Le massage s'était donc poursuivi dans le silence et

Daisy en avait profité pour passer en revue et organiser ses activités jusqu'à la fin de la semaine.

Elle souriait encore en s'arrêtant devant sa porte car elle était toujours heureuse de rentrer chez elle. Dans la cuisine, Ida façonnait des boulettes de viande hachée.

— Sois tranquille, je me suis lavé les mains, dit-elle en remontant ses lunettes d'un coup de poignet.

— Mais je ne t'ai rien dit ! protesta Daisy en riant.

Elle pendit son manteau près de la porte, à une des patères déjà surchargées de blousons et d'écharpes au-dessus d'un alignement de bottes qui nageaient dans une petite mare de neige fondue. Entre-temps, Ida avait sorti du congélateur un paquet de maïs surgelé qu'elle posa sur le comptoir et attaqua avec vigueur à l'aide d'un pic à glace.

— Comment s'est passée ta journée, ma chérie ?

— Très bien, répondit Daisy. Et j'ai une bonne nouvelle pour toi.

— Ah oui ? Quoi donc ?

— Je t'ai trouvé un autre job.

Une soudaine affliction assombrit le visage d'Ida.

— M'estimerais-tu trop encombrante, par hasard ?

Un petit peu, par moments, pensa Daisy qui prit affectueusement sa mère par la taille.

— Pas du tout, voyons ! Mais je sais que tu as besoin d'argent et je crois que ce job-ci te plaira.

— Je t'écoute, répondit Ida, l'air ulcéré.

— Voilà. Depuis que le gardien de Kendra Wood a joué la fille de l'air, elle n'a plus personne pour faire la cuisine, les courses et un peu de ménage. Tu pourrais peut-être lui rendre service deux ou trois heures dans l'après-midi, ce ne serait que pour la semaine.

— Si elle a besoin de moi toute la journée, s'exclama Ida, je laisserai tomber le teinturier !

— Mais non, Maman ! Ne lâche surtout pas la

teinturerie, c'est un emploi stable que tu aimes retrouver quand tu viens ici.

— Je n'ai presque pas vu de célébrités cette année, je m'ennuie à mourir. Alors, travailler pour Kendra Wood !... Ne m'as-tu pas dit aussi que Nora Reilly était chez elle en ce moment ? C'est mon auteur préféré !

— Oui, elle est là avec son mari.

— Je crois avoir lu quelque part qu'il a un métier bizarre.

— Entrepreneur de pompes funèbres — il faut bien que quelqu'un le fasse... Bon, j'appelle Kendra pour lui annoncer que tu iras là-bas demain après-midi.

Daisy décrocha le téléphone et composa le numéro.

— Je n'ai presque plus de pellicule dans mon appareil, s'écria Ida. Fais-moi penser à en acheter demain matin.

Daisy raccrocha.

— Non, Maman ! Pas question de photos.

— Mais..., voulut protester Ida, atterrée.

— J'ai dit, pas de photos ! Ils sont ici pour se reposer, ils ont droit à leur tranquillité.

— Bon, bon, d'accord...

Pendant que Daisy redécrochait le téléphone, Ida ouvrit, avec une énergie dont elle ne se savait pas dotée, un bocal de marmelade de pommes qu'elle vida allégrement dans un compotier.

Son fichier mental, tenu à jour avec le plus grand soin, déroulait devant elle la liste complète des téléfilms dont Kendra Wood avait été la vedette. Ida brûlait d'impatience de lui faire parler de chacun de ses rôles. Et puis, en insistant un peu, elle la déciderait peut-être à poser pour une ou deux photos.

28

La compagnie de son amie Kit rendit à Regan sa joie de vivre. Pendant qu'elles allaient au rendez-vous de Larry, elle la mit au courant des derniers événements.

— Te souviens-tu d'Eben ? Il était à la réception que Louis avait donnée, il y a quelques années, autour de sa piscine. C'était lui qui passait les amuse-gueules.

— Si je me souviens de lui ? Bien sûr ! Je l'avais trouvé drôle comme tout. Il me servait à boire au moment où cette productrice prétentieuse a été jetée dans la piscine. Je lui avais dit quelque chose dans le genre « pourvu qu'elle ne perde pas ses bijoux dans l'eau », il m'avait répondu que tout était faux et que ce ne serait pas une grosse perte. Il m'avait ensuite recommandé de faire attention à mon bracelet parce que le fermoir était tordu.

— Il t'a dit ça ? s'étonna Regan.

— Oui, confirma Kit.

— Aïe ! Quoi d'autre ?

— Je lui avais demandé pourquoi il s'y connaissait si bien en matière de bijoux.

— Et alors ?

— Il m'avait répondu d'un air gêné qu'il plaisantait. Pourtant, il avait raison, mon fermoir était bel et bien cassé. Quel coup d'œil !

— Hélas, oui ! répondit Regan avec un soupir. J'ai

bien peur que notre ami Eben n'ait décidé d'élargir son champ d'action et de s'attaquer au marché de l'art. Là aussi, il a du flair : le tableau des Grant et celui de Vail sont des chefs-d'œuvre. Je n'arrive pourtant pas à comprendre qu'il s'en soit pris aux tableaux de Kendra, qui était si bonne pour lui. Elle dit elle-même qu'ils avaient une valeur plus sentimentale que marchande, mais ce n'étaient quand même pas des croûtes. Sam et elle y tenaient parce que chacun représentait pour eux un souvenir de voyage.

— Quand on a ça dans le sang, on a beau faire, on retombe dans son ornière. Mais je m'étonne, moi aussi, qu'il leur ait fait cette sorte de pied de nez. Ce type m'avait paru sympathique, pas du tout du genre à se conduire en voyou.

— J'étais sûre qu'il avait tourné la page. Non, vois-tu, il y a là-dedans trop de choses qui ne collent pas... Allons, inutile de nous tracasser maintenant. Il fait un temps superbe, ce soir, tu ne trouves pas ?

— Mer-veil-leux !

Elles louvoyaient dans la rue entre les groupes de skieurs qui rentraient chez eux, les skis sur l'épaule. Les bars étaient bondés, la ville entière semblait vibrer. Quand elles arrivèrent au Little Nell, elles durent faire la queue devant la porte, laissant des clients sortir pour pouvoir entrer.

Finalement, le portier écarta la cordelière de velours rouge et elles furent admises dans le saint des saints. Tout en se frayant un passage dans la foule, elles cherchèrent à repérer la silhouette du dentiste des stars.

— Je le vois ! annonça Regan. Au cœur de la mêlée, si l'on peut dire.

— Une mêlée aveuglée par son éblouissant sourire, n'en doutons pas, compléta Kit.

Larry était assis à une table d'angle avec deux couples qui s'apprêtaient à partir. Il se leva d'un bond en voyant les deux amies s'approcher.

149

— Regan !... Kit est là ? Quelle bonne surprise ! Je ne savais pas que vous veniez, dit-il en leur administrant à chacune des bisous fraternels.

— C'est une surprise pour moi aussi, répondit Kit. Mais comme je me suis trouvée libérée, disons... à l'improviste, de mes engagements, j'en ai profité pour rejoindre Regan.

— Eh bien, vous m'en voyez ravi. Vous allez vous amuser comme des folles, toutes les deux ! affirma Larry. Je connais tout le monde, je vous ferai inviter partout.

— Qu'est-ce que vous offrez en échange ? demanda Regan. Un détartrage gratuit pour chaque fille que vous amenez ?

Larry éclata de rire.

— Regan, vous êtes d'une méchanceté !...

— Mais non, je suis simplement la petite sœur que vous n'avez jamais eue.

— Il y a un tas de types sympas ici. Voulez-vous que je vous les présente ?

— Tu vois, Kit, déclara Regan. Il essaie déjà de se débarrasser de nous.

— Assez de paroles, passons aux actes, exigea Kit avec un sourire carnassier. Montrez-nous vos types sympas.

— Oh ! vous deux, vous allez me tuer ! Mais laissez-moi d'abord vous rapporter quelque chose du bar, ce sera plus rapide. Asseyez-vous et gardez la table.

Il prit leurs commandes et se glissa dans la foule en s'arrêtant à chaque pas, ou presque, pour saluer avec affection des représentantes du sexe prétendu faible.

— Je parie qu'il a fallu moins de temps à Moïse pour traverser le désert que n'en mettra Larry pour traverser la salle, observa Regan.

— J'aurais dû lui dire que je dois rentrer sans faute la semaine prochaine sur la côte Est, renchérit Kit. Je suis ravie d'être ici, tu sais.

— Moi aussi, répondit Regan. On s'amusera bien cette semaine, j'en suis sûre. Le gala de Louis devrait être sensationnel. Mon Dieu, ajouta-t-elle en levant les yeux au ciel, faites qu'il n'arrive rien pour tout flanquer par terre ! Louis en perdrait la raison.

— Voilà, mes toutes belles ! dit Larry qui posa leurs cocktails sur la table avant de se rasseoir.

— Merci, docteur, répondit Regan en levant son verre.

— Tout juste le remède qu'il fallait, renchérit Kit en buvant une gorgée du sien.

Larry héla un homme dans la foule :

— Salut, Derwood !

— Bonsoir, Larry. Je peux me joindre à vous ?

— Bien sûr. Je te présente mes amies Kit et Regan. Mesdemoiselles, mon vieil ami Derwood.

Derwood, garçon tranquille et discret d'environ trente-cinq ans, aux cheveux châtains bouclés et aux yeux noisette, s'assit à côté de Kit. Apprenant qu'il était informaticien, dirigeait sa propre affaire et venait de Chicago, Kit commit l'erreur fatale de lui dire qu'elle envisageait l'achat d'un nouvel ordinateur. Il n'en fallut pas plus pour le lancer dans une interminable dissertation, où il était question de disques durs, de méga-octets, de modems et d'imprimantes, au point que Larry lui-même était incapable de placer un mot.

Ulcéré, le dentiste des stars regardait autour de lui à la recherche d'un sauveteur éventuel quand il repéra un type à la carrure d'athlète et aux cheveux auburn, auquel il fit de la voix et du geste de pressants signes d'appel.

— Hé ! Stewart ! Viens donc !

Regan se retourna pour voir à qui s'adressait ce SOS. Un coup d'œil suffit : Lui Tarzan, moi Jane, se dit-elle en se retenant d'éclater de rire. Son torse avantageux était moulé dans un chandail rouille assorti à sa chevelure ; un sourire chaleureux, qui se prolongeait jusque dans son regard, lui conférait cependant un charme indéniable.

Kit n'avait pas manqué de le remarquer elle aussi, mais le savant exposé de Derwood sur la nécessité impérieuse de tenir les disquettes à l'abri des températures extrêmes l'empêchait d'intervenir.

— Je n'avais pas l'intention de les emmener skier, lui dit-elle avec un sourire contraint.

Stewart s'installa dans le dernier siège libre à côté de Regan. Pauvre Kit, elle doit avoir envie de se tuer, se dit Regan dans un louable élan d'altruisme pendant que Larry procédait aux présentations.

— Regan Reilly ? dit Stewart en lui serrant la main. Je me doutais que c'était vous. Larry et moi étions hier soir chez des amis. Quand je suis allé reprendre mon manteau dans la chambre, il était en train de parler à son inséparable magnétophone de poche : « Penser sans faute à appeler Regan Reilly demain. »

Son imitation de Larry était si drôle qu'ils éclatèrent de rire à l'unisson.

— Décidément, tout le monde m'en veut ! soupira l'intéressé d'un air faussement ulcéré.

— Si je comprends bien, vous m'auriez oubliée sans cela ? feignit de s'indigner Regan.

— Mais non ! Cela prouve au contraire que je ne cesse de penser à vous... Il a bien fallu que j'explique à Stewart qui vous étiez. Il a même lu l'un des livres de votre mère.

— Non, plusieurs ! s'empressa de préciser Stewart. Je lis assez peu de romans mais les siens m'ont beaucoup plu.

Il a au moins le bon goût de ne pas me dire que lire des romans est une perte de temps, pensa Regan.

— Dans ce cas, lui dit-elle, il faut que je vous offre un verre, c'est la moindre des choses.

— Pas question ! C'est à moi de vous inviter. Je

fabrique des vêtements pour enfants et je gagne des...

Une blonde aux cheveux de soie lui tombant à la taille l'interrompit en tapant sur l'épaule de Larry qui se leva d'un bond, comme frappé par la foudre.

— Danielle ! s'exclama-t-il. Quelle joie !

Sur quoi, il empoigna une chaise qui venait de se libérer à la table voisine et la fit asseoir à côté de lui ou, plutôt, tout contre lui.

29

— C'est une honte ! déclara Bessie sombrement. Nous attacher les mains derrière le dos et les pieds aux montants du lit ! De la barbarie !

— Et nous ne sommes même pas amoureux, ajouta Eben.

— Très drôle !

— Vous ne vous imaginez pas, j'espère, que c'est moi qui ai eu l'idée de ce divertissement, ma bonne dame.

— Je m'appelle Bessie.

— Enchanté de faire votre connaissance.

— Comme si nous ne nous connaissions pas déjà ! gronda Bessie. Pour mon malheur, ajouta-t-elle. Sans vous, je ne serais pas dans ce sinistre pétrin.

— On ne lutte pas contre son destin, observa Eben avec philosophie. Etes-vous aussi désagréable avec moi parce que j'avais de la boue sur mes bottes l'année dernière ? Vous auriez dû accueillir le Père Noël en mettant devant la porte un paillasson avec BIENVENUE écrit dessus. Et puis, ayez un peu de considération pour mes sentiments, je vous prie. C'est moi seul qu'on accuse de tout ce qui s'est passé.

Bessie poussa un grognement réprobateur.

— Comment me serais-je doutée qu'en faisant mon travail, c'est-à-dire en vérifiant les bottes du

Père Noël, je me trouverais entraînée dans cette aventure ? Nous sommes tous les deux dans la mélasse. Jusqu'au cou.

Après le départ de leurs geôliers, Bessie avait brièvement relaté à Eben sa fatale rencontre avec Judd dans le bar de la gare routière. Depuis, ils n'échangeaient que de rares paroles. Pendant qu'ils ficelaient Bessie sur le lit, Judd et Willeen avaient éteint la télévision et oublié de la rallumer avant de partir. Ils n'avaient pas laissé non plus la moindre lumière dans la maison. La chambre était plongée dans le noir.

— Je ne sais pas ce que nous allons faire, dit Bessie à un moment. Je me demande surtout ce qu'ils feront de nous.

— Essayons de nous reposer, suggéra Eben avec bon sens. Demain il fera jour, comme dit le proverbe. La lumière nous inspirera peut-être un plan d'évasion.

Bessie ne répondit que par un soupir excédé. A cause de sa coiffure, elle ne parvenait pas à poser sa tête dans une position confortable. Ses épais macarons tressés maintenus par des dizaines d'épingles lui interdisaient de s'enfoncer dans l'oreiller. Chez elle, elle aurait pu défaire son échafaudage capillaire et se brosser les cheveux. Elle ne se consolait pas d'être privée de son lit et de ses objets familiers.

— J'espère que vous ne parlez pas en dormant, dit-elle aigrement au responsable de son infortune.

— Faites de beaux rêves, se contenta de répondre Eben en fermant les yeux.

Une demi-heure plus tard, le bruit de la porte d'entrée les réveilla en sursaut. Un instant après, Willeen apparut sur le seuil de la chambre. Derrière elle, l'ampoule nue du vestibule les éblouit douloureusement.

— On vous réveille pas, au moins ? s'enquit Willeen.

Elle a l'air éméchée, remarqua Bessie.

— Vous avez sans doute envie d'aller faire pipi, vous autres. Parce que moi, j'peux plus me retenir mais j'suis bien obligée d'attendre, Judd m'a battue au poteau. Si vous saviez comme on s'est marrés, c'soir !...

Un hoquet l'interrompit. Elle a dû en avaler plus que son compte, se dit Eben.

— Et on a eu une veine, j'vous dis qu'ça ! On a la carte d'un type, le dentiste des stars... faites excuse, dit-elle dans un nouveau hoquet. Bref, j'lui demande quelles stars et y m'répond Nora Reilly. Tiens, j'lui dis, j'connais ce nom-là. Oui, y m'dit, c'est un écrivain. Alors, j'sais pas pourquoi, j'regarde Judd et j'dis comme ça : Regan Reilly. Elle est là aussi, dit le dentiste. C'est sa fille. Vous voulez que j'vous présente ?

Sur quoi, Willeen éclata d'un rire hystérique.

— Et alors, reprit-elle, on fait connaissance avec la fameuse Regan Reilly. Vous savez quoi, les tourtereaux ? Eh bien, elle s'inquiète pas du tout de vous, mais alors pas du tout ! Elle s'amusait, oui ! Et il y avait un vachement beau type à côté d'elle qui la couvait des yeux, fallait voir ça !

Judd apparut à son tour sur le pas de la porte. Willeen lui caressa tendrement la joue.

— Bien sûr, il était pas aussi beau gosse que toi, mon Juddy, parce que toi...

— Va te coucher, Willeen, t'as assez parlé, l'interrompit sèchement l'ingrat objet de sa ferveur amoureuse.

— Ma foi, c'est pas de refus, déclara Willeen entre deux hoquets.

Grands dieux ! pensa Eben, atterré. Voilà Regan Reilly en danger, maintenant. Cette Bessie, avec sa grande gueule !...

30

Depuis des heures, un châle sur les épaules, Geraldine n'avait pas bougé de son fauteuil à bascule. Elle avait un mal de chien à déchiffrer l'autobiographie de Pop-Pop. Entre les minuscules pattes de mouche, l'encre pâlie, l'orthographe de haute fantaisie et les ratures allant jusqu'à déchirer le papier desséché qui s'effritait entre ses doigts, tout se liguait pour ralentir sa lecture et lui fatiguer les yeux. Quant au style décousu, qui sautait sans rime ni raison d'un sujet à l'autre sans respect de la chronologie, il mettait ses nerfs à rude épreuve.

— Il se prenait pour qui ? grogna-t-elle en tournant délicatement une page et en ajustant sa loupe. James Joyce ?

Cet accès d'irritation fut aussitôt suivi d'un sentiment de honte envers elle-même et d'admiration pour Pop-Pop, qui racontait comment il récoltait des navets dans une ferme de l'Etat de New York alors qu'il avait à peine douze ans.

— « Je n'étais qu'un gamin maigrichon en culotte rapiécée qui se tuait au travail pour gagner son pain », lut-elle à voix basse. « Des années plus tard, quand j'avais mon saloon, la vue d'un navet me faisait encore pleurer... »

Geraldine leva ses yeux, embués eux aussi. Il était si bon pour moi, pensa-t-elle avec émotion. Si compréhensif. Qui d'autre que mon Pop-Pop aurait eu le courage et le talent de devenir un des hommes les plus éminents d'Aspen ? Il avait tiré parti comme personne de ses dix-huit mois d'école élémentaire. Et quel conteur ! Depuis qu'il prenait la parole au pique-nique annuel du 4 Juillet, on l'avait surnommé Langue d'Argent.

Il avait tant de choses à dire et à écrire qu'il devait en avoir le cerveau farci ! Pas étonnant, dans ces conditions, qu'il perde de temps en temps le fil de son récit. Il passe de la fondation du saloon à son départ vers l'Ouest à l'âge de quinze ans et revient à un accident dans la mine... Mais a-t-il écrit quelque chose sur *ça* ? Geraldine mourait d'envie d'en avoir le cœur net.

— Je ne voudrais pas vous manquer de respect, dit-elle au portrait de Pop-Pop, sauf qu'il me faudra peut-être des jours et des jours avant de découvrir si vous avez écrit quelque chose à ce sujet. J'ai trouvé quelqu'un qui pourra peut-être m'aider, mais elle s'en va à la fin de la semaine. Sinon, Pop-Pop, ce sera avec joie que je passerai tout mon temps à savourer les détails de votre vie quotidienne, que vous avez notés en détail dans ce journal.

Au fait, quand donc écrivait-il ? se demanda Geraldine en reprenant sa lecture. Sans doute tard dans la nuit. Quand elle avait fait avec lui ce long voyage de six mois, elle s'était rendu compte qu'il était insomniaque. Il avait donc dû mettre ces heures calmes à profit pour épancher son cœur sur le papier. Ce n'est pas comme moi, se dit-elle. Rien ne m'exaspère davantage que de me réveiller à trois heures du matin sans réussir à me rendormir. Je suis trop énervée pour faire quoi que ce soit d'utile.

Il était près de minuit quand elle marqua la page avec sa loupe et referma le lourd volume. Elle l'emporta dans sa chambre, le posa près d'elle sur sa table de chevet. Espérons que c'est quelque part là-dedans, se répéta-t-elle.

Et tandis qu'elle se laissait glisser dans le sommeil, elle se rassura à l'idée que, si elle se fiait à ce qu'elle avait déjà lu, Pop-Pop semblait n'avoir rien omis. Il avait donc sûrement noté *cela* aussi.

31

— Je suis tellement crevée que je pourrais me coucher sans même me déshabiller ! déclara Kit pendant que Regan ouvrait la porte de leur chambre.

— Je croyais que le charme de ton chevalier servant t'avait donné des ailes.

Kit se laissa tomber sur le lit de camp installé à son intention.

— M. Couper-Coller ? Tu plaisantes, j'espère ! Il fallait que ce soit toi qui hérites de l'autre. As-tu vu comme les filles tombaient en pâmoison devant lui ?

— Je n'en ai pas *hérité* ! protesta Regan. Il n'est pas antipathique, d'accord, mais je le trouve prétentieux. Il est beau garçon et il le sait un peu trop. Ce n'est pas le genre d'homme à qui se fier à long terme.

— Le court terme me conviendrait parfaitement, répondit Kit en enlevant son blouson et en quittant ses bottes. De toute façon, on n'est ici que pour huit jours. Il t'emmène skier, demain ?

— Il *nous* emmène skier. Derwood ne te l'a pas proposé ?

— S'il l'a fait, je n'ai rien entendu. Quand il a embrayé sur les ordinateurs du troisième millénaire, j'ai commencé à dissocier — à penser à autre chose, si tu préfères.

— Sois tranquille, il viendra.

— Je sais, il se vante de skier comme un champion. Je frémis à l'idée de la remontée en télécabine ! S'il faut subir l'historique des microprocesseurs, le quart d'heure durera le double. Et quand je pense aux pauvres gens coincés avec nous dans la même nacelle ! Ils ne seront pas à mi-pente qu'ils auront envie de sauter dans le vide.

— Il n'est pas si désagréable, voyons ! Je l'ai même trouvé plutôt mignon, dans son genre. Stewart me rebattait les oreilles de ses collègues chic et me demandait à tout bout de champ si je connaissais Untel ou Unetelle. Quand je lui ai répondu non pour la deux centième fois, j'espérais qu'il se lasserait. Mais non...

— Tu lui plais, c'est visible. Quand je me suis mise à dissocier, je bavais d'envie en le regardant.

— C'est ton nouveau mot fétiche, dissocier ?

— Hein ?

Avec un hochement de tête indulgent, Regan alla prendre son peignoir dans la salle de bains.

— Lève-toi, Kit ! Ne t'endors pas tout habillée.

— Je ne fais que suivre ton mauvais exemple. C'est toi, au collège, qui n'avais pas même sorti tes pyjamas neufs de leur emballage au bout de quatre ans.

— Je renonce ! dit Regan en riant.

Elle retourna dans la salle de bains, se débarbouilla, se lava les dents et avala consciencieusement son comprimé quotidien de calcium — résultat de ses lectures sur les dangers de l'ostéoporose chez les femmes et l'importance des mesures préventives. Lorsqu'elle revint dans la chambre cinq minutes plus tard, Kit n'avait pas bougé d'un pouce et avait les yeux fermés.

— Kit ! Lève-toi.

— Heureusement que je suis crevée, répondit-elle en bâillant, sinon je ne dormirais pas de la nuit. Ce lit de camp est une abomination.

— C'est vrai, il me rappelle les lits du dortoir de

Saint-Polycarpe. Ne t'en fais pas, j'y coucherai demain soir.

— Ne t'inquiète pas pour moi, je survivrai. D'ailleurs, j'ai rendez-vous chez mon kiné la semaine prochaine.

Pendant que Kit se traînait dans la salle de bains, Regan se glissa sous ses couvertures. J'ai des remords, se dit-elle avec un regard apitoyé au lit de camp. Enfin, pas tant de remords que ça... Il faudra demander à Louis s'il n'a rien de mieux à nous proposer.

Elles avaient passé une excellente soirée. Après avoir dîné tous ensemble, ils étaient allés danser. Partout, Larry les avait présentées à tout le monde. Au fond, pensa Regan, il a manqué sa vocation. Il aurait fait dans les relations publiques une carrière encore plus brillante que dans la dentisterie. Il connaissait littéralement la terre entière.

Aucun message ne les attendait à La Mine d'Argent lorsqu'elles étaient enfin rentrées. Regan prit un bloc sur sa table de chevet et y jeta quelques notes pour le lendemain. Appeler Yvonne, lui demander si elle avait trouvé le numéro de téléphone de Bessie. Prendre contact avec le journaliste auteur de l'article sur Geraldine. Il avait identifié le Beasley, peut-être possédait-il des informations sur le vol de Vail. Il éclairerait aussi Regan sur la personnalité de la vieille demoiselle. Et s'il avait connu Eben ?

Elle reposait son stylo quand Kit sortit de la salle de bains en bâillant.

— Ta mère serait folle de Stewart, déclara-t-elle. Penser qu'il habillerait gratuitement ses futurs petits-enfants...

— Ne lui dis surtout rien demain soir chez Kendra ! Inutile de lui donner de faux espoirs.

— Rassure-toi, je serai muette comme la tombe. Heureusement que mon frère a trois enfants, sinon ma mère me harcèlerait pour que je ne laisse pas la famille tomber en quenouille... Ah ! mon petit coin de paradis, dit-elle en s'étendant avec précaution sur le sommier métallique.

— Fais de beaux rêves, Kit.

Regan éteignit la lumière. Il y eut un silence.

— Plus j'y pense, dit Kit, plus je suis convaincue que ce type est fait pour toi. Son affaire de vêtements pour enfants dure depuis trois générations, il habite New York où ta mère serait ravie que tu te réinstalles, il vient d'une vieille famille du Massachusetts...

— Oui, et il est snob comme il n'est pas permis ! S'il avait encore fait la moindre allusion à l'ancienneté de son lignage, je l'aurais giflé !

— Pense que pour moi, pendant ce temps, c'était couper-coller, glisser-déplacer, double-clic, sauvegarder...

— Pauvre martyre !

Regan ferma les yeux. Le sommeil commençait à la gagner quand elle entendit la voix de Kit :

— Savais-tu que les derniers ordinateurs portables sont capables de ?...

— Tais-toi ou je t'étrangle !

Sur quoi, Regan s'endormit.

32

— Au travail ! souffla Eben dans l'oreille de Bessie.

Elle sursauta, furieuse.

— Si je pouvais, je vous ferais tomber du lit à coups de pied ! Vous avez ronflé toute la nuit, on aurait dit un marteau-piqueur en surmultiplié.

— Que celle qui n'a jamais péché me jette la première pierre. J'ai entendu pas mal de bruits disgracieux émaner de votre côté du lit. Est-ce que je me plains, moi ?

— Aucune femme digne de ce nom ne devrait être obligée de vous subir.

Le silence revint. Ils gardaient l'immobilité, de peur d'aggraver les douleurs de leurs membres ankylosés.

— Nous ne pouvons compter que sur nous-mêmes, Bessie, dit enfin Eben. Faisons au moins l'effort de nous entendre.

Bessie s'écarta de lui le plus qu'elle put. Elle sentait sa coiffure se désintégrer à chaque mouvement.

— Personne ne sait où je suis, dit-elle avec amertume. On me croit à Vail chez ma cousine, mais je lui avais juste laissé un message sur son répondeur. Si elle ne rentre pas chez elle d'ici demain ou après-demain, on ne saura même pas ce que je suis devenue.

— Eh, oui ! fit Eben avec un soupir faussement apitoyé. Loin des yeux, loin du cœur.

— Vous n'êtes qu'un imbécile !

— Désolé, Bessie. Je comprends ce que vous ressentez, mais je suis arrivé ici deux jours avant vous. On finit par acquérir une certaine philosophie.

— Philosophie ! ricana Bessie. Si on m'avait dit que je finirais dans le lit de Socrate...

— Allez-y, moquez-vous de moi. Mais dites-vous bien que votre stress atteindra un niveau insoutenable si vous ne vous résignez pas d'une manière ou d'une autre.

— Je ne me résignerai jamais !..., commença-t-elle en élevant la voix.

— Chut ! S'ils vous entendent perdre votre sang-froid, vous serez la première à le regretter, croyez-moi.

— Je ne me résignerai pas, reprit-elle à voix basse, au fait que nous sommes déjà de la viande froide, vous et moi. Nous pouvons les identifier. Vous n'imaginez quand même pas qu'ils nous laisseront sortir d'ici vivants, non ?

Eben s'abstint de répondre qu'il ne le savait que trop bien. Il aurait voulu pouvoir se gratter la barbe de huit jours qui lui démangeait le visage. En temps normal, il n'aimait pas se raser et s'en serait réjoui. Maintenant, il aurait donné n'importe quoi pour un peu d'eau chaude, de la mousse et un rasoir. Sans parler d'une bonne douche ! S'il leur restait un semblant d'humanité, ils lui accorderaient l'usage de la salle de bains. Ne serait-ce que dix minutes.

— Du calme, Bessie. Nous trouverons le moyen de nous tirer d'ici. Vous savez peut-être que j'étais voleur de...

— On ne parle que de ça en ville !

— Merci, Bessie, vous êtes un ange de bonté, soupira Eben. Je regrette d'avoir violé la loi, mais...

— Et pas qu'une fois ! Tout le monde vous prend pour un monstre d'ingratitude, d'avoir dévalisé les Wood qui vous faisaient une confiance aveugle.

— Sauf que ce n'est pas moi, n'est-ce pas ? Bien. Je vous disais donc que mon expérience consistant à détourner l'attention des sujets pourrait nous être utile. C'est la clef du succès dans ce métier : détourner l'attention. La plupart des gens sont incroyablement distraits, il suffit de savoir en profiter. Cette Willeen est loin d'être un génie, vous vous en êtes rendu compte. Distraire, détourner — et paf ! votre sac à main accroché au dossier de votre chaise dans le meilleur restaurant de la ville s'est envolé. Et pif ! votre collier préféré n'est plus qu'un souvenir.

— Je n'ai pas l'impression que le sac ou les bijoux de Willeen nous serviraient à grand-chose, grogna Bessie.

— Je ne parlais pas de ça...

— De quoi parliez-vous, alors ? Nous sommes à la merci de ces deux minables qui vont nous assassiner et vous vous gargarisez de vos prouesses techniques ! Ce qu'il faut, c'est filer d'ici, détaler. Et le plus vite possible !

— Il y a un vieux proverbe, Bessie, qui dit que celui qui garde la tête froide quand les autres la perdent...

Le bruit de la porte le fit taire.

— Comment s'est passée votre première nuit ensemble ? s'enquit Willeen d'une voix pâteuse.

— Ecoutez, Willeen, plaida Eben d'un ton pathétique, il faut vraiment que vous me laissiez prendre une douche.

— Judd y est en ce moment.

— Je vous en prie ! gémit Bessie. Je respire ses miasmes, c'est malsain. Moi aussi, je voudrais prendre un bain, mais moi, au moins, j'ai pu me laver hier.

Willeen se gratta le nez, perplexe.

— Il n'y a pas beaucoup de serviettes dans la

baraque. Celles dont on se sert sont à peine assez grandes pour sécher une mouche. Pour des vacances de prestige à Aspen, c'est réussi ! ajouta-t-elle avec un ricanement amer.

Des serviettes ? pensa Eben. Mais je viens d'en acheter une douzaine ! Deux pleins sacs. J'en avais monté une dans la salle de bains pour ne pas me servir des belles serviettes de Kendra — quand je pense qu'elle les y a trouvées, j'en suis malade ! Mais je n'ai jamais rangé l'autre sac dans mon logement. Ces serviettes sont encore dans le coffre de ma voiture. Et elle est garée là, derrière la maison !

Eben les avait achetées à Vail dans son magasin préféré, le *Trocprix*. Il y était allé le vendredi 23 faire quelques achats de Noël, non parce qu'il connaissait beaucoup de gens à qui offrir des cadeaux, se rappela-t-il tristement, mais parce qu'il aimait fouiner dans ce genre d'établissements.

Le *Trocprix* était une ces solderies où l'on trouvait de tout — vaisselle ornée de chromos des Rocheuses, têtes de chien en plastique montées sur ressort à installer sur sa lunette arrière pour exaspérer les automobilistes qui vous suivent, draps et linge de maison dépareillés, sous-vêtements déclassés — bref, n'importe quoi à condition que les prix défient toute concurrence. Il fallait de la patience pour trouver son bonheur dans les caisses en carton débordant d'un fatras savamment mélangé et disposées de manière stratégique dans les coins sombres, mais Eben finissait toujours par y dénicher une demi-douzaine de slips mettables ou quelques paires de chaussettes assorties. Cette fois, avec les serviettes vertes, il avait eu la main heureuse.

Les boutiques d'Aspen étaient devenues si snobs qu'on n'en trouvait plus une qui s'abaissât à vendre des articles courants. Quant aux soldes, il n'en était bien entendu pas question. Les gens du pays devaient donc soit se rabattre sur les catalogues de vente par correspondance, soit aller faire leurs achats ailleurs. Et on appelle ça le progrès ! pensait souvent Eben.

— Vous ne devinerez jamais, Willeen ! annonça-t-il d'un air triomphant.

— Non, sûrement pas, approuva-t-elle.

— J'ai plein de serviettes neuves dans le coffre de ma voiture. Allez les chercher, nous serons tirés d'affaire.

— J'sais pas si...

— Je vous en prie ! insista Bessie. Faites-le pour moi.

Willeen se plongea dans une réflexion ardue.

— Après tout, il y a pas de mal. Ça ne me déplairait pas non plus d'avoir enfin une serviette convenable.

Eben et Bessie entendirent claquer la porte de derrière et des pas traverser la cour jusqu'au garage, où la voiture d'Eben était dissimulée aux regards indiscrets. Quelques instants plus tard, Willeen reparut.

— Dites donc, vous aimez le vert, vous ! Vous ne savez pas qu'il vaut mieux acheter deux couleurs différentes qui se complètent et se mettent en valeur ?

— Je n'ai jamais eu de domicile permanent. Comment voulez-vous que je connaisse ces trucs de décoration ?

— Arrêtez, vous aller me faire pleurer ! Bon, je vais parler de votre douche à Judd.

Lorsque Judd émergea enfin de la douche, Willeen le happa par la mince serviette nouée autour de sa taille.

— Dis donc, nos invités voudraient bien se laver.

— Pourquoi pas ? On peut se permettre d'être généreux. Hé, Eben ! cria-t-il du couloir. Et vous, la belle ! Vous voulez prendre votre douche ensemble ?

— *Non !* hurla Bessie dans un élan de tout son être.

Judd éclata d'un rire gras.

— Allons donc ? Pas même un petit éclair de

sexualité débridée ? On vous facilite pourtant le travail.

— Il n'en est pas question ! clama Bessie.

— Pas la peine d'insister, lui reprocha Eben en levant les yeux au ciel. Voulez-vous prendre votre douche la première ?

— Non, vous en avez plus besoin que moi.

Il leur fallut attendre que Willeen y passe avant eux, de sorte qu'il ne restait plus d'eau chaude dans le cumulus quand vint leur tour. Eben et Bessie se relayèrent quand même puis, une fois présentables, ils eurent le droit de s'asseoir à la table de Formica craquelée de la cuisine. Sous le regard vigilant de Judd, ils mangèrent des céréales avec des cuillers en plastique. Il faisait froid, la maison avait l'allure d'un taudis. Il aurait pourtant suffi de peu de chose pour la rendre accueillante, pensait Bessie en se demandant comment ils avaient atterri dans un endroit pareil.

A l'autre bout de la pièce, Willeen se limait les ongles. Le bruit exaspérait Bessie. Elle n'avait jamais compris pourquoi certaines femmes s'encombraient de ces appendices inutiles. Les siens étaient coupés ras afin de ne pas lui compliquer inutilement le travail et n'exigeaient qu'un minimum de soins.

Willeen se mordit une peau morte, ce qui parut déclencher dans son cerveau un processus intellectuel.

— Vous savez quoi ? dit-elle à la cantonade. Je me demande si la machine à laver fonctionne. J'ai bientôt plus de culottes propres et je me suis pas servie des serviettes d'Eben parce que j'ai horreur de me servir du linge avant de le laver, il est plein de microbes.

Mais pour nous, ça n'avait pas d'importance, n'est-ce pas ? faillit laisser échapper Bessie.

Judd fouilla le placard sous l'évier et y découvrit un paquet de lessive aux trois quarts vide.

— Tiens, Willeen, voilà de la poudre à laver.

J'aurais moi aussi des affaires à mettre dans la machine.

— Chic, alors !

Willeen posa sa lime à ongles et se dirigea vers leur chambre. Eben et Bessie continuèrent à manger, dans un silence rompu par le seul craquement des céréales. Ils mastiquaient lentement pour profiter de ces rares instants où ils pouvaient s'asseoir et voir le monde sous un angle normal. Pour l'un comme pour l'autre, le spectacle des meubles déglingués valait mieux que celui des murs nus de leur prison.

Judd finit par s'impatienter.

— Dépêchez-vous, bon Dieu ! On n'a pas que ça à faire !

Après avoir avalé en hâte le reste de leur portion, ils furent escortés l'un après l'autre aux toilettes puis ramenés ensemble à leur lieu de détention. Judd avait requis à grands cris l'assistance de Willeen, venue en rechignant lui prêter main-forte.

Une fois Eben dûment ficelé, Willeen regagna sa chambre où elle finit de rassembler ses pantalons, ses bas et ses sous-vêtements répandus par terre. En passant par le living, elle ramassa sur le canapé le sac de *Trocprix* contenant les deux dernières serviettes et emporta le tout vers la machine à laver préhistorique qui trônait dans le débarras derrière la cuisine. Elle y enfourna le linge en vrac, referma le couvercle, tripota les boutons. Au bout de cinq minutes de manipulations entrecoupées de jurons, un bruit de cataracte se déversant dans le tambour vint récompenser ses efforts.

— Pas trop tôt ! dit-elle à haute voix. Pour une vie de rêve, j'ai une vie de rêve, moi !

Judd, qui s'était approché derrière elle, la prit tendrement dans ses bras.

— Quand ce boulot sera fini, je t'emmènerai mener la grande vie dans un endroit sensationnel.

— J'espère bien !

170

— Qu'est-ce que ça veut dire : j'espère bien ?

— Ça veut dire que si le coup rate...

Judd lui ferma la bouche d'une main ferme.

— Le coup ne ratera pas, compris ? Pas de problèmes, pas de complications...

Avant de conclure, il pointa le menton en direction de la deuxième chambre :

— Et pas de témoins gênants.

33

Regan rêvait qu'elle était au théâtre. L'acteur en scène frappait à la porte d'un appartement et, faute de réponse, continuait à frapper avec insistance. « Il n'y a personne ! » voulait-elle lui crier mais, comme toujours dans les rêves, elle était incapable de proférer les mots.

En se débattant contre cette force mystérieuse qui lui clouait la langue, elle reprit peu à peu conscience.

— Qu'est-ce que c'est ? s'entendit-elle marmonner.

Elle se redressa, ouvrit les yeux. Kit dormait encore à poings fermés. Les coups qu'elle entendait étaient bien réels et provenaient de sa porte. Elle enfila sa robe de chambre, alla ouvrir. Tripp se tenait sur le seuil, un plateau à la main.

— Je vous ai réveillées ? demanda-t-il avec sollicitude.

— Oui ! cria Kit de son lit de camp. Je boirais quand même bien un café avant de me rendormir.

Sourire aux lèvres, Tripp entra et posa le plateau sur la commode.

— Jus d'orange, café, annonça-t-il. Louis pensait qu'un petit acompte vous ferait plaisir.

— Quelle heure est-il donc ? s'enquit Regan.

— Neuf heures.

— Déjà ! Et moi qui voulais me lever de bonne heure ! J'ai tant de choses à faire, ce matin.

Tripp versa le café dans les tasses. Regan prit la sienne et alla s'asseoir sur son lit.

— Comment ça va aujourd'hui, Tripp ?

Avec une mine accablée, il rejeta la mèche blonde qui s'obstinait à lui retomber sur le front.

— Mal. Mon père m'a déjà appelé ce matin.

— C'est si pénible que cela ? voulut savoir Kit en sirotant son jus d'orange.

— Oui. Il veut que je lui faxe mon C.V.

— Louis a un fax dans son bureau, observa Regan. Il vous permettra certainement de vous en servir.

— Peut-être, mais le problème c'est que, moi, je n'ai pas de *curriculum vitae*. Mon père se déclare indigné que je perde mon temps à faire du ski.

— Asseyez-vous et exposez-nous vos ennuis, l'invita Regan.

— Oui, renchérit Kit. Et si vous avez deux heures à perdre, je vous raconterai les miens.

Tripp rit de bon cœur et prit place dans le fauteuil.

— Voilà commença-t-il. Mon cousin, qui passe Noël dans sa famille, est venu hier soir à la maison. Il vient de décrocher un job ronflant à Wall Street, si bien que mon père ne se tient plus. Il exige que je lui envoie le C.V. que j'étais censé préparer pour la rentrée. Mon cousin est une vraie cloche !

— Alors, je le connais sûrement, dit Kit.

— Quoi ?

— Rien, intervint Regan. Si vous voulez, nous allons vous aider à le rédiger, ce fameux C.V.

— Impossible ! A part des petits boulots comme celui-ci dans des stations de ski, je n'ai aucune expérience.

— La mère de Regan est romancière, déclara Kit. Faisons appel à son imagination. La fiction, ça la connaît.

Entre-temps, Regan s'était munie du bloc et du stylo posés sur sa table de chevet.

— Commençons par le commencement. Comment vous appelez-vous, Tripp ?

Il hésita, gêné.

— Vous ne me croirez jamais... Tobias Lancelot Wooleysworth III.

— Plutôt lourd à porter, commenta Kit.

— Je ne vous le fais pas dire. Mon père en est affligé de naissance, alors autant mettre le fiston dans le même bain, n'est-ce pas ? C'est du sadisme ! Au moins, comme je suis le troisième du nom, on m'a surnommé Tripp.

— Très, très chic, dit Kit. D'où êtes-vous ?

— Connecticut.

— Moi aussi, Hartford. Et vous ?

— Greenwich, mais mes parents veulent aller prendre leur retraite en Floride. C'est pourquoi mon père veut me savoir casé, comme il dit, avant de déménager. Je lui ai répondu que j'avais vingt-cinq ans et qu'il pourrait me ficher la paix.

— En tout cas, intervint Regan, un nom comme le vôtre ne peut manquer d'impressionner ou, du moins, d'intriguer le service du personnel d'une grande entreprise. Je devrais vous présenter un type dont j'ai fait la connaissance hier soir. Il tuerait père et mère pour avoir un nom pareil.

— Qu'est-ce que je dois mettre d'autre sur mon C.V. ?

— Les écoles où vous êtes allé.

— J'ai été dans un pensionnat en Suisse et je suis passé par Stanford, répondit Tripp sans conviction.

— Voilà un bon début, déclara Regan. Après vos études, il suffit d'enjoliver votre expérience professionnelle. En ce moment, par exemple, vous occupez un poste de responsabilité dans l'équipe internationale qui procède au lancement d'un complexe hôtelier au cœur d'une des stations de sports d'hiver les plus réputées du monde.

— Une équipe internationale ? s'étonna Tripp.

— Bien sûr, la mère de Louis est française.

— Bien vu ! apprécia Tripp. Au fait, poursuivit-il en montrant le portrait de Louis XVIII, quand comptez-vous faire encadrer ce zèbre-là ?

— Je dois absolument m'en occuper ce matin.

— Si Louis veut bien, je vous aiderai à le transporter.

— Merci, Tripp, je suis sûre que Louis acceptera. Et maintenant, je m'habille et je vous retrouve en bas.

Tripp se leva.

— Vous avez raison, je ferais mieux de descendre, Louis doit déjà me chercher. En tout cas, merci pour votre aide. Vous devriez monter une agence de motivation ou quelque chose de ce genre, toutes les deux.

— Je ne me sens pas disposée le moins du monde à motiver qui que ce soit, marmonna Kit dans son oreiller.

— Sérieusement, Tripp, intervint Regan, quand nous aurons un moment tranquille, je vous aiderai à mettre votre C.V. au point si vous voulez.

— Et comme elle est détective privée, dit Kit, elle sait repérer les mensonges. Alors, elle arrangera les vôtres pour qu'ils aient l'air de vérités.

— Vrai ou faux, aucune importance du moment que cela calme mon père.

Sur un dernier sourire, Tripp se retira.

— Il est mignon tout plein, observa Kit. A part le fait qu'il a six ans de moins que moi et aucune idée de ce qu'il fera dans la vie, je sortirais volontiers avec lui.

— Tu pourrais peut-être lui apprendre à se servir d'un ordinateur, maintenant que tu le sais.

— Ah, non ! Je t'en prie !

Regan pouffa de rire, bâilla, s'étira.

— C'est quand même terrible, à son âge, d'être encore aussi instable.

— Pas comme nous autres vieilles filles, hein ?

— Tu l'as dit, ma vieille.

Tout en s'habillant, Regan informa Kit de ses projets pour la matinée.

— Repose-toi donc pendant ce temps, conclut-elle. Je reviendrai te chercher vers midi et nous irons déjeuner chez Bonnie. Les garçons d'hier soir y seront.

— Je brûle d'impatience de les retrouver, ceux-là, dit Kit d'un air lugubre.

34

Le mardi matin, Ida bouillait d'impatience. Elle n'était encore jamais entrée chez une célébrité — et penser qu'elle en aurait non pas une, mais deux sous la main ! La veille au soir, elle avait téléphoné à son amie Dolores, dans l'Ohio, pour lui demander de passer chez elle prendre sa collection des romans de Nora Reilly et de la lui expédier par courrier express. Au diable la dépense, puisque ces livres seraient sans prix, une fois dédicacés par l'auteur !

Ida consulta sa montre et pressa le pas. Il était neuf heures cinquante-huit. Elle devait travailler à la teinturerie de dix à quatorze heures avant d'aller chez les Wood, où elle était attendue à quinze heures.

A dix heures précises, elle ouvrit la porte et posa le pied à l'intérieur de la boutique.

— Bonjour, Max.

Son patron leva les yeux de la caisse enregistreuse.

— Bonjour, Ida. Comment allez-vous, aujourd'hui ?

— Contente d'être en vie, répondit-elle. Reconnaissante envers le Tout-Puissant qui m'a permis de me réveiller ce matin et de respirer jusqu'à présent.

— Respirer peut rendre service, observa Max avec

un bon sens irréfutable en déchirant un rouleau de pièces qu'il fit cascader dans le tiroir-caisse.

Max était un jeune homme d'une trentaine d'années, grand, maigre avec des cheveux prématurément gris. Taciturne de tempérament, il affectionnait les phrases courtes et les conversations encore plus brèves. Les eaux dormantes sont parfois profondes, se disait Ida en guise de consolation.

— Les affaires seront bonnes aujourd'hui, déclara-t-elle en accrochant son anorak au crochet marqué IDA. Pendant les fêtes, les gens boivent trop et manquent de soin. Le surlendemain de Noël, ils voient s'accumuler leurs vêtements tachés et se rendent compte qu'ils devront s'en servir pour le réveillon...

— Exact, l'interrompit Max. Plusieurs sont déjà venus. Vous pouvez étiqueter leurs affaires ?

Ida rajusta ses lunettes, se dirigea vers son poste de travail et plongea la main dans le bac des vêtements sales. Elle en sortit une veste d'homme, dont elle explora les poches pour constater avec dépit qu'elles étaient vides, avant de tendre l'autre main vers une pile d'étiquettes.

— Pas de stars du cinéma, ce matin ? demanda-t-elle en feignant l'indifférence.

Max ne leva même pas le nez de son tiroir-caisse.

— Non.

Ida agrafa les étiquettes sur la doublure de la veste et celle du pantalon assorti. Belle qualité, observa-t-elle machinalement en les lâchant dans le bac voisin. Elle leva les yeux vers l'horloge murale : dix heures trois. Seigneur ! se dit-elle avec un soupir, cette journée sera la plus longue de ma vie ! Les hôtels avaient livré leur lot d'affaires à nettoyer qu'elle devait trier et étiqueter. Avec les tarifs exorbitants que Max pratiquait — parce qu'on était à Aspen et que les commerçants se croyaient tout permis —, Ida estimait que les clients auraient eu intérêt à acheter des vêtements neufs plutôt que de payer les yeux de la tête pour faire tremper les leurs dans un bain de produits chimiques.

Max referma le tiroir-caisse avec autorité.

— Je serai dans le fond, annonça-t-il.

Avec un nouveau soupir, Ida souleva une brassée de vêtements qu'elle posa devant elle sur le comptoir. Si seulement les hôtels n'offraient pas de service de teinturerie à leurs clients, pensait-elle souvent avec rancune, les stars seraient forcées d'apporter elles-mêmes leurs affaires à nettoyer au lieu de ne venir qu'en cas d'urgence ! Ida avait pris cet emploi à mi-temps dans le seul but de rencontrer des gens et elle n'avait sous le nez à longueur de journée que des piles de linge sale ! Rageant, non ?

Le timbre de la porte retentit. Ida leva les yeux.

— Ida ! Vous avez entendu ? cria Max de l'arrièreboutique.

Les repasseuses étaient à l'ouvrage en chantonnant ou en dansant sur place, selon ce que diffusait la radio. Armé d'un pulvérisateur, Max attaquait les taches rebelles avec le zèle d'un prédicateur baptiste luttant contre le Malin.

Ida affecta d'ignorer la mise en garde directoriale. Evidemment qu'elle avait entendu, elle n'était pas sourde ! Elle n'était pas aveugle non plus : une cliente se tenait devant elle. Elle se demandait parfois si Max n'avait pas le cerveau ramolli par les vapeurs délétères qu'il inhalait à longueur d'année.

— Bonjour. Que puis-je pour votre service ? demanda-t-elle à une ravissante jeune femme brune, engoncée dans une veste doublée de fourrure qui coûtait visiblement une fortune.

La jeune femme lui tendit un minuscule morceau de soie blanche pourvu de bretelles plus fines que des spaghettis.

— On m'a renversé du vin dessus hier soir. Pouvez-vous nettoyer ceci ?

— Bien sûr que nous pouvons, affirma Max surgissant soudain derrière Ida. Remplissez le ticket, Ida.

— Je n'y aurais jamais pensé toute seule, lâcha Ida avec un ricanement sarcastique.

Elle s'humecta l'index, extirpa un ticket de la pile posée sur le comptoir et prit le bout de tissu blanc.

— Où est le reste de votre ensemble ? demanda-t-elle, le crayon levé.

La jeune femme lui lança un regard sans expression.

— Mais... c'est tout.

Ça, une robe ? pensa Ida, effarée, en écrivant le nom de la cliente. Je devrais lui faire payer le tarif d'une cravate.

— Voilà, dit-elle en lui tendant le reçu avec le sourire. Demain en fin de matinée, cela ira ?

— Parfait, merci. A demain.

La cliente partie, Ida consulta encore une fois l'horloge. Si seulement je pouvais la faire tourner plus vite ! se dit-elle en fulminant intérieurement.

Enfin, au bout de ce qui lui parut une éternité, les aiguilles daignèrent atteindre respectivement les chiffres 2 et 12, ce qui signifiait qu'il était quatorze heures. Ida pouvait enfin se consacrer à sa nouvelle vie dans l'intimité des Grands de ce monde.

35

Après une longue douche chaude, Regan se sentit en état d'affronter la journée. Quand elle descendit au bureau de Louis, elle le trouva en train de téléphoner. Il couvrit le combiné d'une main pour lui souhaiter la bienvenue et reprit sa conversation :

— Ce gala promet d'être extraordinaire. Tout le monde y sera... Qui ? Tout le monde, vous dis-je ! Nous aurons une couverture médiatique sans précédent, ce sera l'événement du siècle !... D'accord, je vous faxe un communiqué de presse.

Il raccrocha, leva les yeux au ciel et poussa un soupir à fendre l'âme :

— Quand je pense que la presse nationale enverra des correspondants et que cette feuille de chou vient me dire qu'ils ont beaucoup d'invitations ce soir-là et qu'ils ne sont pas sûrs de pouvoir venir ! C'est un comble...

Il prit dans son tiroir un flacon de comprimés contre les maux d'estomac et en avala une poignée.

— Tiens, observa Regan, Eben avait les mêmes dans son armoire à pharmacie.

— Ne me parle plus de cet individu ! protesta Louis. Nous sommes mardi, il reste deux jours pendant lesquels il peut encore me ruiner.... Comment était le lit de camp ?

— Kit était si fatiguée hier soir qu'elle aurait

dormi sur une planche à clous, mais en temps normal...

— J'essaierai de trouver mieux. Ce ne sera pas facile, nous sommes archicomplets, il n'y a plus un lit de libre dans la maison. Vas-tu skier, aujourd'hui ?

— Plus tard. Dis-moi, Louis, connais-tu le journaliste qui a écrit l'article sur Geraldine ?

— Je l'ai rencontré deux ou trois fois. Pourquoi ?

— Rien de particulier. J'aimerais simplement lui parler des tableaux.

— Ne me crée pas de nouveaux ennuis, je t'en supplie !

— Aucun risque, rassure-toi. D'après son article, il semble avoir des connaissances artistiques qui pourraient nous être utiles. Il a peut-être aussi reçu des informations confidentielles sur le vol de Vail. Voudrais-tu l'appeler ?

— Regan, la dernière chose dont j'aie besoin c'est d'une nouvelle vague de contre-publicité !

— Et que fais-tu du vieux dicton : En bien ou en mal, l'essentiel c'est qu'on parle de moi ?

— A partir de vendredi, on pourra raconter ce qu'on voudra sur mon compte. D'ici là...

A contrecœur, Louis décrocha le téléphone et composa le numéro de l'*Aspen Globe*.

— Ted Weems, s'il vous plaît, pour Louis Altide, de La Mine d'Argent... Ah ?... Pouvez-vous me donner son numéro personnel ? J'ai près de moi une enquêtrice qui souhaiterait l'interroger au sujet de sa série d'articles... Merci.

Louis composa aussitôt le numéro de Ted Weems et Regan assista, béate d'admiration, à un numéro d'acteur qui lui aurait valu le premier prix avec félicitations du jury dans un cours d'art dramatique. Louis se montra si enthousiaste et convaincant, si pénétré des qualités d'enquêtrice de Regan pour la présenter à son interlocuteur, si débordant de bonne volonté dans son souci de coopérer avec les autorités afin d'élucider la vague de délinquance qui s'était abattue sur la ville qu'elle faillit l'applaudir quand il reposa enfin le combiné.

— C'était moins difficile que je ne le craignais. Il t'attend chez lui, ce n'est pas loin, dit-il en écrivant l'adresse sur un papier. Vas-y tout de suite, il doit sortir interviewer quelqu'un dans un petit moment.

— Louis, tu es fabuleux !

— Nous sommes quittes pour hier, n'est-ce pas ?

— Bien sûr, mon chou ! Tu me rends ma joie de vivre. Je te laisse, dit-elle en se levant. Ah ! Avant de partir, je voudrais appeler Yvonne Grant, savoir si elle a retrouvé le numéro de téléphone de la cousine de Bessie.

— Tiens, dit Louis en poussant l'appareil vers elle. Mais après, dégage ! Tu m'épuises.

— Et moi qui croyais te faire plaisir en venant te voir ! feignit de protester Regan.

Il se leva et vint l'embrasser sur la joue.

— Mais oui, bien sûr ! Tu es ici chez toi, reviens le plus souvent possible.

Yvonne apprit à Regan que ses recherches étaient restées infructueuses.

— Je pensais avoir noté ce numéro et l'avoir mis dans un tiroir de la cuisine, répondit-elle sans pouvoir dissimuler une pointe d'agacement, mais je ne trouve rien. Il faut dire que la cuisine est pour moi un territoire inconnu. Bessie s'occupe de tout et j'ignore où elle range les affaires. Elle doit revenir jeudi. Pouvez-vous attendre jusque-là ?

Regan parvint à surmonter sa déception.

— Bien sûr. Si vous avez quand même de ses nouvelles entre-temps, laissez-moi un message chez Louis.

— Sans faute. Irez-vous dîner chez Kendra, ce soir ?

— Oui.

— Alors, nous serons ravis de vous revoir. A ce soir.

— Moi aussi. A ce soir.

Regan se tourna vers Louis après avoir raccroché :

— Kit et moi allons dîner chez Kendra. Yvonne y sera aussi. Veux-tu venir ?

Sans répondre, Louis empoigna son flacon de pilules. Regan n'attendit pas de savoir s'il avait l'intention de le vider ou de le lui jeter à la tête et s'esquiva en courant.

36

Ted Weems habitait un des immeubles modernes du quartier nouvellement construit derrière le Ritz Carlton. Il fit entrer Regan dans un vaste living lumineux au parquet de sapin clair, envahi de livres et de journaux. L'écran d'un ordinateur clignotait dans un coin de la pièce. L'endroit rappela à Regan le bureau de sa mère.

— Excusez le désordre, lui dit-il, je travaillais depuis le début de la matinée et je n'attendais pas de visite.

— C'est plutôt à moi de m'excuser de vous déranger. Vous êtes très aimable de me recevoir à l'improviste.

Il lui prit son manteau, parut ne savoir qu'en faire et, finalement, le jeta sur une chaise.

— Café ?

— Volontiers, merci.

Pendant qu'il s'éclipsait dans la cuisine, Regan regarda autour d'elle. Des rayons de bibliothèque couvraient un mur entier, du sol au plafond. Un rapide coup d'œil lui permit de constater que les étagères contenaient une collection éclectique d'ouvrages d'art et d'histoire. Des fauteuils et un canapé confortables étaient disposés devant la cheminée qui occupait le mur d'en face. Voilà un endroit où on doit aimer se blottir pour lire, les jours de neige, se dit-elle.

Ted revint avec deux gobelets de grès. Regan l'observa pendant qu'il écartait une pile de journaux pour les poser sur la table basse. Il avait une quarantaine d'années, des cheveux bruns qui commençaient à grisonner, un visage mince aux traits expressifs et des lunettes à monture d'acier. Sa mise — pantalon de velours côtelé bleu marine, chemise blanche et sweater gris — et son allure ne révélaient pas un mordu du ski. Pourvu, pensa Regan, qu'il ne soit pas un de ces intellectuels qui méprisent le commun des mortels. Dans le doute, elle opta pour une banale entrée en matière :

— Ce doit être agréable de vivre à Aspen, dit-elle en prenant place en face de lui dans un fauteuil.

— Oui, mais je partage mon temps entre ici et New York, où j'ai débuté. J'y ai gardé un studio.

— Le meilleur des deux mondes, en somme.

— L'Ouest et son histoire m'ont toujours passionné. Je voulais donc m'organiser de manière à vivre ici, sans pour autant abandonner la ville. Depuis quelque temps, j'ai la chance de pouvoir m'offrir les deux.

— Et votre métier vous permet de travailler n'importe où, commenta Regan.

— Dans le journalisme, il faut surtout être proche de son sujet. Ma série sur les descendants des fondateurs d'Aspen ne pouvait pas se faire à Trifouillis-les-Oies, dit-il en riant. En fait, j'écris sur ce qui me plaît. Et comme je suis affilié à une agence, mes articles sont publiés par les principaux organes de presse dans tout le pays.

— Vraiment ? Beaucoup de gens ont donc appris en vous lisant l'existence de Geraldine et de sa toile de Beasley ?

— Sans doute. Cette série d'articles m'a d'ailleurs valu une avalanche de coups de téléphone. De vieux amis, des parents perdus de vue qui se demandaient si, par hasard, je n'aurais pas une chambre libre afin de venir me rendre visite — et faire du ski par la même occasion, bien entendu.

— Alors ?

— Alors, je me défends de mon mieux. Au fond, je n'aime que travailler. Si je me laissais envahir d'un bout à l'autre de l'hiver, je ne ferais rien de bon. C'est pourquoi j'ai volontairement acheté cet appartement qui n'a qu'une seule chambre, comme cela je ne peux recevoir personne.

Quel altruiste ! pensa Regan.

— Vous consacrez beaucoup de temps à votre travail.

— Oui. J'écris d'autres reportages en plus de cette série. J'ai aussi entamé une histoire des villes minières du Colorado et un essai sur les artistes de l'Ouest.

— Vos interviews des vieux Aspenois — ou dit-on Aspenites ? — vous apportent donc des éléments intéressants ?

— Passionnants ! Geraldine était intarissable sur le compte de son grand-père, j'ai pris un immense plaisir à la faire parler. Mais quand je lui ai demandé de me montrer ses souvenirs et que je suis tombé sur le tableau, j'ai cru me trouver mal.

— Justement, parlez-moi de cette toile. Comment saviez-vous que c'était un Beasley ?

— J'avais écrit une monographie de l'œuvre de Beasley et je comptais attaquer sa biographie. C'était un personnage *fascinant*, dit Ted en insistant sur le mot.

Regan n'eut pas à l'encourager à poursuivre.

— Beasley a eu un destin tragique. Il a sillonné les régions minières dans les années 1880 et y a peint des chefs-d'œuvre avant de mourir à vingt-huit ans. Comme beaucoup de grands artistes, il est longtemps resté méconnu. D'après ses notes, il n'avait eu le temps de réaliser que douze toiles. Dix se trouvent aujourd'hui dans les musées du Colorado, ce qui est d'ailleurs normal et légitime : tout le monde doit pouvoir en profiter. Je veux dire, ajouta-t-il, *La Joconde* n'a pas sa place chez un particulier, n'est-ce pas ?

— Non, bien sûr, déclara Regan avec conviction.

— N'est-ce pas ? Donc, dix tableaux de Beasley sont exposés dans les musées. Le onzième appartenait à un collectionneur de Vail ; vous savez ce qu'il en est advenu. Les spécialistes de Beasley s'étaient étonnés qu'il n'ait rien peint à Aspen. Nous en avions déduit que le tableau manquant, le douzième, y avait sans doute été exécuté. Aspen jouissait à l'époque d'une légendaire réputation d'opulence. Beasley ayant eu pour ambition de capturer l'esprit même du temps et du lieu, il aurait été inconcevable qu'il n'y vienne pas. Et c'est alors, conclut-il avec un sourire d'extase, que ce douzième tableau inconnu a fait sa réapparition dans la grange de Geraldine Spoonfellow.

— Vous devez être fier de votre découverte.

— Oui, je l'avoue sans fausse modestie. Imaginez le choc que j'ai reçu ! A peine mes yeux s'étaient-ils posés sur cette toile que j'ai senti ce qu'elle avait d'exceptionnel — la vibration de l'atmosphère, la rigueur de la construction, la maîtrise de la touche. J'étais hors de moi, foudroyé. J'en avais les larmes aux yeux — et Geraldine aussi.

— Elle aussi ? s'étonna Regan.

— Oui, mais parce qu'il s'agissait de son grand-père. Le tableau ne l'intéressait pas. Au contraire, elle avait hâte de le remettre dans son coin. C'était irréel... Elle ignorait totalement la valeur de ce qu'elle possédait là, caché derrière une vieille roue de charrette. Vous rendez-vous compte ? Quand j'y pense, j'en ai la chair de poule !

Il lampa son café avec une indignation rétrospective.

— Vous auriez pu lui acheter le tableau pour une bouchée de pain, observa Regan.

— Ce n'est pas du tout mon genre ! protesta Ted,

offusqué. Une œuvre d'une telle valeur a sa place dans un musée. J'ai aussitôt mis en branle l'Association pour la sauvegarde du passé historique d'Aspen et j'ai l'impression, croyez-moi, qu'ils n'en ont pas fini avec Geraldine.

— Que voulez-vous dire ?

— Qu'elle est richissime et n'a pas d'héritiers.

— Vraiment ? Je ne m'en étais pas rendu compte.

— En terrains et en immeubles, Geraldine possède près de la moitié d'Aspen. Elle n'a pas remplacé un abat-jour chez elle depuis plus de cinquante ans, sa voiture date d'avant la Seconde Guerre mondiale, elle fait pour ainsi dire tous ses achats par correspondance à prix discount. Le tableau n'est pas ce qu'il y a de plus précieux dans son coffre à la banque... Geraldine est un personnage extraordinaire.

— Ce qui m'intéresse surtout, dans ce que vous venez de m'apprendre, c'est que beaucoup de gens dans tout le pays ont lu votre article sur Geraldine et son Beasley.

— J'ai écrit une suite depuis.

— Vraiment ? Je n'en savais rien.

— Oui. Il y a un mois environ, j'ai fait paraître un petit article sur la donation du tableau par Geraldine à l'Association. J'annonçais qu'il s'agissait du Beasley qu'on croyait perdu et qui devait prendre place dans le nouveau musée, j'ai parlé du gala, etc. Louis était d'ailleurs furieux que je n'aie pas cité le nom de son restaurant. Bref, je me suis aussi permis de mentionner le Beasley de Vail. Je mesure maintenant la gravité de mon erreur car, aussitôt après, son propriétaire a reçu des dizaines de coups de téléphone de collectionneurs et de conservateurs de musées. Les gens qui l'ont contacté la semaine dernière pour lui demander un rendez-vous s'étaient présentés sous le nom d'un des marchands de tableaux les plus réputés d'Europe. Ils lui en offraient cinq millions de dollars ! On sait maintenant que c'était un piège.

Regan fronça les sourcils.

— Dans ces conditions, on peut se demander s'ils n'ont pas aussi des visées sur le Beasley d'Aspen. Le tableau sera exposé en public jeudi soir. Si c'est le dernier Beasley qui ne soit pas encore en sécurité dans un musée, qui sait ce qui risque de se passer ?

— Je vois ce que vous voulez dire. Je le vois même trop bien... Mais rassurez-vous, ajouta-t-il, le gardien du musée sera sur place. On le surnomme le Gorille ; vous comprendrez pourquoi quand vous le verrez.

Regan rit malgré elle.

— Au fait, pourquoi vouliez-vous me voir ? demanda Ted.

Désarçonnée par cette question directe, Regan se racla la gorge avant de répondre.

— Vous savez que je suis détective privée. J'ai fait la connaissance d'Eben Bean, qui est soupçonné d'avoir commis les vols d'Aspen. La police dit maintenant qu'il pourrait aussi être mêlé à celui de Vail. Or, cela ne correspond pas du tout à ce que je crois savoir de lui.

— Les méthodes sont radicalement différentes dans les deux cas. Mes sources m'ont confirmé que le coup de Vail n'était pas du travail d'amateur mais d'un gang spécialisé et bien organisé. D'un autre côté, nous savons désormais qu'Eben Bean était un voleur de bijoux de première force. Son personnage insignifiant et sympathique n'était peut-être qu'une façade. Si c'était bien lui le Père Noël, il savait à l'évidence tirer profit de la distraction ou de la confiance des gens. Qui aurait eu peur de laisser le Père Noël se servir de ses toilettes ?

— Pour ma part, je ne crois pas que son personnage ait été une façade. Je suis allée hier rendre visite à Geraldine Spoonfellow. Les vols l'ont indignée et elle reste persuadée qu'Eben est le seul coupable. J'estime, au contraire, que si Eben est réellement impliqué dans cette affaire, ce qui n'est pas prouvé, ou bien il n'a pas agi seul, ou bien il y a une autre équipe de voleurs en action.

Ted réfléchit un instant.

— C'est possible... Je ne sais pas. Je ne sais vraiment pas... Ainsi, Geraldine en veut à Eben ?...

Il consulta sa montre, sursauta.

— Oh ! Grands dieux ! Je dois interviewer un autre ancien d'Aspen qui veut revenir s'y installer. Il m'a lui-même contacté. C'est incroyable comme les gens adorent qu'on parle d'eux dans le journal ! Il avait lu mon article sur Geraldine, qu'il avait bien connue dans le temps.

— Vraiment ? demanda Regan, intéressée.

— Voulez-vous m'accompagner ? Il m'a paru plutôt bavard.

— Très volontiers.

Décidément, se dit Regan, avec lui je vais de surprise en surprise. Elle était soudain dévorée de curiosité à l'idée de découvrir Geraldine Spoonfellow jeune fille.

37

Regan s'estimait bonne marcheuse jusqu'à ce que Ted Weems lui impose son allure : elle devait faire au moins quatre enjambées pour deux des siennes. En passant au pas de charge devant la patinoire, la gare routière et une rangée de boutiques sélectes, Regan se sentait comme l'enfant qu'un parent négligent traîne avec impatience et qui s'évertue à trottiner sans parvenir à rattraper son retard.

Les maisons de brique et de bois du vieux village d'Aspen était si pittoresques et pleines de charme que Regan se désolait de ne pas avoir le temps de les admirer au passage. Tout était restauré à la perfection, si bien léché dans les moindres détails et entretenu avec tant de soin qu'on pouvait par endroits se croire dans un décor de cinéma composé de façades derrière lesquelles il n'y aurait rien.

Tandis que Regan s'essoufflait pour rester à sa hauteur, Ted lui expliqua comment s'était établi le contact avec celui qu'ils allaient rencontrer.

— Angus Ludwig m'a écrit de Californie, où il s'est établi il y a cinquante-cinq ans. Mes articles l'avaient surtout intéressé, disait-il, à cause de Geraldine Spoonfellow. Il m'annonçait qu'il viendrait à Aspen au moment de Noël dans l'intention d'acheter une maison pour s'y réinstaller, car ses petits-fils aimaient le ski et il serait sûr ainsi de les voir plus souvent. Bien entendu, j'ai accepté sans hésiter de l'interviewer : quelqu'un qui a grandi ici et veut y revenir à quatre-vingts ans passés, cela fait un beau sujet d'article.

— Quatre-vingts ans ?

— Oui, mais à l'entendre au téléphone, il ne donne pas l'impression d'en avoir plus de vingt.

Ils arrivèrent bientôt à l'hôtel Jerome, palace fin de siècle récemment restauré dans sa splendeur passée. Le grand salon ouvrant sur le hall était décoré de tapis d'Orient, de canapés et de fauteuils de style. D'épaisses plaques de verre posées sur des bois de rennes tenaient lieu de tables basses. Un imposant sapin de Noël se dressait dans un coin de la pièce, dont une douzaine de têtes de rennes empaillées ornaient les murs tendus de rose. Décidément, se dit Regan, on raffole des andouillers, par ici ! Je n'aimerais pas être un renne et me promener seul dans le pays.

A onze heures du matin, la salle à manger aux tables couvertes de nappes roses et décorées de fleurs fraîches était presque vide. Un bar occupait tout un mur, de hautes fenêtres celui d'en face. En les voyant entrer, un homme aux cheveux blancs se leva et leur fit signe d'approcher.

— Oui, c'est moi Angus Ludwig, le plus vieux schnock dans cette pièce, se présenta-t-il en riant. Venez vous asseoir avec moi, vous prendrez un café, des brioches ou ce qu'ils servent encore à cette heure-ci.

Avec sa tignasse blanche et ses yeux bleus, ses traits taillés à la serpe et sa veste de velours rouille, il avait l'allure d'un vieux trappeur.

— Je me suis permis d'amener quelqu'un, lui dit Ted. J'espère que vous n'y voyez pas d'inconvénient.

— Au contraire. Plus on est de fous, plus on rit.

Les présentations faites, ils prirent place autour de la table. Angus commanda du café et Ted sortit de sa poche un petit magnétophone qui rappela à Regan celui de Larry.

— Cela ne vous ennuie pas que j'enregistre notre conversation ?

— Pas du tout. Est-ce que je parle assez fort ?

— Parfait. Je voudrais aussi prendre quelques notes.

— Etes-vous d'ici, jeune fille ? demanda Angus à Regan pendant que Ted cherchait son calepin.

— Non, j'habite Los Angeles. Je ne suis venue que pour quelques jours.

— Californienne, alors ?

— En passant par le New Jersey.

— Eh bien moi, je suis de San Francisco en passant par Aspen, répondit Angus avec un large sourire. Voilà pourquoi nous sommes réunis aujourd'hui.

Ted remit la conversation sur ses rails :

— Regan a rendu visite avant-hier à Geraldine Spoonfellow, commença-t-il.

— C'est vrai ? Comment va cette chère Geraldine ? demanda Angus en posant sa main sur celle de Regan.

— Elle m'a paru en pleine forme. Vous l'avez bien connue, paraît-il ?

Angus se carra commodément dans son siège.

— Nous avons grandi ici, elle et moi. A dix-huit ans, je suis parti poursuivre mes études dans l'Est — elle devait avoir treize ans à ce moment-là. Par la suite, je ne suis pas souvent revenu. Aspen était plutôt mort à l'époque si bien que, pendant les vacances, je prenais des jobs dans des grandes villes ici ou là. A Noël 1938 — j'avais vingt-quatre ans — j'ai quand même voulu essayer de m'y réinstaller. La ville reprenait vie avec le ski, les compétitions... Je n'oublierai jamais ce jour-là, peu après mon retour, poursuivit-il d'un ton rêveur. Il faisait un temps splendide, les rues étaient bondées de gens joyeux. J'étais assis dans le fauteuil du coiffeur quand je l'ai vue passer devant la boutique. A dix-neuf ans, Geraldine Spoonfellow était devenue la plus jolie

194

fille du monde ! Je voulais lui courir après mais j'avais les cheveux mouillés et à moitié coupés, alors je me suis dit que je ne devais pas être bien beau à voir et qu'il valait mieux me tenir tranquille... Votre micro enregistre bien ce que je dis ? s'inquiéta-t-il tout à coup.

— Très bien, rassurez-vous.

Angus changea de position et reprit son souffle. Regan espéra que Ted s'était muni de cassettes supplémentaires, son « sujet » paraissait intarissable.

— Donc, en sortant de chez le coiffeur, je me suis précipité au saloon du grand-père pour voir si par hasard Geraldine s'y trouvait. Pas de Geraldine, mais le grand-père y était et je lui ai demandé si je pouvais sortir avec elle.

— Et qu'a-t-il répondu ? voulut savoir Regan qui regretta aussitôt son interruption.

— Il n'a pas refusé mais il ne m'a pas encouragé non plus : ils revenaient de vacances, le voyage en train avait été long et fatigant, ils voulaient rester en famille pour les fêtes. Une autre fois, peut-être, m'a-t-il dit. J'espérais quand même la rencontrer en ville et je l'ai vue, en effet, à l'église, le jour de Noël. Elle était belle comme un ange mais elle avait l'air très triste.

— Etes-vous sorti avec elle, en fin de compte ?

— Eh non ! Ce jour-là, à l'église, je la regardais en roulant des yeux comme une vache malade, je devais avoir l'air idiot. J'ai essayé ensuite de l'inviter à des sorties entre amis au moment du nouvel an mais elle ne voulait rien savoir. J'avais pourtant l'impression que je ne lui déplaisais pas, au contraire. Elle était jolie comme un cœur, j'étais plutôt beau garçon en ce temps-là — mais si, je vous assure ! ajouta-t-il avec une grimace amusée. En tout cas, je ne l'intéressais pas. D'après ce que j'ai lu dans vos articles, Ted, je suppose qu'elle ne s'est intéressée à aucun autre homme puisqu'elle ne s'est jamais mariée.

— Elle m'a dit avoir eu un bon ami jusqu'à l'année dernière, intervint Regan.

— Vraiment ? Ça, alors ! s'exclama Angus, indigné. Bref, reprit-il en se ressaisissant, j'ai dû faire un voyage d'affaires en Californie quelques mois plus tard, j'ai rencontré mon Emily et je ne suis jamais plus retourné à Aspen. Nous nous sommes mariés, je suis entré dans l'affaire de mon beau-père, mes parents ont quitté Aspen pour se retirer en Floride. Là-dessus, la guerre est arrivée, je me suis engagé dans l'armée et Aspen est bientôt devenu pour moi un souvenir. Jusqu'à présent, du moins.

— Geraldine a fait don au musée d'un tableau de grande valeur, déclara Ted. *Le Retour au foyer*, de Beasley.

Angus fronça les sourcils.

— Mais... je le connais, ce tableau ! dit-il en soulignant ses paroles d'un coup de poing sur la table.

— C'est vrai ? s'exclamèrent Ted et Regan à l'unisson.

— Fichtre, oui ! Il était accroché derrière le bar dans le saloon de M. Spoonfellow. Le jour où j'y étais allé en espérant y trouver Geraldine, son vieux Pop-Pop le dépendait pour faire de la place afin d'installer un arbre de Noël. Et vous savez quoi ? Il ne l'a jamais raccroché, du moins jusqu'à ce que je quitte définitivement la ville quelques mois plus tard. Et maintenant, le voilà qui reparaît et tout le monde s'extasie ! J'aurais dû essayer de le lui acheter à l'époque, j'aurais fait une affaire en or.

— Diriez-vous, demanda Ted en consultant ses notes, que vous aspiriez, tout ce temps, à retrouver vos racines ?

— Si vous voulez... En fait, je me sentais très seul depuis la mort d'Emily, l'année dernière. Mes enfants avaient fait leur vie, ils s'étaient dispersés dans tout le pays. Je ne voulais pas être à leur charge mais j'avais envie de bouger, de changer. Il y avait trop de souvenirs là où j'étais. C'est alors que j'ai lu votre premier article sur Aspen, dit-il en assenant une claque amicale sur le dos de Ted, et ça m'a donné un bon coup de pied au derrière. Pourquoi ne pas revenir à Aspen ? me suis-je dit. Il s'y passe des tas de choses, maintenant. J'y trouverai à la fois les avantages d'une petite ville et les ressources d'une grande. Et puis, les montagnes et la neige me manquaient depuis longtemps. Emily était frileuse ; nous n'avions donc jamais eu l'occasion d'y aller, mais mes petits-fils sont fous de ski. Alors, pourquoi ne pas aller voir sur place ? Je compte visiter quelques maisons cette semaine. L'immobilier est devenu inabordable, je m'en suis rendu compte, mais il y a une vieille baraque à la sortie de la ville qui a besoin de quelques travaux et dont le prix est encore raisonnable. La dame de l'agence estime qu'elle conviendrait très bien à quelqu'un comme moi, qui a toujours aimé bricoler. Avant de me décider, il faudra que je me rende compte de son état.

— Vous n'êtes donc pas encore vraiment décidé à vous réinstaller ? demanda Ted, soudain inquiet.

— Vous voulez rire ? Je suis ici depuis vingt-quatre heures à peine et je me sens déjà revivre ! Il faut vous dire que j'avais un cafard noir depuis la mort d'Emily. Elle n'était pas restée longtemps malade et sa disparition me laissait un grand vide que je ne savais pas comment combler. Alors, quand je suis descendu d'avion, j'ai eu l'impression d'être enfin de retour chez moi.

— Parfait ! approuva Ted en écrivant frénétiquement.

— Ferez-vous signe à Geraldine pendant votre séjour ? ne put s'empêcher de demander Regan.

Angus passa la main dans son épaisse toison neigeuse.

— Eh bien... c'est plutôt dur de revoir quelqu'un qui vous a fait le coup du mépris. Surtout que j'étais beau garçon, à l'époque.

— Vous l'êtes resté ! affirma Regan en riant. Et puis, cela se passait il y a si longtemps...

— Vous êtes gentille. Franchement, je ne sais pas encore. En tout cas, dit-il en sortant de sa poche un billet pour le gala de Louis, je compte me rendre à cette soirée. Je n'ai pas revu Geraldine depuis plus de cinquante ans, nos retrouvailles peuvent bien attendre quarante-huit heures.

38

Lorsque Regan revint enfin dans sa chambre, Kit finissait de se préparer.

— Tu arrives pile ! lui dit celle-ci. Tripp m'a monté le journal, je me suis mise au courant de l'actualité en me vautrant dans ton lit et j'ai repiqué un petit somme qui m'a donné le courage de prendre une douche. Comment s'est passée ta matinée ?

— Intéressante.

Regan sortit sa tenue de ski de la penderie. Tout en se changeant, elle résuma ses rencontres avec Ted et Angus.

— Il est gâteux, le pauvre, commenta Kit. Si jamais je me languissais d'un type cinquante ans plus tard, je te donnerais l'ordre de m'étrangler. Un mois suffit largement.

— Il ne se languit pas de Geraldine ! protesta Regan. Ce n'est pas pour elle qu'il veut revenir ici mais parce qu'il y a passé son enfance et sa jeunesse. D'ailleurs, ils ne se sont jamais fréquentés. Au fait, il se souvient d'avoir vu le tableau du *Retour* accroché derrière le bar au saloon du grand-père Spoonfellow.

— Je me demande pourquoi Geraldine ne voulait pas sortir avec lui, s'étonna Kit.

— Moi aussi. Il se peut tout bêtement qu'il ne lui

ait pas plu, mais j'ai quand même l'impression que leur histoire n'est pas si simple.

Kit vérifia son apparence dans la glace.

— Mmmouais... En tout cas, une chose est sûre : il n'a pas pu la faire mourir d'ennui en lui parlant d'ordinateurs, ils n'étaient pas encore inventés.

Regan pouffa de rire.

— Les sujets de conversation barbants n'ont jamais manqué... Tu es prête ? Allons-y. Les autres doivent être sur la piste depuis belle lurette.

Quand elles descendirent, Tripp les héla de la réception :

— Regan ! J'ai appelé des encadreurs. Il y en a un qui accepte de venir chercher le portrait. Il suffira que vous y passiez demain matin pour choisir le cadre.

— Merci, Tripp, c'est formidable. Pourra-t-il finir le travail d'ici jeudi ?

— Il s'engage même à le livrer ici jeudi.

— Vous êtes irremplaçable, Tripp.

— Cela vous ennuierait de le répéter par écrit à mon père ? demanda-t-il en riant.

— Nous trouverons le moyen de l'inclure dans votre C.V.

Quelques minutes plus tard, elles embarquèrent dans la télécabine. Kit consulta sa montre.

— Parfait ! Nous arriverons juste à temps pour déjeuner.

Elles montèrent jusqu'au sommet et descendirent à skis jusqu'au vallonnement à mi-pente où se nichait Bonnie. Plusieurs douzaines de skis et de bâtons appuyés au mur du restaurant attendaient que leurs propriétaires viennent les reprendre après s'être rassasiés de nourriture et de paroles.

— La confiance règne, observa Kit. On ne vole donc jamais de skis, par ici ?

— Tu as raison, approuva Regan. Prenons un des tiens et un des miens et mettons les paires dépareillées dans deux endroits différents, ce sera plus sûr.

Kit éclata de rire.

— Je te reconnais bien là ! Avec toi, les malfaiteurs n'ont qu'à bien se tenir.

Il ne leur fallut pas longtemps pour repérer Larry, vêtu de noir de la tête aux pieds et les yeux invisibles derrière des lunettes miroirs.

— Salut, Larry ! lui dit Regan en contemplant avec étonnement son propre reflet.

— Salut, mon chou ! Nous avons retenu une table là-bas. Allez chercher vos plateaux et revenez sur la terrasse, déclara-t-il du ton qu'il aurait pris pour enjoindre à un patient d'ouvrir la bouche bien grande.

— Il ne fait pas trop froid, pour déjeuner dehors ? s'inquiéta Kit.

— Le soleil est chaud, vous vous en rendrez vite compte. Et puis, c'est là qu'on voit et qu'on est vu.

Regan et Kit firent la queue au comptoir, choisirent chacune un sandwich et de l'eau minérale — pour une somme grâce à laquelle, dans un endroit normal, une famille de quatre personnes se serait nourrie copieusement. Elles se dirigèrent ensuite vers la table indiquée par Larry, où Stewart et Derwood commençaient à manger.

Stewart fit signe à Regan de s'asseoir à côté de lui. Larry avait délaissé son plateau. Il faisait une tournée des tables, saluait ses vieux amis et ses relations de fraîche date, sans compter tous les New-Yorkais dont la dentition pouvait un jour ou l'autre nécessiter ses soins éclairés.

— La piste était fabuleuse, ce matin ! déclara Stewart. Combien de fois êtes-vous déjà descendues ?

— Une demie, répondit Kit en mordant dans son sandwich.

— Vous plaisantez !

— Pas du tout, répondit Regan. J'avais des choses

à faire ce matin et Kit devait récupérer de son déca-
lage horaire.

— Que faisiez-vous donc de si important ?

— Quelques courses, répondit-elle évasivement.

Derwood leva enfin le nez de sa salade verte.

— A l'hôtel où je suis descendu, annonça-t-il, on
peut brancher sa console de jeux sur le téléviseur.

Kit, qui était en train de boire, s'étrangla au point
que l'eau lui sortit par les narines. Stewart fit la grimace. Pragmatique, Derwood lui tapa dans le dos.

— Ça va mieux ? s'enquit-il avec sollicitude.

— A merveille.

Stewart retrouva son expression épanouie.

— Je me demandais, déclara-t-il, où nous pourrions aller dîner.

— Ce soir, nous dînons avec mes parents, dit
Regan.

— Ah bon ? Où cela ?

— Chez Kendra Wood. Ils sont ses invités.

— Kendra est ravissante, observa Derwood.

Regan remarqua, amusée, que cette remarque
semblait déplaire à Kit.

— J'aimerais tant faire sa connaissance ! dit
Stewart avec ferveur.

Regan jugea plus sage d'ignorer cet appel du pied
un peu ostentatoire.

— Nous pourrions vous retrouver plus tard, se
borna-t-elle à répondre. Au fait, Stewart, fabriquez-
vous aussi des tenues de ski pour enfants ?

— Non, pas de tenues de ski. Tenez, regardez...

Il sortit de son portefeuille une coupure de journal sur laquelle on voyait deux bambins blonds
vêtus de sweaters et de culottes assorties décorés de
motifs de Noël.

— Notre publicité du mois dernier, dit-il fièrement.

Kit et Regan se forcèrent à manifester une admiration enthousiaste.

— Ces enfants sont adorables, déclara Regan.

— N'est-ce pas ? renchérit Stewart en se rengorgeant.

Leur collation terminée, ils arrachèrent Larry à ses mondanités et rechaussèrent leurs skis. Derwood s'élança comme s'il prenait le départ d'un slalom olympique... et ramassa une pelle spectaculaire quelques dizaines de mètres plus bas. Kit s'approcha de Regan.

— Il m'avait pourtant dit qu'il skiait comme un champion, lui souffla-t-elle à l'oreille.

— Peut-être sur ordinateur. La réalité virtuelle, tu connais ?

Quelques descentes plus tard, ils décidèrent d'un commun accord qu'il était temps de rentrer se préparer pour la soirée. La journée tirait à sa fin, le ciel commençait à s'assombrir. Au moment de se séparer, Stewart posa un bras possessif sur les épaules de Regan.

— Nous irons tous danser après le dîner. Nous comptons sur vous, n'est-ce pas ?

— Nous essaierons, répondit Regan sans conviction.

Lorsqu'elles se furent éloignées, Kit poussa un soupir où l'agacement se mêlait à l'envie :

— Tu es impossible ! Il est beau garçon et tu lui plais. Où est le problème ?

— Je ne sais pas... Il a quelque chose qui cloche. Viens, allons nous changer. Nous irons chez Kendra en taxi.

Elle se surprit à espérer qu'Yvonne avait retrouvé le numéro de Bessie et l'apporterait avec elle.

39

A quatorze heures précises, Ida empoigna son anorak et se rua vers la porte de la teinturerie.

— Où courez-vous ? lui cria Max. Il y a le feu ?

— Dans un endroit plus excitant ! répondit-elle tandis que la porte se refermait avec un tintement de clochettes.

Elle se précipita chez elle pour se rafraîchir et, à quatorze heures cinquante-neuf, elle s'engageait dans l'allée menant au chalet des Wood. Voilà une maison de gens célèbres, se dit-elle en évaluant d'un regard approbateur ses proportions imposantes, son soubassement de pierre et ses murs de bois. Elle appuya sur le bouton de sonnette, ce qui déclencha un harmonieux carillon qui se répercuta en écho à travers toute la maison. Cela sonne mieux qu'un vulgaire ding-dong, jugea Ida, impressionnée.

Elle remontait ses lunettes qui glissaient sur son nez quand la porte s'ouvrit. Kendra Wood, l'une de ses idoles du petit écran, apparut devant elle en chair et en os, aussi élégante qu'Ida l'espérait dans son fuseau noir et son sweater de mohair.

— Vous êtes Ida, je pense ?

— C'est bien moi. Je suis si heureuse de faire votre connaissance ! J'ai vu tous vos téléfilms. Sans exception, ajouta-t-elle, au mépris des instructions formelles de Daisy, qui lui avait recommandé la plus grande discrétion.

— Merci, cela fait toujours plaisir — bien qu'il y en ait plusieurs que je préférerais oublier.

— Vous avez raison, renchérit Ida. Deux ou trois des plus récents étaient indignes de votre talent.

Kendra lui prit son anorak et le pendit dans le placard de l'entrée.

— Alors, reprit Ida, il paraît que vous vous produirez bientôt sur scène, à Broadway ?

— Oui. J'étais justement en train d'étudier mon texte.

Foudroyée d'admiration, Ida écarquilla les yeux.

— Vraiment ? C'est... c'est fabuleux ! bredouilla-t-elle.

— Espérons-le, nous comptons beaucoup sur cette pièce. Venez, que je vous présente. Nous avons skié aujourd'hui pour la première fois ; nos amis sont morts de fatigue.

Elle la suivit vers un petit salon où un feu ronflait dans la cheminée. Le mari, les enfants et les amis de Kendra lisaient, écroulés dans les canapés.

Kendra présenta Ida à la ronde.

— J'adore vos livres ! déclara cette dernière à Nora Reilly. Je les ai tous lus.

Nora ne put faire moins que de se lever et de lui serrer la main en la remerciant.

— Je suis entrepreneur de pompes funèbres, intervint alors Luke d'un ton de circonstance.

Désarçonnée, Ida eut un léger mouvement de recul.

— Ah, oui ?... Euh... C'est un beau métier.

— Ne faites pas attention à lui, la rassura Nora en riant.

— Venez, Ida, dit Kendra, je vais vous faire visiter la maison. Nous finirons par la cuisine.

— Très volontiers, répondit Ida avec empressement.

Depuis son arrivée, elle absorbait les moindres détails afin de les graver dans sa mémoire.

Elles enfilèrent un long couloir, jetèrent un rapide

coup d'œil à la chambre des parents et à la chambre d'amis.

— Nous faisons nos lits nous-mêmes, l'informa Kendra. Si vous aviez le temps de passer l'aspirateur et de donner un coup aux salles de bains, vous me rendriez grand service.

— Rien de tel qu'un bon coup d'aspirateur sur la moquette et une giclée de M. Propre dans les salles de bains, approuva Ida. Cela redonne de la fraîcheur à toute la maison.

— Je suis enchantée que vous ayez pu venir, dit Kendra en souriant. J'espère que ce ne sera pas trop dur pour vous, surtout si vous devez continuer à travailler le matin.

Vous voulez rire ? faillit laisser échapper Ida. Vous ne devriez même pas me payer...

— Ce n'est que pour la semaine, je n'aurai pas le temps de me fatiguer, répondit Ida modestement. Et puis, j'adore travailler.

— Moi aussi. Allons voir la cuisine, maintenant.

Kendra avait préparé sur la table les éléments d'une salade composée.

— Nous recevons quelques amis à dîner. Si vous pouviez finir la salade et réchauffer la sauce des spaghettis.

— Vous avez déjà préparé la sauce ? s'étonna Ida.

— Non, je l'ai trouvée dans le congélateur. C'est mon ancien gardien qui s'en est chargé. Il a eu la bonté de ne pas tout emporter en partant, ajouta-t-elle avec amertume.

— Allons, ma chérie, ne pense plus à Eben ! lui cria Sam du petit salon. Reviens plutôt ici étudier ton texte !

— On ne se douterait jamais que vous avez investi de l'argent dans la production, Sam, lui souffla Luke.

— Oui, oui, allez donc vous asseoir ! Je m'occuperai de tout, déclara Ida, pleine de sollicitude.

Pendant que Kendra reprenait sa lecture interrompue, Ida s'affaira à laver la laitue et à couper les crudités. Tout le monde se détendait et profitait de ce moment de calme. Au bout d'une demi-heure de silence, Ida bouillait d'impatience de ne pas entendre prononcer de paroles historiques. La sauce était sur la cuisinière, la salade au réfrigérateur, le pain prêt à être enfourné. Pour s'occuper, elle découpa des tranches de fromage qu'elle disposa sur un plateau. Finalement, ne pouvant traîner davantage, elle se résigna à aller rapidement nettoyer les salles de bains.

Le groupe se dispersait quand elle revint à la cuisine. Les deux garçons étaient déjà descendus dans leur chambre au sous-sol jouer à des jeux vidéo, les autres se préparaient à faire un brin de toilette et à se changer pour le dîner.

Kendra vint s'accouder au comptoir.

— Je vous serais très reconnaissante si vous pouviez faire quelques courses demain, Ida.

— Bien sûr. De quoi avez-vous besoin ?

— Je vais vous préparer une liste.

La liste prête, Kendra lui donna l'argent nécessaire. Quand elle se fut retirée, Ida alla mettre le couvert dans la salle à manger et s'attarda à admirer la vue.

Le carillon de la porte d'entrée retentit à six heures du soir. Ida se hâta d'aller ouvrir aux Grant, eux aussi victimes d'un cambriolage. Kendra vint les accueillir dans le hall et les escorta jusqu'au petit salon.

Nora, Luke et Sam y revinrent au même moment. Pendant que les hommes préparaient les cocktails, le carillon sonna de nouveau. Les arrivantes étaient cette fois Regan, la fille des Reilly, et son amie Kit.

— Je m'appelle Ida, les informa-t-elle en prenant leurs manteaux. Je donne un coup de main ici pour quelques jours.

A la place d'un Eben défaillant, compléta Regan en son for intérieur. Puis, les présentations faites,

Kit et Regan allèrent rejoindre les autres. Nora embrassa Kit et fit asseoir les deux amies sur un canapé. Sam servit à boire.

— Vous amusez-vous bien, au moins ? s'enquit Nora.

Kit eut un sourire énigmatique.

— Regan semble avoir séduit un des types que Larry nous a présentés. Nous devons les retrouver plus tard pour aller danser. Il dirige sa propre entreprise...

Amusé, Luke observa Nora qui écarquillait les yeux.

— Quel genre d'entreprise ? voulut-elle savoir.

— Une fabrique de vêtements pour enfants. Il nous a montré une de ses publicités. C'est ravissant.

— Il m'a l'air très sympathique, ce garçon, déclara Nora d'une voix enrouée par l'émotion.

— *Calme-toi, ô mon cœur...*, récita Luke à mi-voix.

— Maman, je t'en prie ! protesta Regan. Tu ne l'as jamais vu et tu ne sais rien de lui !

— Et nous savons trop bien où cela peut mener, grogna Sam d'un air désabusé.

— Cela prouve au moins qu'il aime les enfants ! affirma Nora.

— Cela prouve plutôt qu'il aime gagner de l'argent en fabriquant des vêtements pour eux.

— Et vous, Kit ? s'enquit Luke. Un prince charmant ?

— Je vais vous le dire, se hâta d'intervenir Regan. Elle a rendu fou M. Tout-ce-que-vous-vouliez-savoir-sur-les-ordinateurs-sans-oser-le-demander. Sincèrement, je trouve qu'ils vont très bien ensemble.

Kendra pouffa de rire.

— Qu'en dites-vous, Kit ? lui demanda-t-elle.

— Il est gentil, c'est vrai, mais ennuyeux comme la pluie.

— A la longue, on apprécie parfois ce genre d'hommes, suggéra Yvonne. Il faut un peu de patience, voilà tout.

— Essaies-tu d'insinuer quelque chose, ma chérie ? intervint Lester d'un air faussement ulcéré.

— Pas du tout, mon amour. Nous deux, nous nous sommes aimés au premier coup d'œil.

Oui, à son compte en banque, pensa Regan cyniquement.

— Dites-moi, Yvonne, lui dit-elle, je suis désolée d'amener le sujet sur le tapis, mais auriez-vous par hasard retrouvé le numéro de la cousine de Bessie ?

Yvonne et Lester échangèrent un regard perplexe.

— Nous hésitions à en parler maintenant...

— De quoi s'agit-il ? insista Regan.

— D'un fait nouveau...

— Lequel ? intervint Kendra.

— Eh bien, je n'ai pas retrouvé ce numéro mais j'ai reçu un coup de téléphone de l'enquêteur de la compagnie d'assurances — ces gens-là sont vraiment au courant de tout ! Il souhaite interroger Bessie le plus tôt possible.

— C'est normal, estima Regan. On interroge toujours les serviteurs et les familiers de la maison après un vol.

— Pour la seconde fois, déclara Lester.

— Que voulez-vous dire ? s'étonna Regan.

— D'après ce qu'il nous a révélé, répondit Yvonne, les précédents employeurs de Bessie avaient été victimes d'un cambriolage très important. Elle avait été interrogée, bien entendu, mais sans résultat.

— Quand cela s'est-il passé ? demanda Regan.

— Il y a une douzaine d'années, l'informa Lester. Cela fait toujours plaisir, n'est-ce pas ?

Sam s'esclaffa.

— Mon cher Lester, j'ai l'impression que nous devrions vous et moi revoir sérieusement nos méthodes de recrutement ! Nous avions engagé un voleur de bijoux et vous une voleuse de tableaux. Ils ont peut-être fait équipe depuis.

Dans la cuisine où elle tournait la sauce, Ida

n'avait pas perdu une miette de la conversation. Bouleversée, elle ne put se retenir :

— Je ne volerai rien, moi, je vous le jure !

— Tant mieux, Ida ! lui lança Sam. Nous commencions justement à nous poser des questions à votre sujet.

Yvonne éclata de rire.

— Je suis convaincue que Bessie n'y est pour rien, dans un cas comme dans l'autre. Il n'empêche que ces histoires sont bizarres et je voudrais bien pouvoir la joindre.

— Pourquoi Bessie m'aurait-elle appelée ? s'étonna Regan.

— Peut-être pour te dire au revoir, suggéra Luke.

Regan lui répondit par une grimace.

— L'enquêteur des assurances vous a-t-il appris autre chose, Yvonne ? lui demanda-t-elle.

— Ils savent qu'Eben était chez nous ce soir-là et qu'il était employé par Sam et Kendra, qu'il a disparu, et leurs tableaux avec, résuma Yvonne. Ils savent aussi que Bessie travaillait pour nous et qu'elle était présente à la maison le même soir qu'Eben. Ils estiment donc qu'il existe peut-être un rapport.

— Je sais de mon côté que Bessie a rencontré Eben la semaine dernière quand il était venu chercher les jouets pour les enfants, compléta Regan.

— C'est peut-être à ce moment-là qu'ils ont ourdi leur sombre machination, déclara Luke d'une voix caverneuse.

Regan dédaigna la contribution paternelle au débat.

— Quel est le jour de sortie habituel de Bessie ?

— Il est variable, répondit Yvonne.

— Lequel avait-elle pris la semaine dernière ?

— Vendredi.

— Où est-elle allée ?

— Je ne sais pas. Je l'ai simplement vue partir le matin et rentrer le soir. Le lendemain, il y avait tant à faire pour préparer la fête que nous n'avons pas eu le temps d'en parler. Et comme nous avions skié une grande partie de la journée, je ne m'étais même pas rendu compte si elle était sortie ou non ce jour-là.

— Le vendredi, intervint Sam, Eben était allé faire des achats à Vail. Nora a retrouvé un reçu d'une boutique de soldes, *Miniprix*, ou quelque chose de ce genre...

— *Trocprix*, le corrigea Nora. En bonne citoyenne, j'ai donné le reçu à la police.

— Quoi qu'il en soit, reprit Sam, il était à Vail vendredi dernier et un tableau de Beasley a été volé à Vail ce même vendredi par un homme et une femme. Et maintenant, Eben et Bessie ont tous deux disparu. On est en droit de se poser des questions...

— Bessie n'est pas portée disparue, dit Regan, nous ignorons seulement son numéro de téléphone. A mon avis, ces deux-là ne vont pas du tout ensemble. Si je devais désigner l'équipe la plus mal assortie, je les choisirais sans hésiter. Rappelez-vous, elle était furieuse contre lui parce qu'il avait de la boue sur ses bottes l'année dernière. Elle lui en voulait encore quand je lui ai parlé. A moins, bien entendu, que ce n'ait été qu'une comédie...

Dans la cuisine, séparée de la pièce par un simple comptoir, Ida ne perdait pas un mot de la conversation. Elle était aux anges. En ouvrant le congélateur pour remettre des glaçons dans le seau à glace, elle remarqua une fois de plus les bocaux soigneusement étiquetés. Pour un individu qui se prépare à dévaliser la maison et à prendre la fuite, il a fait preuve d'une bien grande considération, se dit-elle. Un vulgaire cambrioleur n'aurait rien laissé derrière lui — surtout parce que, de nos jours, on trouve n'importe où un four à micro-ondes pour réchauffer les surgelés. Il faut peut-être que je leur en parle.

Elle se racla la gorge pour attirer l'attention.

— Vous savez, commença-t-elle, Eben a laissé beaucoup de bonnes choses : chili, poulet au citron, sans parler de sa sauce bolognaise qui est délicieuse, je l'ai goûtée...

— Vous voyez, l'interrompit Regan, cela ne colle pas du tout avec nos hypothèses. Pourquoi se serait-il donné la peine de préparer autant de plats ? Pourquoi, en plus, aurait-il laissé la chambre en désordre et abandonné une partie de ses affaires derrière lui ? Cela n'a pas de sens...

— Bessie doit rentrer jeudi, dit Yvonne. Espérons qu'elle reviendra à temps et nous fournira des explications.

— Si elle revient, ce sera déjà bon signe, approuva Regan.

Sur quoi, Ida s'approcha du comptoir :

— *A la soupe !* carillonna-t-elle.

Il ne lui manque plus que d'agiter une cloche, se dit Kendra.

40

Le dîner fut délectable. Chacun rendit hommage aux talents culinaires d'Ida et avoua sans fausse honte que la sauce bolognaise d'Eben méritait les plus grands éloges.

— Je me demande à quoi il pouvait bien penser en la préparant, dit Kendra.

— Un petit peu plus d'oignon par-ci, une pointe d'ail par-là, suggéra Sam en mordant dans un morceau de pain.

Pendant le café, Kit et Regan décidèrent d'aller faire une promenade en motoneige le lendemain avec les jeunes Wood, Patrick et Greg.

— C'est un sport merveilleux ! intervint Ida à qui nul ne demandait son avis. Buck, mon gendre, affirme que tous ceux qui y goûtent en reviennent avec le sourire.

— En tout cas, commenta Regan, ce sera amusant d'essayer.

— Inviteras-tu ton ami qui est dans le prêt-à-porter, Regan ? s'enquit Nora, le regard éclairé d'une lueur d'espoir.

— J'espère que non ! protesta Kit. Je serais obligée de subir le génie de l'informatique.

— Voyons, madame Reilly, déclara Patrick, Regan et Kit ont déjà rendez-vous avec nous !

— C'est vrai, renchérit Regan en riant. D'ailleurs, j'ai toujours préféré les hommes jeunes.

— Prenez donc notre voiture pour rentrer, offrit Kendra. Vous viendrez chercher les garçons demain matin.

— Très volontiers, merci, répondit Regan.

Une heure plus tard, Regan et Kit pénétrèrent dans le dancing où elles devaient retrouver le reste de la bande. Elles repérèrent presque aussitôt Larry, qui dansait avec la blonde aux cheveux interminables retrouvée la veille au soir. Larry leur fit de grands signes et un sourire épanoui.

— Stewart et Derwood vous attendent au bar ! hurla-t-il pour se faire entendre dans le vacarme assourdissant.

Regan eut à peine le temps de le remercier de cette précieuse information qu'il était déjà englouti par la foule.

— Nous n'avons plus qu'à nous frayer un chemin dans la cohue et essayer de les retrouver, soupira Kit, résignée.

Les éclairs de laser rejaillissaient sur les boules de verre tournantes, la sono faisait vibrer l'air en ondes quasi palpables, les danseurs se déchaînaient. Les deux amies parvinrent tant bien que mal de l'autre côté de la salle.

— Il doit me rester trois orteils intacts ! hurla Regan dans l'oreille de Kit.

— Et moi, j'ai eu les côtes fêlées par un énergumène qui ne doit pas souvent regarder dans son rétroviseur ! répondit Kit sur le même ton.

— Je te poserai une compresse... Ah ! Les voilà.

Accoudés au bar, Derwood et Stewart semblaient absorbés dans une conversation sérieuse. Regan tapa sur l'épaule de Stewart qui se retourna, un large sourire aux lèvres.

— Regan ! Quelle joie ! s'exclama-t-il en l'attirant par les épaules. Je peux vous offrir à boire ?

— Volontiers.

Pendant qu'il faisait signe au barman, Regan se retourna pour constater que Derwood entraînait déjà Kit sur la piste. Derwood ne perd pas son temps, pensa-t-elle, amusée. Il a dû calculer que le prochain disque serait un slow.

Un instant plus tard, Stewart lui tendit son verre. Il est sympathique, c'est vrai, se dit-elle en l'observant. Alors, pourquoi ne puis-je me débarrasser de l'idée qu'il y a chez lui quelque chose de pas tout à fait net ?

— Votre dîner s'est bien passé ? lui demanda-t-il.

— Très bien. Et vous autres, qu'avez-vous fait ?

— Derwood et moi sommes allés au restaurant, je ne sais plus lequel. Ç'aurait été plus agréable si vous nous aviez tenu compagnie.

Faute d'une meilleure réponse, Regan lui sourit.

— Au fait, demanda-t-elle, avez-vous un billet pour le gala de jeudi soir ?

— Je ne le manquerais pour rien au monde. J'espère que nous serons à la même table.

— J'arrangerai ça... Content d'être en vacances ?

— Hein ?... Euh, oui, bien sûr.

— Il faudra que vous m'envoyiez votre catalogue. J'ai beaucoup d'amies qui vont avoir ou qui ont déjà des enfants, je recherche toujours de jolis ensembles pour faire des cadeaux et je ne sais jamais où aller. Jusqu'à quelle taille les fabriquez-vous ?

— Quelle taille ? Euh... seize ans, je crois.

— Seize ans ? s'étonna Regan. Je croyais que vous étiez spécialisé dans les tout-petits ?

— Oui, bien sûr, c'est la majeure partie de notre production... Allons danser, se hâta-t-il d'ajouter.

Ils foncèrent dans la mêlée en direction de Derwood et de Kit, qui pratiquaient chacun une version différente du twist. Un long moment plus tard, fatigués et altérés, ils retournèrent tous quatre boire un verre au bar puis, après avoir bavardé, ils décidèrent d'un commun accord qu'il était temps de rentrer. Les deux garçons accompagnèrent Regan et Kit jusqu'à la porte de Louis où ils se séparèrent.

Voyant Regan pensive, Kit s'inquiéta.

— Qu'y a-t-il encore ? lui demanda-t-elle pendant que Regan cherchait la clef de leur chambre.

— Rien... Je me suis bien amusée avec Stewart, mais quand je lui ai posé des questions plutôt anodines sur ses affaires, il a hésité ou a carrément éludé. Tu ne trouves pas ça bizarre, toi ?

— Nous aurions dû échanger. Si tu voulais parler affaires, Derwood aurait été trop heureux de t'abrutir avec les siennes !

— Je ne voulais pas parler affaires avec Stewart ! protesta Regan. Je m'étonne simplement qu'il ait réagi comme si mes questions le gênaient.

Elles trouvèrent dans la chambre un nouveau lit de camp, sur lequel était épinglé une note manuscrite : « J'espère que celui-ci vous conviendra mieux. Tripp. »

Kit se jeta aussitôt dessus pour l'essayer.

— Beaucoup mieux ! Je ne me réveillerai que quatre fois dans la nuit au lieu de six ou huit.

— Tripp est plein de ressources, dit Regan. Avec un peu plus d'expérience, il pourrait monter sa propre affaire.

— N'en parle surtout pas à Louis ! Quand la sienne aura démarré, il ne supportera pas la concurrence.

— Tu as raison. Essayons de prendre le café avec lui demain matin, nous l'avons à peine vu aujourd'hui.

— On pourrait aussi dîner avec lui demain soir.

— Bonne idée. Le gala a lieu après-demain, il sera sûrement à bout de nerfs. Nous le calmerons.

Pendant que Kit se préparait pour la nuit dans la salle de bains, Regan réfléchit. J'ai hâte de parler à Bessie et j'espère qu'elle reviendra de bonne heure jeudi. C'est peut-être la raison pour laquelle je ne me sens pas à l'aise avec Stewart ; j'ai trop de choses en tête. Et ce fameux tableau exposé en public pendant le gala... Louis a raison. Vivement que la pression se relâche.

41

Couchés côte à côte dans la chambre qui s'assombrissait, Eben et Bessie écoutaient le ronronnement lancinant de la machine à laver, à peine étouffé par la mince cloison.

— C'est incroyable que nous ayons entendu ce bruit toute la journée, dit Eben. Pensez-vous qu'on fera un téléfilm de notre aventure si nous nous en sortons vivants ?

— Vous exigerez sans doute que votre rôle soit tenu par Paul Newman, ricana Bessie.

— Je parie qu'Elizabeth Taylor fera des pieds et des mains pour jouer Bessie Armbuckle, rétorqua Eben.

Le son d'un moteur de voiture les fit taire.

— Les voilà, murmura Bessie. Bonnie et Clyde.

— Gardez confiance, ma vieille. Gardez confiance.

— Vous avez du culot de me traiter de vieille !

— C'est juste une expression.

— D'abord, vous ne savez même pas mon âge.

— C'est vrai.

— Vous, si j'en crois ce que disent les journaux, vous avez cinquante-six ans.

— J'ai horreur qu'on clic on clics, que je corrige. J'ai horreur qu'on claironne mon âge sur les toits ! Je m'inquiète au sujet de Regan Reilly, ajouta-t-il.

— Vous portez la poisse à ceux qui vous

connaissent, répliqua Bessie. C'est à elle que vous devriez conseiller de garder confiance — mon *vieux*.

On entendit s'ouvrir la porte de derrière et la voix criarde de Willeen :

— Qu'est-ce que c'est que ce chahut ?

— Ça vient de la machine à laver, répondit Judd.

— Ils vont enfin arrêter cet engin, chuchota Eben.

— Pas possible ! s'écria Willeen, indignée. Elle a marché toute la journée ?

Elle souleva le couvercle. Les serviettes vertes d'Eben et le pantalon de Judd, emmêlés, baignaient dans la mousse d'un côté du tambour et les soutiens-gorge de Willeen étaient enroulés autour de l'axe de l'agitateur.

— Vivement qu'on se tire d'ici ! s'exclama-t-elle en plongeant la main dans l'eau froide pour répartir la charge. J'en ai ma claque, de ce taudis !

— Et nous donc, murmura Eben de l'autre côté de la cloison.

— Es-tu sûre qu'on pouvait tout laver en même temps ? demanda Judd d'un ton excédé.

— Pour qui tu me prends, ta lingère personnelle ? Il y avait à peine assez de lessive pour un lavage !

Willeen claqua le couvercle, la machine émit un sourd grondement bientôt suivi du bruit du tambour qui reprenait sa rotation. De brefs jets d'eau censés dissoudre les résidus mousseux vinrent peu après confirmer que la machine avait retrouvé son fonctionnement normal.

— Je vais te dire une bonne chose, Judd ! Tous les gens qu'on rencontre à Aspen garent leurs bagnoles derrière des bons hôtels confortables tandis que nous, on est coincés dans ce taudis ! Quant à ces deux-là, ajouta-t-elle avec un signe de tête en direction de la chambre, es-tu au moins sûr d'avoir pensé à tout ?

— Merde, je te l'ai déjà dit cent fois ! gronda Judd. Il nous reste deux nuits avant de pouvoir foutre le camp. Jusque-là, fais au moins l'effort de coopérer, bon Dieu !

On entendit Willeen aller dans sa chambre et claquer la porte.

Dans l'autre pièce, Eben sentait battre son cœur à un rythme accéléré. Il savait d'expérience qu'une dispute entre membres d'une même équipe était très mauvais signe. Ces deux-là s'énervent, pensa-t-il, et il ne nous reste que deux jours pour essayer de nous évader.

Il se tourna vers Bessie, dont l'échafaudage capillaire se défaisait à vue d'œil.

— Ecoutez, chuchota-t-il, il faut récupérer une de vos épingles à cheveux. Je m'en servirai pour crocheter la serrure de nos menottes.

— Mes épingles ne se défont pas toutes seules. Elles n'en ont pas l'air, mais elles sont solidement accrochées.

— Quand les autres seront sortis, j'essaierai d'en attraper une avec les dents.

— Quoi ? murmura-t-elle avec indignation.

— Ce n'est pas le moment de plaisanter, la rabroua Eben. Il est grand temps de faire quelque chose, sinon nous ne sortirons jamais d'ici vivants, comprenez-vous ?

— D'accord...

Elle savait qu'Eben avait raison. Les larmes aux yeux, elle se détourna, le visage dans l'oreiller, afin de les lui dissimuler. Si je meurs, pensa-t-elle, au moins je retrouverai mes parents.

En ces heures les plus sombres de son existence, c'était bien la seule consolation qui lui venait à l'esprit.

A minuit passé, le Coyote s'amusa beaucoup en observant la mine de Judd et de Willeen, revenus de leur soirée dans les bars, qui extrayaient la lessive de la machine à laver.

— Qu'est-ce que c'est ? s'exclama Judd en découvrant son pantalon couvert de peluches vertes. Ces foutues serviettes d'Eben on tout salopé !

— On n'en aurait pas eu besoin s'il y avait eu des serviettes convenables dans cette maudite baraque, commenta aigrement Willeen.

— Je dois porter mon smoking à repasser pour jeudi soir, je donnerai ça en même temps au teinturier, fulmina Judd qui secouait en vain son pantalon.

— Puisque tu me le proposes, ricana Willeen, donne-lui donc aussi ma robe.

Le Coyote éclata de rire.

— Vous commencez à craquer, vous deux ! Et vous ne savez même pas ce qui...

Il s'interrompit en entendant prononcer son nom :

— ... pas moyen que le Coyote nous coiffe encore au poteau, n'est-ce pas, Judd ?

Riant de plus belle, le Coyote termina sa phrase :

— ... ce qui vous attend, pauvres minables !

Il éteignit son moniteur. Il avait hâte, lui aussi, de voir arriver la fin des prochaines quarante-huit heures.

Au même moment, Geraldine était assise dans son lit, calée contre ses oreillers et l'édredon tiré jusqu'au menton. La fenêtre de sa chambre était ouverte car elle aimait dormir au frais et, surtout, elle voulait rester éveillée pendant qu'elle lisait le journal de Pop-Pop.

Elle avait les yeux rougis de fatigue. J'ai passé ma journée à lire au lieu de continuer à chercher dans la grange des objets intéressants pour le musée qui doit ouvrir le jour de l'an, se reprocha-t-elle. Ils lui avaient promis d'exposer tout ce qu'elle leur donnerait, à condition qu'elle le leur livre avant l'ouverture des portes. Pourtant, avait-elle pensé ce matin-là, rien, non, *rien* ne comptait davantage pour elle en ce moment que de découvrir si, oui ou non, son Pop-Pop avait écrit quelque chose sur *cela*.

Elle décida de lire encore une page avant d'éteindre la lumière. Rien de passionnant, se dit-elle avec dépit. Elle savait maintenant par cœur que Pop-Pop était fier d'avoir arraché des navets pendant sa jeunesse, tant il se montrait intarissable sur ce sujet. Par devoir, elle finit la page et poussa un soupir déçu. Il était temps de dormir.

Elle tournait la page pour y insérer le signet quand son regard tomba sur la première ligne. Un hurlement à glacer le sang dans les veines d'un Sioux sur le sentier de la guerre lui échappa : ce qu'elle cherchait était là ! Là ! Sa migraine évanouie, sa vue lasse retrouvant d'un seul coup toute son acuité, elle parcourut la page avec une célérité qui aurait fait verdir d'envie le lauréat d'un cours de lecture accélérée. Tout y était, tout ! Depuis le début jusqu'à... jusqu'à... Emportée par son élan, Geraldine tourna une page, une autre encore. Ce qu'elle apprenait lui donnait le vertige.

— Oh, Seigneur ! s'écria-t-elle. Et je n'en avais jamais rien su !

Quand elle eut recouvré ses esprits, elle sauta à bas de son lit et courut, pieds nus, sur le plancher glacé, jusqu'à la cuisine où elle se versa une rasade de Wild Turkey, son meilleur bourbon. Il était une heure du matin sur la côte Est. Elle devrait attendre le lendemain pour appeler le détective privé.

— Et pourtant, il faut que je lui dise ! s'écria-t-elle. Je ne veux pas perdre une minute de plus !

Le coude levé, le menton dressé, elle avala l'eau-de-feu d'un trait et reposa le verre avec un soupir satisfait.

— Aaahhh ! Ça me calmera peut-être mais j'en doute.

Cette nuit, elle le savait, promettait d'être la plus longue de sa vie. Les heures qui la séparaient encore de huit heures du matin, heure locale de la côte Est, allaient compter double, voire davantage.

Elle regagna son lit à la hâte et reprit le journal de Pop-Pop. Je ne suis plus du tout fatiguée, se dit-elle. Je ne fermerai plus l'œil de la nuit. Inutile de compter des moutons, il n'y en a pas assez dans toute l'Australie pour réussir à m'endormir.

Alors, d'un seul coup, les implications de ce qu'elle avait lu la frappèrent au cœur et elle fondit en larmes.

— Seigneur, faites qu'il ne soit pas trop tard ! pria-t-elle en reniflant bruyamment. Faites au moins que tout ne soit pas perdu. Si vous m'écoutez, Pop-Pop, je vous remercie d'avoir été si bon. Merci aussi d'avoir envoyé ce journaliste qui a déniché votre tableau derrière la roue de charrette. Sans lui, je n'aurais jamais pensé fouiller dans la grange, qu'on ne connaissait plus que sous le nom de dépôt d'ordures de la famille Spoonfellow. Amen.

A ce moment précis, sa lampe de chevet clignota.

— Je savais bien que vous m'écoutiez. Alors, maintenant, *donnez-moi un coup de main !* cria-t-elle à pleins poumons.

44

Mercredi 28 décembre

Regan et Kit prirent leur petit déjeuner avec Louis au restaurant pendant que le personnel astiquait les cuivres et l'argenterie avec une ardeur proche de la frénésie.

— As-tu bien dormi, Louis ? s'enquit Regan.

— Moi, dormir ? Depuis Dieu sait quand, je passe mes nuits à me demander : ai-je bien fait ceci, ai-je bien tenu compte de cela ? Je vis un calvaire ! déclara-t-il d'un ton pitoyable en buvant une gorgée de café. Mon sort n'est plus entre mes mains. Je prie pour que tout soit prêt d'ici demain soir, voilà tout.

Kit faillit s'étrangler avec son toast.

— Que reste-t-il à faire ? s'étonna-t-elle.

— Je ne sais pas... je ne sais plus, gémit Louis. C'est pour cela que je ne dors plus la nuit.

Regan reposa sa tasse.

— Voyons, Louis, as-tu reçu toutes tes fournitures ?

— Oui.

— Les tables sont-elles toutes réservées ?

— Oui.

— Les œuvres des peintres locaux seront-elles livrées demain dans la journée comme convenu ?

— Oui.

— L'orchestre a-t-il confirmé qu'il venait ?

— Oui.

— Le programme de la soirée est-il imprimé ?

— Oui.

— Les médias seront-ils représentés ?

— Oui.

— Alors, de quoi t'inquiètes-tu ? Tout va bien.

— Pas de mots définitifs, je t'en conjure ! On sait trop bien où cela mène...

— Dans deux jours, tu auras réussi le lancement du meilleur restaurant de la région et tu savoureras ton triomphe. N'oublie pas ce que je te dis.

— Je me sens comme la jeune mariée le jour de ses noces, qui sait pertinemment que tout le monde trouvera quelque chose à critiquer alors même que tout se passera à merveille, dit-il en ravalant un sanglot.

— Et voilà, tu recommences ! Puisque tu es persuadé que cela se passera ainsi de toute façon, détends-toi et oublie les grincheux ! Les autres seront ravis, crois-moi.

— Je l'espère, Regan, je l'espère... Je devrais être content de ne plus avoir de nouvelles de Geraldine et pourtant, son silence m'inquiète. Je me demande ce qu'elle peut bien fabriquer.

— Elle est sans doute en train de finir le ménage de sa grange et de se préparer pour le gala. Elle doit prononcer une allocution en donnant le tableau, n'est-ce pas ?

— Encore un sujet d'angoisse ! C'est une vieille radoteuse, toute la ville la connaît. Quand elle prend la parole aux séances du conseil municipal, personne ne peut plus la faire taire. Quelque chose me dit qu'on aura du mal à la virer !

— J'ai hâte de rencontrer cette fameuse Geraldine, déclara Kit en riant.

— C'est un personnage extraordinaire, répondit Regan. Tiens, en ce moment, je parie qu'elle répète son discours.

45

Pour la troisième fois en moins d'une semaine, Angus Ludwig poussa la porte de l'agence immobilière à l'heure de l'ouverture. Ellen Gefke, la négociatrice, se leva pour l'accueillir.

— Bonjour, Angus. Je ne m'attendais pas à vous voir aujourd'hui. Comment allez-vous ?

— L'impatience me démange de partout, Ellen. Pire que si j'avais la varicelle.

— Un café vous soulagerait ? demanda Ellen en souriant.

— On peut toujours essayer.

Etre agent immobilier à Aspen constituait pour Ellen un travail idéal. Agée de quarante ans, installée à Aspen depuis son divorce, trois ans auparavant, elle n'avait jamais été aussi heureuse de sa vie. Adorant le grand air et le sport, le ski en particulier, elle s'était d'emblée sentie enfin chez elle. Aussi prenait-elle un plaisir sincère à trouver pour ses clients la maison qui leur convenait et où ils se sentiraient bien, sans regrets ni arrière-pensées.

Elle remplit deux gobelets à la machine à café et en tendit un à Angus.

— Merci, Ellen. Je suis venu ce matin parce que je meurs d'envie de jeter un coup d'œil à cette maison dont vous m'avez parlé, celle qui a besoin de travaux.

Ellen se rassit derrière son bureau.

— Voyons, Angus, je vous ai dit qu'elle était louée jusqu'à samedi ! Je ne demande pas mieux que de vous la faire visiter après, mais il n'en est pas question jusque-là. Nos locataires paient pour être tranquilles, nous n'avons pas le droit de les déranger.

L'argument était logique. Angus ne s'avoua cependant pas vaincu.

— Qui sont ces gens-là ? voulut-il savoir.

— Je ne les ai pas rencontrés en personne. La réservation a été faite par l'intermédiaire d'une agence de la côte Est qui nous a transmis le chèque et je leur ai envoyé les clefs avec un plan.

— Hmmm... Je bous d'impatience, Ellen. Quand j'ai quelque chose en tête, voyez-vous, je deviens comme un gamin qui veut voir ses jouets le jour de Noël. Si vous saviez comme je suis heureux de me retrouver à Aspen ! Ecoutez, passons au moins devant la maison en voiture, que je voie de l'extérieur l'allure qu'elle a. Hein, qu'en dites-vous ?

Ellen consulta sa montre et se leva.

— Bon, d'accord, Angus. Mais vous me forcez la main. Et ne nous attardons pas, j'ai un rendez-vous dans pas longtemps.

Angus la gratifia de son sourire le plus charmeur.

— Je savais que j'avais choisi la meilleure agence ! Le simple ton de votre annonce m'avait décidé à vous téléphoner la semaine dernière. Il y a des cas où on se sent tout de suite des atomes crochus, où on a l'impression d'avoir toujours connu quelqu'un qu'on rencontre pour la première fois. Faire des affaires avec vous est un tel plaisir que...

— Bien sûr, bien sûr, l'interrompit Ellen. Je sors un instant, dit-elle en entrouvrant la porte du bureau directorial, je serai de retour dans une petite demi-heure.

Une fois en voiture, Angus évoqua pour Ellen ses souvenirs du temps où Aspen était une bourgade somnolente, avant que la mode et les efforts d'une poignée d'inconditionnels ne la réveillent, à partir des années 40, par la création des compétitions de ski, des festivals de musique, du Centre d'études de l'environnement et du parc national.

— L'endroit a changé, conclut-il, mais j'y retrouve la même magie. L'air est si pur qu'il suffit de le respirer pour se sentir revivre.

— C'est pour cela que je m'y plais, approuva Ellen.

Ils étaient à quelques kilomètres du centre quand elle tourna dans un chemin de terre sinueux et cahoteux.

— Où diable allons-nous ? s'inquiéta Angus en se cramponnant au tableau de bord.

— Vous m'avez dit que vous vouliez un endroit tranquille avec une vue spectaculaire ? Eh bien, vous l'aurez !

Au bout de quelques centaines de mètres, elle stoppa et lui montra une vieille ferme du début du siècle, nichée au pied de la montagne et entourée de conifères majestueux. On voyait le capot d'une voiture stationnée dans l'allée qui contournait la maison.

— Il y a aussi une grange un peu plus loin derrière, annonça Ellen. La maison a besoin de travaux mais elle a d'énormes possibilités pour qui s'en donnera la peine.

Perdu dans sa contemplation, Angus imagina le lieu en toute saison et se représenta ce qu'il serait capable de réaliser. Bien sûr, la bicoque semblait un peu délabrée mais un bon coup de peinture et une révision de la toiture lui redonneraient déjà fière allure. Exactement ce qu'il me faut, pensa-t-il. En trois mois, je la remettrai en état.

— On dirait que vos locataires sont là, dit-il d'un ton plein de sous-entendus.

— Non, Angus ! dit Ellen en lui donnant une petite tape sur la main. Je vous répète que nous ne pouvons pas les déranger.

Ses cheveux blancs éblouissants sous le soleil,

Angus lui décocha le regard le plus persuasif de ses yeux bleus.

— Vous m'aviez pourtant dit que tout le monde était accueillant, ici ! protesta-t-il en feignant l'indignation. A qui se fier si je ne peux plus vous croire ?

A l'intérieur, Judd et Willeen étaient au bord de la crise cardiaque.

— Qui c'est, ces gens-là ? s'écria Willeen. Qu'est-ce qu'ils viennent foutre ici, Judd ?

— Comment veux-tu que je le sache ? répliqua Judd. La baraque est à vendre mais notre bail spécifie qu'ils n'ont pas le droit de la faire visiter avant notre départ.

Lorsque la voiture s'était arrêtée au bout de l'allée, Bessie et Eben mangeaient leurs céréales à la cuisine. On pouvait sûrement distinguer leurs silhouettes à travers la fenêtre. Paniqués par cette intrusion inattendue, Judd et Willeen les poussèrent en hâte jusqu'à leur chambre.

— N'essayez pas de coup tordu ! leur dit Judd d'un ton menaçant en les bâillonnant avec des écharpes.

— Ils ouvrent les portières ! cria Willeen, affolée. Je vais sortir leur dire que le ménage n'est pas fait.

— Nom de Dieu ! s'exclama Judd. Personne n'est censé savoir qui nous sommes ! Bon, vas-y, et fais-les partir.

Willeen enfila un blouson, des bottes et sortit en courant au-devant des intrus.

— Bonjour ! dit-elle de sa voix la plus suave. Vous désirez quelque chose ?

Angus se présenta et lui serra la main.

— Nous ne voulions pas vous déranger, mais j'envisage d'acheter une maison dans un coin tranquille et...

— Je suis Ellen Gefke, l'agent immobilier chargé de cette affaire, intervint Ellen. M. Ludwig souhaitait jeter un simple coup d'œil à l'extérieur et se dégourdir les jambes. Il n'est pas question de vous importuner.

— Je vous aurais volontiers invités à entrer, dit Willeen d'un ton de regret fort bien imité, mais nous avons reçu des amis hier soir et je vous avoue que le ménage n'est pas encore fait.

— Aucune importance..., commença Angus.

— Non, non, nous comprenons, l'interrompit Ellen. Nous visiterons la maison après votre départ, comme convenu.

— Très bien, approuva Willeen. Ravie d'avoir fait votre connaissance.

Elle regagna la maison d'une allure nonchalante — tout en se retournant tous les deux pas pour s'assurer que les autres remontaient en voiture et partaient.

Une fois rentrée, elle jeta son blouson sur le canapé et se laissa tomber dessus, livide.

— Ça devient trop dangereux, Judd.

— Ta gueule ! répondit Judd avec son exquise courtoisie coutumière. Tu vas finir par nous porter la poisse !

46

Geraldine brûlait d'impatience en attendant que Marvin Winkle, le détective, la rappelle. Il se baptisait pompeusement « le privé qui ouvre l'œil ». *Sans cervelle* lui irait mieux, bougonna Geraldine en consultant pour la énième fois l'horloge murale. Il ne pense donc jamais à écouter son répondeur ? S'il y avait un mensonge dont elle avait horreur, c'était celui commis par tous les gens qui promettent de vous rappeler dès que possible. Cela faisait trois heures qu'elle avait laissé son message ! Et si ce propre à rien avait jugé bon de prendre des vacances ? Leur dernière conversation remontait à six semaines. Il n'avait pas progressé d'un pouce, bien entendu — ce qui ne l'avait pas empêché d'envoyer sa note d'honoraires en temps et en heure. Eh bien, qu'il mérite son argent, maintenant !

De peur de manquer le coup de téléphone, Geraldine n'était pas allée à la grange. Assise dans sa cuisine à côté de l'appareil, elle en profitait pour poursuivre la lecture du journal de Pop-Pop. Quand elle arriva au passage où Pop-Pop racontait comment Angus Ludwig était venu solliciter la permission de sortir avec elle, un sourire lui vint aux lèvres. Beau garçon, cet Angus, se rappela-t-elle, mais elle n'avait vraiment pas la tête à sortir avec qui que ce soit à ce moment-là. Bah ! se dit-elle avec un soupir. Chaque chose en son temps ou, plutôt, ce pauvre diable d'Angus avait mal choisi son moment... Et ce maudit téléphone, va-t-il se décider à sonner, oui ou non ?

A ce moment précis, la sonnerie retentit.

— Alors, vous dormiez ou quoi ? hurla-t-elle dans le combiné avant d'informer Winkle de sa découverte.

A l'autre bout du fil, en dépit de ses tympans à demi perforés, l'interpellé manifesta un enthousiasme du meilleur aloi.

— C'est merveilleux, mademoiselle Spoonfellow ! Fabuleux ! Fantastique ! Que dis-je ? bouleversant ! Cela me permettra de conclure l'enquête un clin d'œil !

— Assez de sornettes ! aboya Geraldine. Mettez-vous au travail. Et plus vite que ça !

Sur quoi, elle raccrocha et contempla les pattes de mouche de Pop-Pop sur les feuillets jaunis. Il va pourtant falloir que je prépare mon discours pour demain soir, pensa-t-elle sombrement.

Une illumination lui vint : pour faire honneur au portrait de Pop-Pop, quoi de mieux que de lire des passages de son journal ? Le problème, c'est qu'il y en a tant de passionnants que je ne saurai jamais lesquels choisir, ni quand m'arrêter.

47

Regan et Kit se rendirent chez l'encadreur, dont l'atelier était situé au fond d'une galerie d'art où régnait une atmosphère feutrée. Elles marchèrent avec révérence sur un parquet luisant de cire, entre des murs garnis de tableaux de grand format illustrant pour la plupart des thèmes de l'Ouest et de son histoire.

Eddie, quinquagénaire chevelu et grisonnant aux mains noueuses, les salua d'un signe de tête protecteur.

— Ce portrait du roi Louis XVIII, déclara-t-il tout de go, aurait besoin d'un nettoyage complet et d'une sérieuse restauration. Il était dans un état lamentable ! Nous avons dû nous contenter d'un lavage superficiel à la térébenthine qui a enlevé le plus gros, mais ce n'est qu'un début. On peut au moins distinguer son visage.

— Il a déjà meilleure allure, approuva Regan. Les couleurs sont plus nettes.

— Si l'on peut dire ! lâcha Eddie d'un air ulcéré. Je vous répète que ce tableau mérite une restauration complète, il est d'excellente facture. En tout cas, nous ferons l'impossible pour le rendre présentable pour demain soir.

Eddie étala ensuite sur le comptoir des échantillons de sa collection de cadres.

— Celui-ci conviendrait au personnage, suggéra-t-il. Vous remarquerez qu'il est doré à l'or fin.

Regan et Kit l'étudièrent avec attention.

— Il est superbe, en effet. Je dirais même royal, ce dont nous avons précisément besoin. Qu'en penses-tu, Kit ?

— Je suis de ton avis.

— Eh bien, va pour celui-ci, déclara Regan.

Eddie prit un crayon perché sur son oreille et entreprit de remplir un formulaire. Regan ne put s'empêcher de l'admirer : elle avait une fois essayé de faire tenir un crayon sur son oreille pendant qu'elle travaillait, mais le maudit bout de bois s'obstinait à glisser et elle avait dû abandonner.

— Un de nos spécialistes est allé chez Mlle Spoonfellow vérifier l'état du Beasley, commenta Eddy en reposant le crayon sur son perchoir. Je me demande quelles autres surprises elle nous cache dans sa grange.

— Je l'ignore, répondit Regan, mais j'ai tant entendu parler de ce fameux *Retour au foyer* que j'ai hâte de le voir, je l'avoue.

— Vous avez raison, c'est une merveille.

Regan signa le bon de commande et donna un acompte.

— Nous livrerons le tableau au restaurant demain après-midi, l'informa Eddie en lui donnant le reçu. Il est tout à fait approprié pour un Louis, ajouta-t-il.

— Si le gala marche comme prévu, Louis sera le roi d'Aspen.

— Pas de raison qu'il ne le soit pas, commenta Eddie.

Que le Ciel vous entende ! se retint de répondre Regan.

48

Il faisait un temps idéal pour une randonnée en motoneige. Guidés par Buck, le gendre d'Ida, ils sillonnèrent les pistes réservées aux engins motorisés et firent halte à une petite hutte de rondins où l'on servait du chocolat chaud et autres boissons réconfortantes.

— On pourrait se prendre pour des pionniers, grommela Kit. J'ai les pieds gelés.

— Pense plutôt au plaisir que tu éprouveras quand ils se réchaufferont, la consola Regan.

— J'ai sur moi une deuxième paire de chaussettes dont je peux très bien me passer, lui offrit Patrick. Voulez-vous que je vous les prête ?

— Comment se fait-il qu'aucun homme ne se soit jamais sacrifié ainsi pour moi ? lui répondit Kit avec un large sourire. J'accepte volontiers. Et si je suis encore disponible quand vous aurez votre majorité légale, je vous épouserai.

— Il a déjà une demi-douzaine de petites amies, précisa son frère Greg avec un sourire narquois. Dont une sérieuse.

— Tant mieux pour elle, commenta Kit en enlevant ses bottes. Tant que les ordinateurs ne le rendront pas gâteux...

Regan pouffa de rire. Son gobelet de chocolat à la main, elle sortit et alla s'asseoir sur sa motoneige. On ne distinguait alentour aucun signe d'activité, aucun stigmate de la vie moderne. Paisibles et majestueuses, les montagnes enneigées n'avaient sans doute pas changé d'aspect depuis plus de cent ans. En des moments pareils, se dit-elle en absorbant par tous ses sens la beauté de la nature, on ne peut s'empêcher de réfléchir. De se demander, par exemple, où et comment Eben a disparu. Il pourrait être n'importe où. Le monde est si vaste, vu d'ici...

Elle vida son gobelet de plastique et alla le jeter dans une poubelle disposée à cet effet près de la porte. La petite pancarte : NOUS SOMMES RECYCLABLES la fit sourire. A l'évidence, on ne l'aurait pas vue cent ans auparavant.

Les autres sortirent de la cabane. Ses orteils réchauffés, Kit se sentait revigorée.

— Grâce à Patrick, j'échapperai à l'amputation, déclara-t-elle.

— Il faut apprendre à vous habiller pour résister au froid, lui dit Buck. En montagne, c'est essentiel.

Ils enfourchèrent leurs motoneiges, lancèrent les moteurs et s'engagèrent dans la descente en file indienne. Il était trois heures de l'après-midi. Regan avait pris plaisir à cette randonnée mais elle se félicitait d'en voir bientôt la fin. Le retour de Bessie l'obsédait ; elle avait hâte de lui parler. Pourquoi, en effet, Bessie l'avait-elle appelée de toute urgence sans plus lui donner signe de vie par la suite ? Ce mystère la tracassait de plus en plus.

49

Ida sortait la lessive du sèche-linge quand elle entendit une voiture s'approcher de la maison.

Allons bon ! faillit-elle s'exclamer. Il ne manquerait plus que je sois bloquée dans la lingerie à plier des serviettes pendant qu'ils seront en train de parler !

Ida empoigna en hâte une brassée de linge et la déposa sur la table de la cuisine où elle entra juste après Kendra et Nora, qui faisaient chauffer du cidre à la cannelle. Les deux couples avaient passé l'après-midi à skier. Les deux garçons franchirent à leur tour la porte d'entrée avec Kit et Regan. Tout le monde se salua gaiement.

Ida aida Kendra à distribuer des tasses.

— Comment s'est passée votre promenade ? demanda Kendra.

— Hypercool, répondit Greg. On devrait acheter une motoneige pour quand on est ici.

— Et ne s'en servir que quinze jours par an ? Pas question ! protesta Kendra.

— Si jamais Eben revient, intervint Sam en entrant dans la cuisine, il ne se privera pas de l'utiliser, lui.

— Arrête, je t'en prie ! le rabroua Kendra en riant.

— Jamais. Qui veut du whiskey plutôt que cette infâme mixture ? demanda-t-il en sortant une bouteille du placard.

— Infâme mixture ! Tu n'as pas honte ?...

Kendra posait sa tasse sur la table quand ce qu'elle y découvrit l'interrompit : ses luxueuses serviettes de toilette, aux couleurs assorties à ses salles de bains, étaient couvertes de peluches vertes, provenant à l'évidence d'une unique serviette dépareillée qui jurait atrocement dans cet harmonieux ensemble.

— D'où diable peut bien venir cette horrible chose ?

Nora suivit la direction de son regard.

— Le coupable n'est autre que mon cher mari. C'est lui qui s'en est servi.

— Qu'est-ce qu'on me reproche, encore ? s'enquit Luke du pas de la porte.

— De vous être séché avec une serviette, monsieur Reilly, l'informa Kit en riant.

— Personne ne vous reproche rien, Luke, se hâta de le rassurer Kendra. Mais je ne m'explique pas d'où elle vient.

— Je l'ai trouvée dans notre salle de bains, expliqua Luke. Pour moi, une serviette est une serviette. Ma femme aussi s'est étonnée que je me serve de celle-là mais je n'y avais pas prêté attention. J'ai juste pris la première qui me tombait sous la main dans le placard.

— Comment, Luke ? s'indigna Nora. Tu avais devant toi toute une pile de ces moelleuses serviettes et tu as choisi...

— ... ce torchon, compléta Kendra d'un air dégoûté en brandissant le corps du délit entre le pouce et l'index.

— Nous autres, pauvres hommes, n'avons jamais droit à l'erreur ! dit Sam en lançant à Luke un regard compatissant.

— Jamais, soupira Luke. Je jugeais les autres trop belles pour oser les salir, et voilà où j'en suis !

Ida commençait à s'inquiéter de la tournure prise par la conversation.

238

— Je suis désolée, Kendra. Je venais de mettre une lessive couleurs dans le séchoir quand j'ai dû répondre au téléphone. En revenant, je n'ai pas réfléchi et j'ai mis ce qui restait dans la machine à laver.

— Ce n'est pas grave, Ida, la rassura Kendra.

— Une fois, intervint Regan, une chaussette rouge s'était glissée entre mes chemisiers blancs pour lesquels j'avais ajouté de l'eau de Javel. Imaginez le résultat ! Heureusement que j'aime le rose.

Ida retrouva le sourire.

— Cette serviette devait appartenir à notre précieux Eben, dit Kendra. Et il venait sans doute de l'acheter, ajouta-t-elle en palpant une étiquette en carton encore agrafée à un ourlet.

— Qu'y a-t-il sur cette étiquette ? s'enquit Nora.

Kendra cligna des yeux.

— C'est presque illisible. Voyons... Le magasin s'appelle *Trocprix*. Et le prix... Quatre-vingt-dix-neuf cents, annonça-t-elle. Eben était économe.

— C'est le magasin dont j'ai trouvé le reçu, dit Nora. *Trocprix*, à Vail. La facture mentionnait des serviettes, des chaussettes, des sous-vêtements. Je disais à Luke l'autre jour que cette serviette faisait sans doute partie du lot.

— S'il a aussi laissé des chaussettes, je les prends ! déclara Kit.

Patrick et Greg éclatèrent de rire. Regan expliqua aux autres la cause de leur hilarité.

— Si les chaussettes sont de la même qualité, vous ne gagnerez pas grand-chose, Kit, lui dit Kendra. Encore un touchant souvenir de notre cher Eben...

— Si j'ai bonne mémoire, dit Nora, il était question sur la facture d'une douzaine de serviettes.

— Alors, où sont les autres ? Il ne les a quand même pas cachées dans la maison comme des œufs de Pâques !

Ida, qui secouait énergiquement un gant de toilette abricot moucheté de vert, intervint alors.

— C'est drôle ! s'exclama-t-elle. Il me revient maintenant qu'un homme a apporté ce matin à la teinturerie un pantalon de velours côtelé beige plein des mêmes petits points verts. Il a dit que sa femme l'avait lavé dans la machine avec des serviettes vertes qui avaient tout sali. Je lui ai alors dit qu'il devrait les rendre et réclamer un remboursement, mais il m'a répondu qu'ils étaient descendus chez des amis et que les serviettes ne lui appartenaient pas. Il apportait aussi son smoking et une robe du soir à repasser.

Regan dressa l'oreille.

— Vous voulez dire qu'il s'est produit la même chose chez quelqu'un d'autre ? demanda-t-elle, les sourcils froncés.

— Oui. C'est bizarre, n'est-ce pas ?

— Plutôt ! Je me demande quels sont les amis qui les hébergent, leur fournissent d'aussi mauvaises serviettes et les laissent se servir eux-mêmes de la machine à laver.

Le téléphone sonna. Greg décrocha.

— Maman, c'est pour toi, dit-il d'un air dépité.

Kendra prit le combiné.

— Allô ? Oui, bien sûr... Comment ? C'est impossible !...

Tout le monde fit silence.

— Que se passe-t-il ? chuchota Nora.

Kendra couvrit le combiné d'une main.

— C'est Yvonne. La cousine de Bessie vient de l'appeler de Vail. Elle était allée passer quelques jours à Denver. A son retour, elle a trouvé sur son répondeur un message de Bessie lui annonçant son arrivée...

Kendra marqua une pause pour ménager ses effets.

— Bessie n'est jamais arrivée, conclut-elle.

50

— Un instant, dit Kit. Regan ne va pas tarder. Regan sortit de la salle de bains en peignoir. A sa mine préoccupée, Kit comprit qu'elle aurait beau lui dire n'importe quoi, son amie ne l'entendrait même pas.

— Heathcliff au téléphone, lui annonça-t-elle.

— Qu'est-ce qu'il veut ? répondit Regan distraitement.

Elle défit la serviette nouée en turban sur sa tête et chercha une brosse sur la coiffeuse. Le reflet de Kit dans la glace, le combiné à la main, parut soudain la frapper.

— Que fais-tu là, au juste ? s'étonna-t-elle.

— Bravo ! La navette spatiale revient sur terre. Stewart est au bout du fil. Derwood et lui veulent dîner avec nous.

— Je pensais à autre chose, admit Regan en souriant.

— Je m'en doutais, figure-toi. Tiens, parle-lui.

Kit lui tendit l'appareil. Regan s'assit sur son lit.

— Bonsoir, Stewart... La motoneige ? Oui, très amusant... Eh bien, ce soir, mes parents et les Wood dînent avec nous chez Louis... Voulez-vous venir aussi, Derwood et vous ?

— Autant demander au pape s'il croit en Dieu, marmonna Kit.

Regan affecta d'ignorer l'interruption.

— Louis se prépare pour le gala de demain, il est débordé... Je crois que tout le monde aura envie de se coucher tôt... D'accord, retrouvez-nous ici vers huit heures.

Regan avait à peine raccroché que le téléphone se remit à sonner.

— Derwood a peut-être envie d'entendre le son de ta voix, dit-elle à Kit en décrochant. Ah ! C'est vous, Larry ? Oui, nous avons fait de la motoneige aujourd'hui... Merci pour l'invitation ? Comment voulez-vous qu'on vous trouve, vous êtes toujours accaparé par les uns — je devrais dire les unes — et les autres !... Vous n'avez pas de projets pour ce soir ? Bon, venez nous rejoindre... Non, Larry, Kendra a déjà un excellent dentiste... A huit heures. Salut.

— Kendra sera entourée de tout un fan-club, ce soir, commenta Kit.

— Tant mieux, parce qu'il ne faudra pas compter sur moi pour la conversation. Je n'arrête pas de penser à Bessie et je n'arrive pas à croire qu'Eben et elle soient de mèche. Cela ne tient pas debout ! Et puis, pourquoi aurait-elle essayé de m'appeler juste avant de partir ?

— Je n'en sais rien, Regan. Voilà maintenant sa pauvre cousine qui se fait un sang d'encre... C'est sa seule parente, n'est-ce pas ?

— Oui. Je me sens tellement inutile ! soupira Regan. Je voudrais faire quelque chose mais je ne sais pas quoi.

— Dis donc, avant d'entrer de nouveau en transe, finis de te préparer et allons retrouver Louis. Quand il apprendra que Bessie a elle aussi disparu !...

— Ce n'est pas lui qui l'a recommandée, que je sache. En tout cas, il tremblera sûrement que Geraldine l'apprenne et soit tentée de le lui reprocher aussi.

— Pour un gala tant attendu, j'ai l'impression que

beaucoup de gens seront soulagés d'en voir la fin, déclara Kit en prenant un blue-jean dans sa valise.

— Tu peux le dire.

— Pour un gala...

— Tais-toi ou je t'étrangle !

Pendant que Kit s'habillait, Regan retourna dans la salle de bains se sécher les cheveux. Le ronflement du séchoir dans ses oreilles et le jet d'air chaud sur sa tête semblant lui insuffler de nouvelles idées, elle décida ce qu'elle ferait le lendemain matin. Appeler le *Trocprix*, demander s'ils se souvenaient d'Eben et de ses serviettes vertes. Aller à la teinturerie d'Ida, voir si l'homme aux points verts était déjà passé reprendre ses affaires. Cela ne la mènerait peut-être nulle part mais c'était mieux que rien.

En sweaters, jeans et après-skis, Regan et Kit descendirent dans le hall où régnait une ambiance de fête. Les lustres et les bougies scintillaient, un feu flambait dans la cheminée. Les verres tintaient, les rires fusaient, la stéréo distillait des noëls en sourdine. Demain soir, se dit Regan, ce sera féerique.

51

Une joyeuse ambiance régnait autour de la table. Le restaurant était bondé de skieurs en tenues décontractées mais élégantes. Kendra arborait un sweater vert, assorti à la couleur de ses yeux, qui rappelait fâcheusement à Regan les serviettes d'Eben. Tripp délaissa un instant les autres clients pour venir prendre leur commande.

Larry s'était arrangé pour s'asseoir entre Kendra et Nora, les deux célébrités. Il ne lui fallut pas long-temps pour que ses bras se retrouvent, le plus natu-rellement du monde, sur les dossiers de leurs chaises.

— Eh, Larry ! le taquina Regan. Voilà l'occasion ou jamais de photographier le dentiste des stars !

— Et dire que j'ai oublié mon appareil, déplora Kit en affectant une mine dépitée.

Larry se pencha vers Nora :

— Soyez gentille, demandez-leur d'arrêter de me martyriser.

Nora regardait fixement le séduisant Stewart qu'elle imaginait en gendre idéal. Elle s'en détourna à regret.

— Que disiez-vous, Larry ?

— Que votre fille et Kit sont odieuses avec moi.

— Pourtant, répondit Nora en pouffant de rire, elles ne sont même pas vos clientes !

— Justement ! Qu'est-ce que je leur ai fait ?

Derwood s'éclaircit la voix et mit son grain de sel dans la conversation :

— Ce que Sam et Kendra m'ont dit de la pièce qu'ils doivent monter à Broadway est passionnant.

— Vous semblez bien connaître le théâtre, déclara Kendra. J'étais ravie de vous en parler.

— J'aime beaucoup Broadway, c'est vrai. Pour rien au monde je ne manquerais la première en février.

— Nous y serons tous ! proclama Nora. Regan fera le voyage de Californie, Kit viendra de Hartford. Et vous, Stewart, pourrez-vous vous joindre à nous ?

— Bien entendu, madame Reilly.

— Appelez-moi Nora.

Pourquoi pas belle-maman ? fulmina Regan intérieurement.

— Ce sera amusant comme tout ! poursuivit Nora. Vous m'apporterez des échantillons de vos vêtements pour enfants, je tiens à vous en commander.

— Pourquoi ? s'étonna Regan. Ou plutôt, pour qui ?

— La fille de Lauren Dooley, voyons ! Elle attend un enfant pour le printemps, le premier petit-enfant de Lauren. Je ne peux pas laisser passer l'événement.

— Certes non, dit Regan avec un sourire ironique.

Luke et elle échangèrent un regard de connivence.

— Au fait, Larry, reprit-elle, qu'est devenue la belle blonde avec laquelle vous dansiez hier soir ?

Larry changea de position et prit une mine ulcérée.

— Je vais vous dire une bonne chose, Regan. La beauté est fugitive, mais la bêtise, éternelle.

Sa réplique suscita l'hilarité générale.

— Larry, répondit-elle, la profondeur de votre

philosophie et votre connaissance intime de la nature humaine me font venir les larmes aux yeux.

— Il est réconfortant, renchérit Kit, de voir enfin un homme rechercher chez les femmes leurs qualités essentielles.

— C'est bien vrai, marmonna Sam en évoquant pour lui-même ses souvenirs de célibataire.

Objet de l'attention générale, Larry se rengorgea.

— Oh ! dit-il avec détachement, je finirai par me fixer un jour ou l'autre.

— Oui, quand les poules auront des dents, commenta Regan à mi-voix.

Tripp revint alors avec les cocktails, ce qui détourna l'attention du sujet de conversation que Larry préférait entre tous : lui-même.

— Maman, dit Regan pendant que le jeune homme distribuait les verres, Tripp doit rédiger son *curriculum vitae*. Nous lui avons dit que tu pourrais l'aider.

— Quel genre de job vous intéresserait, mon jeune ami ? s'enquit Nora de son ton le plus maternel.

— Eh bien, très sincèrement, je voudrais rester encore quelques années à Aspen et faire du ski. Je n'aime que cela, voyez-vous, et je ne suis bon à rien d'autre.

— Vous devriez suivre quelques cours d'informatique, intervint doctement Derwood. Quoi que vous fassiez par la suite, cela vous sera toujours utile.

Regan n'osa pas regarder Kit.

— Vous avez raison, Derwood, approuva Kendra. Nos deux fils sont beaucoup plus versés que nous dans ce domaine.

— En tout cas, déclara Nora, n'hésitez pas à me demander conseil, Tripp. J'ai déjà rédigé des tas de choses, depuis des annonces pour les affaires de Luke...

— Vraiment ? l'interrompit Stewart, incrédule. Comment vous y prenez-vous ?

— N'insistez pas, vous auriez des cauchemars, affirma Regan. Croyez-moi, j'ai assisté à des séances de *brain-storming*.

— Mon mari, il est vrai, a parfois des idées bizarres, expliqua Nora.

Luke leva les yeux au ciel avec l'expression de l'innocence persécutée.

— Je voulais simplement rappeler aux gens qu'ils pouvaient régler d'avance leurs funérailles par un système de paiements échelonnés. Qu'y a-t-il de choquant là-dedans ?

— Puisque tu as commencé, Papa, va jusqu'au bout, dit Regan, résignée.

— Eh bien, je pensais offrir des primes de fidélité sous forme de kilomètres gratuits en avion. Ma femme estimait que c'était manquer de tact.

Tripp, qui posait devant Luke le dernier verre, ne put s'empêcher d'éclater de rire.

— Rien de plus logique, pourtant ! Il s'agissait bien de promouvoir vos ventes, n'est-ce pas ?

— Merci, lui dit Luke avec gratitude. Enfin quelqu'un qui me comprend.

Tripp annonça qu'il reviendrait bientôt avec les menus et se retira. On trinqua à la ronde, on se souhaita bonne santé, sagesse et prospérité pour le nouvel an.

— J'espère vous revoir souvent l'année prochaine, souffla Stewart à Regan.

— Mmm..., répondit-elle évasivement.

Voyant les apéritifs servis et tout le monde de bonne humeur, du moins en apparence, Louis rassembla tout son courage et se décida à quitter le cocon protecteur de son bureau pour s'approcher de leur table. Sa voix était cependant mal assurée quand il les salua à la ronde.

— Bonsoir, Kendra, ajouta-t-il avec timidité. Vous ne m'en voulez plus, j'espère ?

— Non, il ne me reste que l'envie de vous tuer,

plaisanta-t-elle. Saviez-vous que la gouvernante des Grant avait disparu elle aussi ?

Louis devint livide.

— Je sais, Regan me l'a appris avant votre arrivée. C'est incroyable ! Je ne crois pourtant pas qu'Eben y soit pour quelque chose.

Sa dernière phrase sonna moins comme une affirmation que comme une prière aux oreilles de Regan. Je n'avais jamais envisagé qu'Eben puisse être responsable de la disparition de Bessie, se dit-elle. A la rigueur, ils auraient pu être de mèche. Alors, Eben aurait-il intercepté Bessie quand elle est partie pour Vail ? Mais pourquoi ?

La voix de Kendra la tira de ses réflexions :

— Eben a disparu la veille de Noël, disait-elle. Il n'oserait certainement pas se montrer de nouveau en ville, même s'il voulait réduire quelqu'un au silence.

Je l'espère bien, pensa Regan. Parce que d'ici demain, je crains que tout le monde ne répande l'hypothèse qu'Eben n'est pas seulement un voleur mais un kidnappeur — ou pire.

A l'autre bout de la salle, Judd et Willeen occupaient une table pour deux contre un mur. Ils s'y trouvaient déjà à l'arrivée de Larry et de sa bande, qu'ils avaient salués d'un vague signe de la main avant de reprendre leur tête-à-tête.

— As-tu vérifié l'escalier du sous-sol à côté des toilettes pour dames ? demanda Judd.

Willeen prit le temps de pêcher une rondelle d'orange dans son cocktail et de la sucer.

— Ouais.

— Tu es sûre d'avoir bien repéré ton chemin pour demain soir ? insista Judd.

Elle extirpa de sa bouche l'orange dont il ne restait que la peau et la posa négligemment sur la nappe.

— Ouais, j'te dis.

Le plateau à la main, Tripp s'approcha de leur table. Avec une grimace de dégoût à peine déguisée, il enleva de la nappe blanche la peau d'orange couverte de rouge à lèvres.

— Madame et monsieur sont-ils prêts à commander ? demanda-t-il du ton obséquieux qu'affectent volontiers les serveurs envers les clients antipathiques.

— Non, répondit Judd. Nous voulons profiter encore un peu du paysage.

Il attendit que Tripp se soit éloigné pour ajouter à voix basse :

— Et étudier les lieux à fond avant ce foutu gala de demain soir, imbécile de larbin.

52

Après que Judd et Willeen furent partis dîner, Eben tenta d'attraper avec les dents une épingle à cheveux sur la tête de Bessie mais ne réussit qu'à la mordre. Au bout de plusieurs essais infructueux, ils décidèrent d'un commun accord de se placer l'un et l'autre de telle sorte qu'Eben puisse se servir de ses mains — entreprise ardue avec leurs poignets liés derrière le dos et leurs chevilles attachées au pied du lit. Finalement, Bessie parvint à se glisser vers le bas et Eben, le dos tourné, à extraire en tâtonnant une épingle de sa coiffure puis à atteindre ses poignets.

Judd et Willeen n'étaient partis qu'à la nuit tombée. Depuis la visite intempestive du matin, ils redoutaient que le vieux curieux ne soit tenté de revenir jeter un coup d'œil par les fenêtres. Avant de sortir, ils avaient donc pris la précaution d'éteindre les lumières et de fermer les rideaux. Bien entendu, il n'avait pas même été question de laisser la télévision allumée. C'était par conséquent dans le noir absolu qu'Eben devait exercer ses talents. Il ne se faisait guère d'illusions sur ses chances de succès, mais il n'avait pas le choix. S'ils voulaient s'évader, il fallait commencer par crocheter les menottes de Bessie.

Les tentatives se succédèrent en vain. Les épingles se tordaient les unes après les autres, ses doigts s'engourdissaient, mais Eben s'obstinait : il savait qu'ils ne seraient plus là le lendemain soir et que le vendredi ils seraient sans doute morts.

Pour la énième fois, l'épingle glissa et piqua Bessie au poignet. Eben la sentit sursauter de douleur mais aucune plainte ne lui échappa.

— Je suis désolé, Bessie.

— Ce n'est pas grave. Nous sommes dans le même bain.

Au souvenir de toutes les serrures de sûreté crochetées en quelques secondes, de tous les fermoirs de bracelets et de colliers défaits sans même que ses victimes ne s'en soient rendu compte, il lui vint une bouffée de rage. Il s'agissait cette fois, littéralement, d'une question de vie ou de mort, et une serrure aussi rudimentaire lui résistait ! Finalement, ses mains endolories ayant perdu toute sensation tactile, Eben dut s'arrêter. Côte à côte dans le noir, ils gardèrent le silence, plongés dans leurs pensées.

Ils s'étaient assoupis quelques instants quand Eben se réveilla en sursaut.

— Laissez-moi tenter un dernier essai, Bessie.

— D'accord, répondit-elle avec lassitude.

Il cueillit une nouvelle épingle sur sa tête. Elle était identique aux autres mais Eben persista. Il venait de sentir la serrure réagir et d'entendre un léger déclic quand le bruit d'une voiture qui freinait déchira le silence.

— Merde ! lâcha Eben. Je la tenais, la garce...

— Ramassez les épingles, dit Bessie avec autorité. Nous recommencerons demain.

— Vous avez raison.

En hâte, ils ratissèrent le matelas de leurs mains entravées, réunirent les épingles en tas et Eben parvint à les glisser dans sa poche revolver au moment où s'ouvrait la porte de derrière.

— Je vais voir s'ils dorment, fit la voix de Willeen.

Elle traversa le living, poussa la porte de la chambre restée entrebâillée, alluma la lumière, entra.

— Pause-pipi ! annonça-t-elle en soulevant la couverture pour délier les chevilles de Bessie. Viens me donner un coup de main, Judd !... Dites donc, elle est toute chiffonnée, la couverture. Et vos cheveux sont dans un drôle d'état, Bessie ! Qu'est-ce que vous fabriquiez tous les deux, hein ?

Willeen riait d'un air égrillard quand Judd se redressa après avoir délié les chevilles d'Eben. On entendit un léger bruit métallique sur le parquet nu. Ils se penchèrent et Judd ramassa une épingle à cheveux tordue.

— C'était donc ça, ce que vous faisiez, ordures ! hurla Willeen, folle de rage.

Elle agrippa les mains de Bessie, examina ses poignets couverts d'égratignures et les menottes éraflées.

— Regarde, Judd ! Tu vois à quoi ils s'amusaient ?

— Eben, tourne-toi que je te fouille, ordonna-t-il.

Judd plongea la main dans la poche revolver d'où il sortit une poignée d'épingles.

— Toi, la vieille, tu vas changer de coiffure ! dit Willeen en lui arrachant les dernières épingles.

Avec ses mèches qui retombaient en désordre, Bessie était méconnaissable.

— Je vais te dire une bonne chose, Judd ! poursuivit Willeen, tremblante de rage. Nous ne bougerons plus d'ici jusqu'à demain soir, quand on sera fin prêts à foutre le camp. Entre l'autre vieux schnock qui voulait jeter un coup d'œil à la baraque et ces deux-là... Heureusement que demain sera notre dernier jour dans ce trou !

Et notre dernier jour à nous, ruminait sombrement Eben, tandis que les mêmes sinistres pensées tournaient dans la tête échevelée de Bessie.

53

A neuf heures du matin, Regan composa un numéro de Vail. Assise dans son lit, une tasse de café dans une main et le téléphone dans l'autre, elle attendit qu'on décroche. Vautrée sur son lit de camp, Kit tendait l'oreille.

— *Trocprix* à votre service, annonça une femme à la voix nasillarde.

— Bonjour. Je suis Regan Reilly...

— Tant mieux pour vous, l'interrompit la voix.

— Vous avez raison, approuva-t-elle. J'aimerais vous poser quelques questions, si ça ne vous dérange pas.

— Pas trop, c'est encore calme. Les clients vont arriver d'ici une heure ou deux. Pour le moment, je remets un peu d'ordre dans les rayons. Alors, faire ça ou discuter... Mais ne traînez pas quand même.

— Bien. Venons-en tout de suite au fait. Un de mes amis a disparu et je crois qu'il a fait quelques achats chez vous la semaine dernière. Je suis inquiète, je ne vous le cache pas.

— Pouvez-vous me le décrire ? On voit passer pas mal de monde, vous savez. Il faut dire que nos prix ont de quoi attirer les clients.

— C'est ce que je me suis laissé dire. Mon ami s'appelle Eben Bean...

— Eben ? s'écria la voix. Les flics sont justement venus l'autre jour me poser des tas de questions à son sujet.

— Ah, oui ? Que leur avez-vous répondu ?

— Ils voulaient surtout savoir s'il était venu chez nous seul ou avec quelqu'un. Pas grand-chose d'autre.

— L'était-il ?

— Quoi ?

— Accompagné ?

— Non. Seul. Il a longtemps fouiné dans des caisses et il a ramassé notre lot de serviettes vertes — des fins de série : il nous en restait tout juste une douzaine. Eben était toujours à l'affût des bonnes affaires.

— Vous le connaissez, alors ?

— Bien sûr que je le connais ! J'espère qu'il va bien, le pauvre. On le soupçonne d'avoir volé un tableau qui vaut des mille et des cents mais, si vous voulez mon avis, ça ne tient pas debout. Un homme qui passe une heure à fouiller pour économiser trois sous ne ferait pas une chose pareille.

— C'est exactement ce que je pense. Venait-il souvent dans votre magasin ?

— Disons, une ou deux fois par mois. Ces serviettes à quatre-vingt-dix-neuf *cents* pièce lui ont fait plaisir, vous n'avez pas idée !

— Il ne vous en restait plus, après l'achat d'Eben ?

— Non, il a raflé tout le lot. Je venais de les retrouver dans la réserve, elles dataient de Dieu sait quand. Je les avais à peine mises en rayon qu'Eben s'est jeté dessus.

— Et vous êtes sûre qu'il en a acheté douze ?

— Oui. Il m'avait même dit, en plaisantant à moitié parce qu'il était près de ses sous, que je devrais lui en faire treize à la douzaine et je lui avais répondu qu'avec la meilleure volonté du monde c'était impossible puisqu'il nous avait raflé tout ce qui restait.

— Vous rappelez-vous, par hasard, comment il était habillé, ce jour-là ?

— Voyons... Je crois bien qu'il avait son paletot de bûcheron et une casquette. Il était tout excité en me parlant de Noël et des fêtes qui arrivaient. Il n'était pas rasé ce jour-là, je l'avais un peu taquiné et il m'avait répondu que cela faisait partie de son déguisement de Père Noël et qu'il n'aurait pas besoin de fausse barbe puisque la sienne poussait blanche... Dites, il va bien, au moins ? Entre nous, ce n'est vraiment pas le genre d'homme qui ferait du mal à une mouche.

— Je suis tout à fait de votre avis... Donc, vous n'avez vendu aucune autre serviette verte cette année ?

— Aucune.

— Sauriez-vous d'où elles provenaient ?

— Allez savoir ! Nous rachetons des lots à des boîtes en faillite ou à des fabricants qui liquident leurs rossignols, la marchandise a pu passer par tout un circuit avant d'arriver chez nous. Mais pourquoi vous intéressez-vous autant à ces serviettes vertes ?

Regan ne pouvait se permettre ni de se lancer dans de longues explications, ni de vexer son interlocutrice en mentionnant la déplorable qualité de ses articles.

— J'essaie simplement de retrouver la trace d'Eben, répondit-elle. En tout cas, je vous remercie beaucoup, vous m'avez rendu grand service — mademoiselle... euh ?

— Fannie.

— Merci, Fannie. S'il vous revenait quoi que ce soit, pourriez-vous me passer un coup de fil ?

— Ça peut toujours se faire.

Regan lui donna son numéro et raccrocha.

— Eh bien ? lui demanda Kit.

— En deux mots, Fannie et moi sommes d'accord. Pourquoi Eben passerait-il une heure à chercher ce qu'il y a de meilleur marché avant d'aller voler un tableau estimé plusieurs millions de dollars ?

— Ce n'est pas une preuve. Les gens les plus riches du monde sont souvent les plus radins. Il y en a à qui on donnerait cent balles au coin de la rue.

— Exact. Mais ce n'est pas tout : Fannie m'a dit qu'Eben avait acheté douze serviettes. Or, nous n'en avons retrouvé que six chez Kendra. Pourquoi Eben ne les a-t-il pas toutes emportées ? C'est peut-être idiot, mais je vais suivre la piste de l'homme qui a apporté à Ida un pantalon plein de petites peluches vertes. C'est mon seul indice pour le moment. Ces gens seraient-ils en possession des autres serviettes d'Eben ? Si oui, pourquoi ? Eben serait-il avec eux ?

— Que comptes-tu faire ?

— Aller tout de suite à la teinturerie voir si Ida a inscrit leur nom sur le ticket. Ils ne sont peut-être pas encore venus reprendre leurs affaires.

— Viendras-tu skier avec moi quand tu auras fini ?

— Bien sûr ! J'ai grand besoin de respirer et de me remuer un peu, répondit Regan en sautant du lit. Je prends ma douche et je sors tout de suite. Et toi, ne reste pas trop longtemps ici. Louis doit être d'une humeur massacrante, il vaut mieux éviter les retombées.

— D'accord. En attendant, je surveille le téléphone. On ne sait jamais, Bessie fera peut-être une demande de rançon pour Eben.

— Ce serait le bouquet ! Dieu sait où ils se cachent, ces deux-là. Et moi qui chasse les serviettes vertes...

— Si on demandait à Derwood d'entrer tout ce

que nous savons dans un ordinateur ? suggéra Kit.
Il en sortirait peut-être la solution, qui sait ?

— Je crois plutôt que l'ordinateur grillerait ses
circuits. En tout cas, c'est ce qui m'arrive.

54

Quand Regan entra dans la teinturerie, Ida leva les yeux d'un tailleur-pantalon couvert de taches de sauce et son visage s'éclaira d'un large sourire.

— Bonjour, Regan ! Avez-vous des nouvelles de Bessie ? J'ai pensé à elle toute la nuit.

— Toujours pas de nouvelles, Ida. De mon côté, dit-elle en baissant la voix bien qu'il n'y ait personne d'autre dans la boutique, j'ai repensé à ce client au pantalon plein de peluches vertes dont vous parliez.

Ida se redressa, les yeux écarquillés.

— Ah, oui ? souffla-t-elle d'un ton de conspiratrice.

— C'est peut-être absurde, mais je voudrais savoir si vous avez noté son nom, son adresse. J'ai appelé le magasin d'où provenaient ces serviettes et on m'a répondu qu'Eben avait acheté le lot complet. Bien sûr, il peut y avoir ici ou ailleurs des gens qui possèdent des serviettes vertes de mauvaise qualité, mais cette piste-ci mérite d'être suivie.

— Mais oui ! s'exclama-t-elle, au comble de l'enthousiasme. Comme au cinéma !

Regan ne put s'empêcher de sourire.

— Si vous voulez... D'un autre côté, ces gens ont peut-être trouvé les serviettes et ne savent rien d'Eben.

Enfin des événements excitants ! pensa Ida,

radieuse, en manœuvrant le tourniquet où étaient accrochés les tickets.

— Je vais voir ce que j'ai, dit-elle en remontant ses lunettes sur son nez. Ah ! Je me rappelle ! Il s'appelait Smith et il voulait que tout soit prêt hier après-midi...

— Smith ? répéta Regan, mi-intéressée, mi-inquiète.

Il s'agissait peut-être d'un indice intéressant : Smith est le premier nom qui vient à l'esprit des gens soucieux, pour des motifs souvent inavouables, de dissimuler leur véritable identité. Eben avait-il des complices ? Ou alors, serait-il en danger ?

Ida parcourut de haut en bas la rangée des tickets S, classés par numéros croissants.

— Par exemple ! grommela-t-elle. Le ticket n'y est plus. Il a déjà dû venir chercher ses affaires...

Plus excitée que si elle était la vedette d'un film policier, elle prit sous le comptoir la boîte où l'on mettait les tickets de la veille et feuilleta rapidement la pile. Préparez-vous à tourner mon bout d'essai, monsieur Hitchcock ! se disait-elle.

— Ah, nous y voilà ! déclara-t-elle en brandissant la pièce à conviction. Il est venu hier, juste après mon départ.

Regan se pencha pour mieux voir.

— Y a-t-il une adresse ?

Ida fut soudain écrasée sous le poids des remords et de la honte. Elle qui s'était crue indispensable, voilà qu'elle ne servait plus à rien.

— Non, Regan, répondit-elle d'un air lamentable. J'aurais dû me douter qu'il y avait du louche là-dessous. Cela me revient, maintenant : il prétendait ignorer l'adresse exacte et le numéro de téléphone des amis chez lesquels sa femme et lui étaient descendus. Vous vous rendez compte ?

— Cela ne m'étonne pas. Puis-je voir le ticket ?

La tête basse, Ida le lui tendit. Pendant que Regan examinait le carré de papier, elle se plongea dans ses réflexions en pianotant distraitement sur le comptoir.

— Il y avait un smoking et une robe du soir en plus du pantalon, n'est-ce pas ? demanda Regan.

— Oui.

— Je me demande s'ils iront au gala de ce soir. N'importe comment, il ne se passera rien de plus important en ville.

Sans parler du tableau hors de prix exposé à la convoitise des voleurs, s'abstint-elle d'ajouter.

Les sourcils froncés par l'effort, Ida cogitait.

— Si seulement un autre client n'était pas arrivé juste derrière lui, j'aurais pu le faire parler plus longtemps. Il n'était pourtant pas bavard, si vous voyez ce que je veux dire, mais... Ah, si ! Il m'a dit qu'il en avait besoin hier sans faute parce qu'il n'était pas sûr de revenir en ville et que leurs tenues de soirée devaient être prêtes pour jeudi soir. C'est-à-dire pour ce soir ! Bien entendu, je lui ai répondu que nous ferions l'impossible — c'est toujours ce que je dis aux clients, vous savez, comme cela ils ont l'impression que nous leur rendons un grand service alors qu'en réalité on ne travaille pas plus vite... Bref, y a-t-il une autre grande réception ce soir ?

Ida reprenait visiblement du poil de la bête.

— Peut-être une réception privée, mais j'en doute. Si c'était le cas, mon ami Louis m'en aurait déjà parlé mille fois. Pouvez-vous me dire à quoi ressemblait la robe, Ida ?

Adoptant la mine concentrée que les grandes actrices sont censées adopter quand on leur soumet ce genre d'énigmes dans un film, Ida contempla tour à tour le mur où s'étalait une publicité pour un procédé d'imperméabilisation et, sur le mur d'en face, la tringle où s'alignaient sous leurs housses de plastique les vêtements prêts à livrer.

Un long moment plus tard, elle fut en mesure de livrer à Regan le fruit de ses réflexions.

— Elle était... noire, déclara-t-elle.

— C'est tout ? Vous ne vous rappelez rien d'autre ? Sa longueur, son style, je ne sais pas... quelque chose ?

— Assez courte et très décolletée, comme presque toutes les robes qu'on voit ici. Je crois qu'il y avait un motif argenté... Je suis désolée, Regan. Je la reconnaîtrais si je la voyais, mais c'est impossible à décrire.

Regan se passa la main dans les cheveux. Si ces deux-là venaient au gala, Ida serait-elle capable d'identifier la robe, comme elle le laissait entendre ? Son enquête piétinait lamentablement, elle ne disposait que de cet élément...

— Ida, déclara-t-elle, je vais avoir besoin de votre aide.

Ida se sentit renaître. Ainsi, son rôle n'était pas supprimé du scénario !

— Comptez sur moi, affirma-t-elle.

— Voulez-vous venir ce soir au gala ? Vous serez mon invitée à notre table. Il faudra simplement me prévenir dès que vous aurez reconnu la robe — si elle y est, bien entendu.

Un puissant courant électrique traversa Ida de la tête aux pieds. Elle, au grand gala ?

— Oui, mais... les billets sont très chers, dit-elle, prise d'un soudain scrupule.

— Aucune importance. Votre aide sera décisive, rien d'autre ne compte. Alors, êtes-vous libre ce soir ?

Vous voulez rire ? faillit-elle laisser échapper. Je me lèverais de mon lit de mort s'il le fallait.

— Oui, parvint-elle à répondre.

Après lui avoir donné ses instructions, Regan s'apprêtait à partir quand Ida la rappela du pas de la porte :

— Regan ! Vous ne verriez pas d'inconvénient à ce que j'apporte mon appareil photo ?

— Aucun. Mais j'ai besoin de vous avant tout pour ouvrir l'œil, ne l'oubliez pas.

Après le départ de Regan, Ida se sentit flotter sur un nuage. Un moment plus tard, redescendue sur terre, elle se rua sur la pile de vêtements sales et se remit au travail avec une ardeur qu'elle ne se connaissait pas.

— Angela Lansbury n'a qu'à bien se tenir ! gronda-t-elle avec la joie sauvage de la starlette long-temps dédaignée à qui l'on offre enfin sa première tête d'affiche.

Un frisson la parcourut. Et si le journal local lui consacrait un bel article ? A Aspen, décidément, la vie valait d'être vécue.

55

Les préparatifs battaient leur plein à La Mine d'Argent. Dans son bureau, Louis ne raccrochait le téléphone que pour vérifier des listes déjà cent fois vérifiées et aller dans la grande salle des banquets houspiller celui ou ceux de ses employés se trouvant à portée de voix. A son corps défendant, il devait cependant admettre que tout se déroulait à merveille et que les lieux avaient grande allure.

On finissait de disposer les œuvres des peintres régionaux sur des chevalets répartis entre le hall et la salle des banquets. Au restaurant, entièrement réservé au service des cocktails, les tables alignées contre les murs formaient un buffet géant. Fleurs et décorations de saison étaient répandues à profusion. Au fond de la salle des banquets, on avait installé sur un côté de l'estrade un pupitre équipé d'un micro tandis que deux chevalets trônaient au centre, prêts à accueillir comme ils le méritaient le Beasley et le portrait de Pop-Pop en majesté.

Mais ce qui fit venir aux lèvres de Louis son plus large et plus brillant sourire, ce fut l'apparition à sa porte de Regan et de Kit venues lui annoncer la livraison du portrait du roi Louis, qu'il convenait maintenant d'accrocher à la place d'honneur.

— Ah, mes chéries ! s'exclama-t-il en se levant d'un bond. Allons vite voir !

Appuyé contre le mur, près de la cheminée du

hall, Louis XVIII resplendissait dans son cadre doré et les considérait avec une réelle majesté.

— Admirez ces couleurs ! s'extasia Louis.

— Il n'a pourtant subi qu'un simple débarbouillage, l'informa Regan. Alors, il te plaît ?

Louis la serra contre son cœur.

— Me plaire est trop peu dire. Je l'adore, ma chérie ! Où faut-il le mettre, à ton avis ?

— Pourquoi pas au-dessus de la cheminée ? suggéra Kit.

— Le foyer est le cœur de la demeure, approuva Regan.

— C'est donc la place qui lui revient, conclut Kit.

Tripp reçut mission de quérir une échelle et les outils nécessaires à la pendaison royale. On se concerta longuement à propos de la hauteur exacte à laquelle l'accrocher puis, une fois tout le monde d'accord, Tripp planta le clou et descendit de l'échelle pour juger de l'effet.

— A mon avis, déclara-t-il avec un admirable sens de la litote, il n'est pas mal du tout.

Louis ne se sentait plus de joie et de fierté.

— Regan, je crois que je vais fondre en larmes.

— Pas maintenant, Louis ! Tu n'auras le droit de pleurer que si le gala tourne à la catastrophe.

— Tais-toi, je te hais ! hurla-t-il.

Regan éclata de rire.

— Faites-moi couper la tête, Sire ! Ne t'inquiète donc pas, voyons ! Tout se passera à la perfection. Et maintenant, Kit et moi sortons nous détendre un moment. Quand nous reviendrons, nous nous ferons belles et nous boirons un verre avec toi avant l'arrivée de la foule.

— Tu as raison, ma chérie. Tout se passera à merveille ce soir. N'est-ce pas ? ajouta-t-il du ton d'un enfant mourant de peur et qui veut être rassuré.

— Mais oui, Louis, mais oui.

Lorsque Kit et elle furent hors de portée de voix, Regan ajouta :

— En fait, j'aimerais penser sincèrement ce que je viens de lui dire.

Même un long et merveilleux après-midi de ski n'allait pas parvenir à la libérer de ses tenaces appréhensions.

56

L'oreille tendue, Eben et Bessie écoutaient Judd et Willeen faire leurs bagages et se préparer au départ.

— J'ai peur, Eben, chuchota Bessie.

— Tant qu'il y a de la vie, il y a de l'espoir, répondit-il d'une voix blanche.

Ce n'était guère réconfortant, il le savait. Mais depuis qu'il avait entendu Judd ordonner à Willeen de mettre les tableaux de Kendra dans la voiture d'Eben, son inquiétude diffuse s'était muée en angoisse. Pourquoi font-ils cela ? s'était-il demandé. Ils n'ont sûrement pas l'intention de partir dans ma voiture, tous les flics de l'Etat et des Etats limitrophes doivent en avoir le signalement.

— Je ne voudrais pas arriver trop en avance au gala, entendirent-ils Willeen déclarer dans le living.

— Au contraire, il faut y être de bonne heure pour avoir une bonne place dans le parking, rétorqua Judd. Si on ne file pas très vite avec le tableau, il nous arrivera des bricoles.

De la chambre, ils entendirent dans la cuisine les portes de placard s'ouvrir et se fermer.

— Voilà, annonça Willeen. Tout est prêt pour quand nous reviendrons.

— Attention ! clama Judd. C'est du chloroforme qu'il y a dans cette bouteille, imbécile !

A ces mots, Bessie et Eben sentirent le sang se figer dans leurs veines.

A l'autre bout de la ville, devant son moniteur allumé, le Coyote préparait son départ tout en observant Judd et Willeen organiser le leur. Pour éviter toute mauvaise surprise, il devait dès à présent démonter son équipement de télésurveillance afin que rien ne retarde sa propre fuite.

Par acquit de conscience, il passa une dernière fois ses plans en revue. La disparition du tableau provoquerait une pagaille monstre. Il la mettrait à profit pour glisser le Beasley sous le double plancher de sa voiture, où celui de Vail était déjà en sûreté. Quant à garer son véhicule à quelques pas de la sortie de secours, cela ne lui poserait aucun problème.

Le spectacle de Judd et de Willeen en train de se démener comme de beaux diables avait quelque chose d'exaltant. Pour eux, le moment du danger approchait. Pour lui, ce serait celui du triomphe.

— *Ciao*, les amis ! leur lança-t-il en éteignant le moniteur. On se reverra tout à l'heure.

Sur quoi, il débrancha la prise.

57

A plusieurs milliers de pieds au-dessus de l'Illinois, Marvin Winkle sirotait un scotch. Surexcité comme un enfant la nuit de Noël, il avait du mal à tenir en place. Je suis porteur de bonnes nouvelles, se répétait-il. Que dis-je ? De *grandes*, de *fabuleuses* nouvelles !

Il avait lui-même du mal à y croire.

Ah ! quand Geraldine apprendrait cela !... Elle ne lui en voudrait sûrement pas qu'il se soit permis, au lieu de lui téléphoner sur-le-champ, de se précipiter à l'aéroport après être passé chez lui en coup de vent prendre un nécessaire de voyage — sans oublier les vieux skis dont il ne s'était plus servi depuis la *high school*. Geraldine serait si satisfaite de son travail qu'elle le supplierait peut-être de rester à Aspen. D'ailleurs, considérant que tous les hôtels étaient pleins et pratiquaient des tarifs prohibitifs, elle irait même jusqu'à l'accueillir dans son château ancestral — la dernière des Spoonfellow ne pouvait habiter une masure.

Ses yeux se posèrent pour la énième fois sur le téléphone portable accroché devant lui au dossier du siège. Ce serait si facile... Une carte de crédit glissée dans la fente et, hop ! le monde entier à sa portée. Allait-il se permettre ce luxe ? Pourquoi pas, après tout ? Les deux premiers scotches agissaient sur Marvin Winkle comme une potion magique qui le pénétrait de l'esprit de Noël.

En fredonnant gaiement, il sortit de sous son siège sa vieille mallette noire et pressa en même temps les deux serrures, qui s'ouvrirent avec un claquement sec comme un coup de pistolet. Ce bruit métallique lui causait toujours un plaisir inexplicable auquel, dans son état d'esprit plein d'allégresse, il ne sut résister. Il referma les serrures, les rouvrit, recommença. Son voisin de siège, avec lequel il s'était vainement efforcé de nouer une conversation amicale, lui décocha un regard furibond.

Avec un soupir résigné, Marvin Winkle prit son portefeuille dans une pochette de l'attaché-case. Il le rangeait toujours là, par peur des pickpockets qui grouillaient en permanence dans les aéroports et s'en donnaient à cœur joie dans l'affluence des voyageurs en période de fêtes. Il jeta un rapide coup d'œil à son permis de conduire, que l'usure rendait peu lisible, et sortit sa carte de crédit.

Sa mallette sur les genoux, il inséra le rectangle de plastique dans l'appareil et composa son propre numéro qui s'interrompit à la seconde sonnerie, ce qui signifiait qu'il y avait des messages sur le répondeur. Il composa son code secret et entendit la voix électronique lui annoncer qu'il y avait un message.

Alors, sans autre préavis, le timbre de Geraldine Spoonfellow fit vibrer l'écouteur à quarante mille pieds dans les airs. Winkle feignit de sourire en priant le Ciel que son antipathique voisin n'ait pas l'ouïe assez fine pour entendre les imprécations que la bande magnétique lui déversait dans l'oreille.

— Je vais changer de détective si vous n'êtes jamais là pour répondre à mes coups de téléphone ! Rappelez-moi, entendez-vous ? Rappelez-moi, ou vous vous en mordrez les doigts !

Il s'empressa de raccrocher pour ne pas avoir à

payer d'unité supplémentaire et haussa les épaules avec fatalisme.

Inutile de l'appeler maintenant, se dit-il. J'irai directement là-bas en atterrissant et je lui apprendrai la nouvelle ce soir, au gala. Elle sera si heureuse — surtout avec tous les médias présents et le retentissement qu'ils donneront à l'événement.

Il fit tinter les glaçons dans son verre, le vida d'un trait et, d'un geste désinvolte, signifia à l'hôtesse de lui en apporter un autre. Qui sait ? Après un tel triomphe, on verrait peut-être en lui la réincarnation de Sherlock Holmes...

58

Debout devant son miroir, Geraldine Spoonfellow épinglait une broche en argent sur sa robe de taffetas noir. En temps normal, elle ne s'encombrait pas de fanfreluches de ce genre mais pour une soirée aussi solennelle que celle-ci, l'honneur de Pop-Pop exigeait qu'elle se pare d'un bijou d'argent — argent peut-être extrait de sa propre mine. Quant à sa robe, vieille de plus de vingt ans et portée en de rares occasions, elle était comme neuve.

Si la rédaction de son discours l'avait arrachée à la lecture de son cher journal, elle ne regrettait pas ce sacrifice, bien au contraire. Pop-Pop allait enfin recevoir l'hommage qu'il méritait ! Les jeunes générations comme les nouveaux citoyens d'Aspen allaient découvrir ce qu'il avait apporté à la ville — et Geraldine avait pris soin d'en faire un exposé détaillé. Certes, on ne lui avait pas spécifié combien de temps elle pourrait parler, mais nul n'aurait l'audace de l'interrompre pendant qu'elle délivrerait son message à la population.

En appliquant un peu de rouge sur ses lèvres, ce qui ne lui était pas arrivé depuis si longtemps qu'elle avait oublié comment s'y prendre, Geraldine étudia son reflet dans la glace. J'ai peine à croire que j'ai déjà soixante-quinze ans, se dit-elle. Je me sens tellement plus jeune et, en même temps, j'ai l'impression d'avoir vécu trois vies dans la tristesse et la solitude. Non que je n'aie connu de bons moments, bien sûr. Mais les périodes de fêtes sont pénibles à supporter en l'absence d'une famille pour vous entourer.

C'est une bonne chose, au fond, que j'aie un caractère de chien, sinon je serais tentée de m'apitoyer sur mon sort. Il vaut mieux passer mes nerfs sur cet abruti de Winkle que de sangloter seule dans le noir. Naturellement, il n'a toujours pas rappelé ! Où diable est-il encore fourré, ce bon à rien ? Qu'est-ce qu'il peut bien fabriquer ?

Geraldine prit sa brosse d'argent pour remettre en place une mèche rebelle de son chignon. Si seulement mon frère Charles s'était marié et avait eu des enfants, j'aurais au moins quelqu'un à dorloter. Quelqu'un avec qui partager cette soirée. Pop-Pop est à l'honneur et il ne reste que moi pour recevoir les hommages à sa place.

Heureusement, je peux dépenser mon trop-plein d'énergie pour cette ville. J'aurais pu gagner une fortune en vendant ce tableau, mais je n'en ai aucun besoin, j'ai bien assez d'argent pour le restant de mes jours. Tout compte fait, je ne devrais pas me plaindre. A partir de maintenant, je me consacrerai à la mémoire de Pop-Pop et à la survie du nom des Spoonfellow. Je soutiendrai le nouveau musée, je lui donnerai toutes les vieilleries qu'il y a encore dans la grange. Le défilé du nouvel an avec le portrait de Pop-Pop en tête du cortège ne sera qu'un début.

Geraldine replaça sa brosse sur la coiffeuse et y prit un vaporisateur de parfum qui n'avait pas bougé du napperon sur lequel il était posé depuis la mort de son amoureux, un an auparavant. Un sourire lui vint aux lèvres. Je ne m'en suis pas souvent servie mais ce soir, c'est autre chose. Il y a longtemps que je ne me dorlote plus et, pour une fois, l'envie m'en prend. Elle desserra le col de sa robe, lâcha un ou deux jets sous le taffetas, en fit autant sur ses poignets. Avant de reposer le flacon, elle hésita puis se vaporisa de haut en bas.

Je ne suis pas encore morte ! se dit-elle gaiement en vérifiant son rouge à lèvres dans la glace. Et puis, qui sait ? Cette soirée me réservera peut-être des surprises.

59

Lorsqu'il atterrit à Denver, à 17 heures, Marvin Winkler apprit avec consternation qu'il n'y aurait plus de vol pour Aspen. La visibilité était nulle, la météo menaçante et l'aérodrome d'Aspen fermé jusqu'au lendemain matin.

Le lendemain ne faisait pas du tout, mais alors pas du tout son affaire ! Imaginez que le coureur de Marathon ait pris son temps pour arriver sur l'Agora en criant victoire ! Il aurait peut-être vécu plus longtemps, mais les jeux Olympiques auraient été privés d'une épreuve spectaculaire — sans parler des marathons qui faisaient fureur à New York et dans d'autres capitales mondiales.

— Je dois absolument arriver à Aspen ce soir, alla-t-il déclarer à l'hôtesse du comptoir.

Sans lever le nez de son écran d'ordinateur, celle-ci tendit un doigt à l'ongle vermillon :

— Locations de voitures, par là.

Il y avait en effet trois guichets aux noms des plus grandes compagnies. Devant chacun, une queue interminable. Marvin Winkler se posta dans celle qui semblait progresser le moins lentement et prépara sa carte de crédit. C'est la deuxième fois que je m'en sers en à peine plus de deux heures, observa-t-il avec amertume. Et qu'est-ce que ça m'a rapporté ? Une bordée d'injures de la part de Geraldine. Espérons que j'aurai plus de chance cette fois-ci.

Tout en piétinant, il calcula qu'il lui faudrait quatre heures de route jusqu'à Aspen. Au bout d'une attente interminable, il put enfin se faire servir, exhiba son permis de conduire, signa des formulaires en trois exemplaires et s'entendit dire d'aller s'asseoir à l'autre bout de l'aérogare, où une navette viendrait charger les impétrants pour les emmener au parking des compagnies de location. Tout était si lent ! Il ne s'en sortirait jamais...

Tandis qu'il rongeait son frein en compagnie d'une douzaine de voyageurs, qui trompaient leur attente en jetant des regards narquois sur ses skis antédiluviens, Marvin se chercha des sujets de consolation. Geraldine lui avait dit que le don officiel au musée du tableau de son grand-père constituerait le couronnement de son existence. Eh bien, il allait lui offrir, lui, de quoi couronner le couronnement, et la laisser bouche bée par-dessus le marché !

60

A 21 heures, nul ne pouvait plus douter que le gala était un triomphe. Radieux, Louis recevait de toutes parts des compliments sur son restaurant comme sur les tableaux. Le portrait de Louis XVIII recueillait largement sa part de propos admiratifs et Louis ne se sentait plus de joie et de fierté en s'entendant surnommer le Roi. Il avait déjà posé devant la cheminée pour d'innombrables photos en compagnie de célébrités en visite et de personnalités locales.

En attendant le début de la réception, plus de six cents personnes se pressaient dans le hall et le restaurant. On buvait, on riait, on bavardait, on commentait les toilettes des femmes — le plus souvent sans indulgence. Ida n'était pas la moins assidue à ce sport. Elle se faufilait dans la foule en feignant d'admirer toutes les robes noires qui lui tombaient sous les yeux. Mais où est donc celle que j'avais entre les mains hier matin ? se répétait-elle. Il faut absolument que je la trouve.

Peu à peu, le personnel parvint à convaincre l'assistance de se rendre dans la salle des banquets où devaient se dérouler le dîner dansant et les cérémonies officielles. Pendant que Kendra, Sam, Luke et Nora prenaient leurs places réservées à une des tables en bordure de la piste de danse, Regan chercha Ida dans la foule, l'entraîna d'autorité vers leur table et la fit asseoir.

— Reposez-vous, voyons ! Vous êtes debout depuis le début.

— Ne vous inquiétez pas pour moi, Regan. Je ne m'étais pas autant amusée depuis des années ! Je suis seulement frustrée de ne pas avoir encore repéré cette fameuse robe.

Regan avait laissé Kit, Derwood et Stewart dans la salle où étaient servis les cocktails. Toujours soucieux de ne manquer aucun contact, Larry ne faisait dans leur groupe que des apparitions éclairs.

— Rester assis me donne des fourmis dans les jambes, Regan ! avait-il protesté quand celle-ci l'avait incité à aller prendre sa place à table. C'est d'ailleurs pourquoi il y aura un buffet debout le jour de mon mariage.

— J'ai hâte d'y assister... A votre aise, Larry. Vous autres, je vous retrouverai à l'intérieur.

Une fois Ida installée et intégrée dans la conversation, Regan regarda autour d'elle. L'orchestre jouait sur un rythme endiablé, les vins coulaient à flots, la bonne humeur régnait. Louis n'a pas de souci à se faire, pensa-t-elle. Jusqu'à présent, du moins.

Regan repéra Geraldine Spoonfellow à la table d'honneur en compagnie du comité directeur de l'Association pour la sauvegarde du passé historique d'Aspen. Elle était assise tout près des tableaux de son grand-père, qui trônaient sur l'estrade. Une toile frappée d'un épicéa bleu, emblème du Colorado, recouvrait encore le Beasley. Un spot illuminait l'autre portrait de Pop-Pop, beau vieillard endimanché à la courte barbe blanche et à l'expression à la fois majestueuse et bienveillante.

Regan se hâta d'aller saluer l'héroïne de la soirée, qui lui serra la main avec effusion.

— Quand vous êtes venue chez moi l'autre jour avec Louis, ma chère petite, je ne me doutais pas que nous serions ensemble ici ce soir.

— Je suis bien contente que nous le soyons, Geraldine. J'attends votre discours avec impatience.

— Tout est là, répondit-elle en brandissant un cahier.

Par-dessus l'épaule de Geraldine, Regan vit s'avancer un homme âgé, grand, droit et vêtu d'un élégant smoking à la dernière mode, en qui elle reconnut Angus Ludwig.

— Enchantée de vous revoir, monsieur, lui dit-elle.

— Moi aussi, Regan. Je me demandais si la belle dame ici présente accepterait cette danse. Je suis encore un peu intimidé, voyez-vous, car elle m'a snobé il y a plus de cinquante ans et, ma foi, je ne m'en suis toujours pas consolé.

Geraldine se retourna brusquement. A la vue de celui qu'elle n'avait pas revu depuis sa jeunesse, elle béa de stupeur et sentit son cœur s'affoler.

— Angus Ludwig, murmura-t-elle. Ça par exemple...

Ils se dévisagèrent un instant avant d'éclater de rire.

— Vous n'avez pas changé ! s'exclamèrent-ils à l'unisson.

Angus lui prit la main :

— Si vous voulez bien...

Sans le quitter des yeux, Geraldine se leva.

— Excusez-nous, Regan, dit Angus.

Elle lui sourit pour toute réponse. Est-ce que je connais aujourd'hui un homme qui viendrait me chercher dans cinquante ans ? se demanda-t-elle en regagnant sa table. Elle eut beau fouiller dans sa mémoire, elle n'en trouva aucun.

Au milieu de la salle, elle croisa Kit, qui allait directement du buffet aux toilettes.

— Attends-moi, je t'accompagne !

Kit s'arrêta et lui fit un sourire contraint.

— J'ai honte de moi, dit-elle quand Regan l'eut rejointe.

— Pourquoi ?

— Derwood vient de me demander s'il pouvait me rendre visite dans le Connecticut.

— Alors, que lui as-tu répondu ?

— Que je voyais quelqu'un d'autre et que c'était sérieux.

— Le pauvre... Il avait l'air sincèrement épris de toi.

— Que veux-tu, je ne me sentais pas d'atomes crochus. Il est gentil, c'est vrai, mais cela ne me suffit pas. Je n'ai pas trouvé d'autre moyen de m'en sortir élégamment.

— Tu as peut-être eu raison. Dommage que cela soit arrivé ce soir, voilà tout.

Tout en parlant, Kit regardait autour d'elle. Sa mine morose s'éclaira soudain et elle pouffa de rire.

— Regarde ! Il ne perd pas de temps, il en a déjà trouvé une autre.

Regan suivit son regard. Derwood dansait avec une blonde ravissante qui semblait fort apprécier sa compagnie.

— Décidément, il n'aime que les blondes ! commenta Regan. Avec lui, je n'aurais eu aucune chance.

— Ouf ! Je me sens mieux, dit Kit en riant. C'est un gentil garçon, je suis ravie qu'il se console aussi vite. Quant à toi, je persiste à croire que tu ne devrais pas lâcher son ami Stewart.

— Toutes les opinions sont respectables, répondit Regan.

Et c'est en riant de concert qu'elles poussèrent la porte des toilettes pour dames.

61

Judd et Willeen étaient placés à une table de huit couverts au fond de la salle. Les autres convives disaient amèrement qu'ils n'auraient pas été plus mal installés à la cuisine mais cet emplacement, à quelques pas de la sortie de secours et du couloir menant aux toilettes, convenait à merveille aux projets des deux complices.

Claude, le cerveau de la bande qui avait organisé leur rendez-vous avec l'infortuné propriétaire du Beasley de Vail, s'était procuré les plans d'architecte du restaurant de Louis. Willeen savait donc avec précision où aller et par où passer le moment venu. La veille au soir, en feignant d'aller aux toilettes, elle avait d'ailleurs pu constater que le tableau des commutateurs électriques se trouvait bien à l'emplacement indiqué sur le plan.

Afin de ne rien laisser au hasard, ils étaient arrivés dès le début du cocktail, à 19 heures 30. Un faux macaron d'invalide sur le pare-brise de la voiture leur avait permis de stationner à l'emplacement convoité. Les nerfs trop tendus pour bavarder, ils avaient ensuite préféré rester en tête à tête dans un coin du bar à siroter des quarts Perrier plutôt que de se mêler aux autres.

Une fois à table, la dame assise à la droite de Judd se révéla une incorrigible bavarde, qui ne se laissait démonter par aucune rebuffade.

— Je viens de Floride, commença-t-elle. Mon mari et moi étions amis d'enfance...

Elle embraya ensuite sur ses talents de maîtresse de maison, la mousse de saumon qu'elle jugeait délicieuse, le peu de goût de son mari pour la soupe qui remplit l'estomac, etc. Judd l'aurait étranglée avec joie.

— J'aaa-dooore danser entre les plats ! On élimine à mesure ce qu'on vient de manger, mais mon mari a horreur de danser. Et vous, cher monsieur, aimez-vous danser ?

— Non, répliqua-t-il sèchement, les yeux fixés sur l'étoffe dissimulant aux regards des profanes le trésor qui serait bientôt le sien.

On servit enfin le filet de bœuf. Judd savait que la présentation officielle et les discours auraient lieu entre ce plat et le dessert. Il balaya la salle du regard et se sentit rassuré. De nombreux convives avaient largement fait honneur aux cocktails et semblaient plongés dans l'euphorie. A la gauche de l'estrade, une silhouette en uniforme se détachait dans la pénombre. Selon ses sources, il s'agissait d'un ancien policier d'Aspen reconverti en gardien de musée. Obèse, incapable de réagir, il était censé veiller sur le tableau, livré peu auparavant en fourgon blindé et qui devait reprendre par le même moyen le chemin du coffre de la banque à la fin de la soirée — en principe, du moins, pensa Judd avec satisfaction. En réalité...

Les serveurs commençaient à débarrasser les assiettes. Judd vit un homme se lever de la table d'honneur au pied de l'estrade et offrir le bras à une vieille femme en robe noire. La cérémonie était donc sur le point de commencer.

Il se tourna vers Willeen, assise à trois places de lui, et lui donna d'un clin d'œil le signal convenu.

Ida prenait très au sérieux son rôle de détective amateur. Regan l'observait aller de table en table entre les services et saluer ici ou là des clients, sans jamais cesser de scruter les danseurs sur la piste. A chacun de ses retours, elle secouait la tête en signe de dénégation et poussait un soupir navré.

— Toujours rien, Regan. Mais il y a tant de monde...

Les tables débarrassées après le plat principal, il y eut une fanfare de trompettes et les projecteurs se braquèrent sur Geraldine Spoonfellow qui se levait de sa place. Le président de l'Association l'escorta cérémonieusement sur l'estrade, s'approcha du micro et entama son speech :

— Mes chers amis, est-il besoin de présenter aux habitants d'Aspen une personnalité aussi unanimement appréciée de ses concitoyens que notre chère Geraldine Spoonfellow...

— La cérémonie commence déjà ? s'étonna Ida. Je croyais qu'on servirait d'abord le dessert. Mais c'est sans doute pour forcer les gens à rester écouter les discours...

Elle s'interrompit soudain, le regard fixe.

— Regan ! Vous voyez la femme, là-bas, qui se dirige vers le couloir des toilettes ? La femme en robe noire avec les bretelles argentées ? C'est la robe que nous cherchons, celle que nous avons nettoyée, j'en suis absolument certaine.

Regan se leva. Louis venait d'approcher une chaise pour s'asseoir à leur table pendant les discours. Elle ignora son regard chargé de reproche et s'éloigna à la hâte.

Le Coyote avait lui aussi assisté au départ de Willeen. Juste avant, il avait même intercepté le signal de Judd et leur échange de regards.

Longeant discrètement les tables à la périphérie, le Coyote gagna le fond de la salle. Le couloir des toilettes ouvrait sur la droite, face à la porte de la sortie de secours. C'était par cette issue qu'il comptait se retirer, après s'être assuré que Judd avait réussi la première partie de son plan et était entré en possession du tableau.

Willeen disparut au fond du couloir. Non pas, il le savait, vers les toilettes pour dames, mais vers l'étroit escalier conduisant au sous-sol et à l'interrupteur général, grâce auquel le bâtiment entier serait plongé dans l'obscurité et le chaos. Du seuil, il observa Judd quitter sa place à la seconde prévue et se diriger d'une allure nonchalante vers l'estrade où le président présentait Geraldine Spoonfellow laquelle, continuait-il d'affirmer, n'avait nul besoin d'être présentée à ses concitoyens qui la connaissaient bien.

Soudain, le Coyote fronça les sourcils : Regan Reilley, cette empoisonneuse, abandonnait elle aussi sa place et louvoyait entre les tables. A l'évidence, elle suivait Willeen. Que soupçonnait-elle, que savait-elle ? Il s'effaça contre le mur lorsqu'elle passa près de lui en courant presque et s'engagea dans le couloir des toilettes où, bien entendu, elle n'aurait aucune chance de retrouver Willeen. Inutile, après tout, d'attacher trop d'importance à ses faits et gestes, pensa-t-il. Quel que soit l'instinct ou le soupçon qui la lançait sur la piste de Willeen, il était trop tard pour qu'elle infléchisse le cours des événements.

Le Coyote tourna de nouveau son regard vers la salle. Judd mettait les deux mains dans ses poches. De l'une, il le savait, Judd sortirait un masque à gaz et des lunettes aux verres spéciaux permettant de voir dans l'obscurité ; de l'autre, un pistolet d'alarme chargé de cartouches de gaz lacrymogène. Cette attaque, couplée avec l'obscurité subite, plongerait le public dans la terreur et retarderait toute possibilité de réaction. Il ne faudrait qu'une minute aux deux malfaiteurs, le Beasley sous le bras, pour battre en retraite, monter dans leur voiture commodément garée et filer jusque chez eux — où une douloureuse surprise les attendrait en la personne d'un visiteur imprévu : lui-même.

Que ce crétin fasse donc le sale boulot ! se dit le Coyote avec un sourire sarcastique. Je n'aurai pas même besoin de me salir les mains.

Plus que quelques secondes avant l'extinction des lumières et la rafale de gaz lacrymogène. Judd était au pied des marches de l'estrade, du côté droit, donc à l'opposé du gardien. Désormais assuré du succès de son complice involontaire, le Coyote poussa la porte de la sortie de secours.

Conduire la nuit sur des routes de montagne et sous une forte chute de neige mettait à rude épreuve les nerfs de Marvin Winkle. Il roulait avec les plus grandes précautions, tant il redoutait de glisser dans un ravin et de disparaître à jamais. L'image du coureur de Marathon, foudroyé par la mort en annonçant la victoire, ne cessait de l'obséder.

Son extrême prudence eut pour effet qu'il n'atteignit l'auberge de La Mine d'Argent qu'à 22 heures 59. Le parking était bondé, mais Geraldine devait prendre la parole à onze heures précises et Marvin tenait à être présent. Faute de trouver un emplacement à proximité de l'entrée, il préféra se garer en double file et bloquer partiellement un vieux break crasseux plutôt que de boucher la section réservée aux handicapés. De toute façon, se dit-il, c'est sans importance. Personne ne partira pendant le speech de Geraldine et je déplacerai ma voiture ensuite s'il le faut.

Il grimpa les marches du perron et atteignit la salle des banquets juste à temps pour apercevoir Geraldine qui prononçait ses premiers mots sur l'estrade. Alors, d'un seul coup, les lumières s'éteignirent et Marvin Winkle fut saisi d'une violente quinte de toux.

Le Coyote émergea de l'ombre moins d'une minute après l'extinction des lumières et la projection de gaz lacrymogène. A quelques pas devant lui, il aperçut Judd qui courait, chargé d'un objet volumineux. Willeen le rattrapa et ils montèrent tous deux dans leur voiture qui démarra aussitôt.

Le Coyote sauta dans son break — et lâcha une bordée de jurons : un imbécile garé en double file lui barrait en partie le passage et le forçait à entreprendre une série de manœuvres. Jurant, pestant, il avança, recula, braqua, contre-braqua. Il n'avait pas fini de se dégager quand la portière avant du côté du passager s'ouvrit, et une femme bondit à l'intérieur.

— Tripp ! lui cria Regan Reilly qui s'essuyait les yeux entre deux quintes de toux. Dieu soit loué, vous les avez vus vous aussi ! Vite, poursuivons-les !

Quelques minutes auparavant, Angus regardait béatement Geraldine gravir les marches de l'estrade. La belle jeune fille était devenue une femme mûre pleine de caractère et de dignité. Après leur danse, elle l'avait invité à s'asseoir près d'elle et le temps s'était écoulé comme un éclair dans l'évocation de leurs lointains souvenirs. Angus avait abordé en plaisantant ses rebuffades lorsqu'il avait demandé à son grand-père la permission de lui faire la cour. Geraldine lui avait gentiment tapoté la main et il aurait juré qu'elle avait les yeux embués de larmes.

— J'avais mes raisons à l'époque, Angus, des raisons que vous ne pouviez pas connaître.

Elle se disait enchantée, en tout cas, qu'il ait décidé de se réinstaller à Aspen.

Le président du comité finissait de rendre à Geraldine un hommage cent fois mérité. Combien de gens, en effet, auraient été capables d'accomplir tout ce qu'elle avait accompli pour cette ville ? Angus se préparait à savourer le discours de

Geraldine quand il fronça les sourcils : le locataire de la vieille ferme qu'il envisageait d'acheter se glissait vers l'estrade. Peu avant le banquet, en passant par le bar, Angus avait reconnu sa femme, celle qui l'avait accueilli aimablement tout en refusant de lui laisser jeter un simple coup d'œil à la maison. Angus était quand même allé la saluer et elle lui avait présenté son mari. Pourvu que ce type ne soit pas un de ces obsédés de la photographie qui lancent des éclairs de flash à tout bout de champ et aveuglent les célébrités sous prétexte d'en garder un souvenir ! S'il faisait mine de s'approcher de Geraldine l'appareil à la main, Angus y mettrait vite bon ordre.

Une salve d'applaudissements polis marqua la fin de l'allocution du président. Geraldine s'approcha du micro et sa voix forte résonna dans les haut-parleurs :

— Mon affectionné grand-père, Burton Spoonfellow....

Angus vit alors l'homme qu'il surveillait plonger les mains dans ses poches. Qu'est-ce que cela signifie ? se demanda-t-il en se redressant sur sa chaise. Et quel est ce gadget bizarre qu'il se met sur la figure ?

Au même moment, la salle fut plongée dans le noir. Des cris de frayeur retentirent, une rafale d'explosions sourdes éclata près de l'endroit où se tenait l'individu. D'instinct, Angus bondit de son siège, sauta sur l'estrade d'une seule détente et tâtonna dans l'obscurité jusqu'à ce que ses bras se referment sur Geraldine, écumante de fureur, qui toussait, suffoquait et jurait comme un charretier.

Lorsque Tripp parvint enfin à s'extirper du parking, des dîneurs congestionnés, asphyxiés et ruisselants de larmes commençaient à émerger de l'auberge. Regan eut des remords à l'idée que ses parents la chercheraient sans doute du côté des toilettes et s'inquiéteraient de ne pas la trouver, mais elle n'y pouvait plus rien.

Quand ils atteignirent la route, la voiture des voleurs avait déjà disparu. Pourtant, Tripp tourna à droite sans hésiter. Regan s'en étonna : il n'avait pas pu voir mieux qu'elle la direction prise par les fuyards.

— Comment savez-vous où aller, Tripp ?

— Je les ai servis au restaurant, hier soir, je sais où ils habitent.

— Ils vous ont donné leur adresse ? demanda-t-elle, incrédule. A leur place, c'est la dernière chose que j'aurais faite. Et puis, ils n'y vont sans doute même pas.

— Vous avez une meilleure idée ? répliqua-t-il, si sèchement que Regan lui lança un coup d'œil stupéfait.

Peut-être était-il choqué lui aussi par ce qui venait de se produire, se dit-elle. A la lueur du tableau de bord, elle constata toutefois que Tripp avait les yeux secs et ne présentait aucun signe d'inconfort alors qu'elle pleurait et toussait encore sous l'effet du gaz lacrymogène. Déconcertée, elle baissa les yeux et remarqua un téléphone portable posé sur la console entre les sièges.

— Je vais appeler la police, dit-elle.

Elle n'avait pas même pressé la première touche que Tripp lui arracha l'appareil des mains et le jeta derrière lui. La banquette arrière devait être rabattue car Regan entendit le téléphone tomber sur une surface dure et glisser jusqu'au hayon.

— Inutile, gronda Tripp. Il est cassé depuis longtemps.

Le doute n'est plus permis, se dit-elle, le comportement de Tripp est louche. Plus que louche.

Désormais consciente d'un danger, Regan se tut et ne bougea plus. Quel malfaiteur sur le point de commettre un vol parlerait devant un simple serveur de restaurant ? se demanda-t-elle. A moins, bien entendu, qu'ils ne soient complices. Ce serait logique. Tripp travaillait à l'auberge ; il connaissait mieux que quiconque la disposition des lieux et l'emplacement du disjoncteur. Il avait quitté la salle avant l'éclatement des cartouches de gaz. Il ne conduisait si vite et avec tant de sûreté que parce qu'il savait d'avance où il allait. Un rapide coup d'œil derrière elle avait révélé à Regan la présence de valises et de paquets. Elle sentit son cœur battre plus vite. Elle ne devait surtout pas se trahir et lui laisser voir qu'elle le soupçonnait.

Il neigeait de plus en plus fort ; la visibilité ne dépassait pas quelques mètres. Tripp lâcha un juron.

— Qu'y a-t-il ? s'enquit-elle avec sollicitude.

— Rien. J'ai dû rater un carrefour quelque part.

Il fit demi-tour sur place, dérapa, amorça un tête-à-queue qu'il rattrapa de justesse. Tout va mal, pensa Tripp avec fureur en redressant la voiture. Cette maudite bagnole qui me bloque et Regan qui monte avec moi ! Tant pis pour elle, elle n'avait qu'à pas se croire la plus maligne...

Tripp avait d'abord eu l'intention de dérober le Beasley dans la voiture de Judd et de Willeen pendant qu'ils seraient dans la maison en train de se changer. S'ils sortaient trop tôt, ils n'auraient pas le temps de le regretter. Maintenant, il ne pouvait plus exécuter son projet. Il avait déjà perdu près de cinq minutes et le risque de les voir filer avec le tableau s'accroissait de seconde en seconde.

Soudain, des phares apparurent sur un chemin à sa droite ; il freina au moment où deux voitures en jaillirent sans ralentir pour s'engager sur la route dans la direction opposée à celle qu'il suivait. Tripp reconnut Judd au volant de la première. Willeen conduisait la seconde.

A cet endroit, la route était trop étroite pour faire demi-tour. Posément, Tripp manœuvra dans le chemin que venaient de quitter les deux autres et les suivit de loin, un sourire satisfait aux lèvres. Ils respectaient leur plan à la lettre et se rendaient au Belvédère. C'était là, sur ce promontoire vertigineux, qu'ils comptaient se défaire de leurs hôtes importuns. Eh bien, il en ferait autant. Une fois de plus, ces imbéciles lui faciliteraient le travail.

Sa main en bâillon sur la bouche et le nez de Geraldine pour la protéger des gaz, Angus l'entraîna vers l'extérieur. Les autres suivaient en tâtonnant et en trébuchant dans l'obscurité. Angus sortit à temps pour voir Regan Reilly sauter dans une voiture qui démarrait. Tandis que grossissait la foule des rescapés, Angus regarda autour de lui. La police ne tarderait sans doute pas à arriver et il était la seule personne présente à connaître le repaire des voleurs.

La tablée de Luke et de Nora se fraya un chemin vers la sortie et arriva bientôt à l'extérieur.

— Luke ! Regan était partie aux toilettes juste avant l'agression ! s'exclama Nora, affolée. Elle doit y être encore !

Luke remontait déjà le flot des fuyards quand Ida le retint par le bras.

— Elle n'est plus à l'intérieur ! Je la suivais, je l'ai vue monter dans une voiture qui était garée là.

Angus l'entendit et se rapprocha sans lâcher Geraldine.

— Regan Reilly est votre fille ? Je l'ai vue monter en voiture, moi aussi. Je crois que le conducteur et elle se sont lancés à la poursuite des voleurs du tableau. Et je sais où ils habitent !

Ces derniers mots eurent sur Geraldine un effet magique.

— Alors, qu'est-ce qu'on attend pour y aller ? clama-t-elle d'une voix soudain dégagée de toute trace d'enrouement. Personne n'a le droit de voler le tableau de mon Pop-Pop !

Marvin Winkle, qui avait enfin réussi à repérer sa cliente dans la foule, la rejoignit à ce moment précis.

— Mademoiselle Spoonfellow !

— Que me veut-il, celui-là ? aboya Geraldine.

— Je suis Marvin Winkle, à votre service, déclara-t-il en montrant sa voiture de louage. Si vous voulez...

Angus lui arracha la clef des mains.

— Je conduirai, dit-il d'un ton sans réplique.

Geraldine monta à côté de lui. Nora ouvrit une portière arrière et appela son mari.

— Viens, Luke !

Winkle se glissa timidement à côté d'eux.

Angus allait démarrer quand Ida ouvrit la portière du passager avant, poussa Geraldine, se glissa sur le siège et claqua la portière.

Eben et Bessie avaient meublé de leur mieux les quatre interminables heures écoulées depuis le départ de Judd et de Willeen pour le gala. Résignés l'un et l'autre au fait qu'ils ne serait vraisemblablement plus de ce monde le lendemain, ils échangeaient des confidences sur leurs vies respectives. Eben avait même réussi à faire rire Bessie en lui décrivant ses coups les plus spectaculaires.

— Comme je n'avais pas de parents, personne ne pouvait me remettre sur le droit chemin, dit-il avec un soupir.

— Vous n'avez jamais tué ni blessé quiconque, au moins ?

— Je n'ai jamais fait de mal à une mouche ! Je ne volais que des bijoux assurés et quand, par hasard, ils ne l'étaient pas, je suis certain que les gens ne se rendaient pas même compte de leur disparition. Je crois, par moments, que je suis devenu voleur par vengeance. Quand j'étais petit, tout le monde me prenait pour un balourd, personne ne me disait que j'étais gentil ou intelligent. Alors, j'ai voulu me venger de tous ces gens qui me méprisaient. Avec vous, Bessie, je me sens bien. Je suis sûr que vous avez grandi dans une famille qui vous aimait et vous respectait.

— C'est vrai. Mes parents étaient merveilleux et, de ce point de vue-là, j'ai eu plus de chance que vous. Mais je n'en parle jamais à personne, voyez-vous, parce que j'aimais autant mes parents que si j'étais vraiment leur fille.

— Que voulez-vous dire ? s'étonna Eben.

— Ils m'avaient adoptée.

— Vous, adoptée ?...

Eben était sur le point de lui demander si elle avait jamais tenté de retrouver ses véritables origines quand le bruit d'une voiture qui s'approchait lui coupa la parole. Le claquement de la porte les fit tous deux sursauter. Judd et Willeen étaient de retour.

Leur dernière heure avait sonné.

— Qu'est-ce qui te prend de t'énerver comme ça ? gronda Willeen. On a le tableau, oui ou non ?

— On l'a, d'accord, mais je te dis que je me fais quand même du mouron. Il faut filer d'ici, et vite !

Willeen se mordit les lèvres : pour une fois, Judd n'avait que trop raison. Juste avant de manœuvrer le disjoncteur général, elle avait entendu la porte des toilettes. Ensuite, malgré le chaos et le vacarme, elle était sûre que quelqu'un l'avait suivie jusqu'à l'extérieur. Ce ne pouvait être que Regan Reilly : quand elle avait lancé un dernier coup d'œil à Judd en arrivant au coin du couloir, elle l'avait vue se lever de table. Pis encore : pendant qu'ils sortaient du parking, elle avait aperçu un break en train de manœuvrer pour se dégager d'une voiture garée en double file. Avec tout ce qui se passait à l'intérieur, qui, à part Judd et elle, aurait quitté les lieux sans porter secours aux autres ? Le Coyote était-il au volant du break ? Cette seule idée lui fit froid dans le dos.

Willeen n'eut donc pas besoin d'encouragements pour arracher sa robe et enfiler le pantalon, le chandail et les bottes préparés dans la cuisine. Judd se changea aussi prestement. En un clin d'œil, ils fourrèrent leurs tenues de soirée dans une valise qu'ils jetèrent aussitôt dans la voiture. Il ne restait sur la table de la cuisine que le flacon de chloroforme et les tampons d'ouate.

— Sortons les deux zèbres, dit Judd.

Willeen glissa le flacon et les tampons dans son sac. Puis, avec l'assurance d'une professionnelle, elle braqua le pistolet sur Eben et Bessie pendant que Judd défaisait leurs liens, les poussait dehors et les faisait monter dans la voiture d'Eben. Les tableaux de Kendra Wood y étaient déjà entassés. Quand on découvrirait l'épave, certains d'entre eux seraient encore assez reconnaissables pour confirmer la culpabilité d'Eben.

Le froid et la neige redoublaient. Un épais plafond de nuages occultait les étoiles.

Une fois Bessie et Eben sur la banquette arrière, les mains toujours menottées derrière le dos, Judd fit signe à Willeen. Agenouillée sur le siège avant, elle déboucha le flacon de chloroforme, en imprégna les tampons et les appliqua en même temps sur leurs visages. Comme ils se débattaient, Judd s'installa sur le siège du conducteur et immobilisa Eben le temps que Willeen maintienne le tampon sous ses narines, après quoi Bessie n'opposa plus de résistance. Un instant plus tard, inconscients, ils s'affaissèrent tous deux sur la banquette et glissèrent sur le plancher.

Satisfait, Judd descendit, ouvrit une portière arrière et délivra leurs poignets des menottes.

— Vas-y, prends notre voiture, ordonna-t-il à Willeen. Suis-moi et ne me perds pas de vue. On se débarrassera des colis au Belvédère.

Eben reprit connaissance sur la route en lacet qui montait au Belvédère. Encore assommé, il essayait de lever la tête quand il sentit la voiture stopper et une bouffée d'air glacial le gifler au visage. Où étaient-ils ? Pourquoi avait-il les mains libres ? Un instant plus tard, il sentit un choc à l'arrière de la voiture qui se remit en mouvement. Que se passait-il, bon sang ?

A la lumière des phares, Regan vit une silhouette sauter de la voiture arrêtée au bord de la plate-forme panoramique, courir vers l'autre voiture immobilisée derrière et monter à la place du conducteur. Une seconde après, celui-ci démarra et poussa d'un coup de pare-chocs la première voiture vers le vide. Horrifiée, Regan vit le capot défoncer le parapet et les roues avant passer par-dessus bord. A côté d'elle, Tripp arborait un large sourire.

Au moment où il sautait de la voiture d'Eben pour courir vers la sienne, Judd vit des phares s'approcher. On les avait suivis ! Fou de rage, il enfonça l'accélérateur puis, voyant la voiture d'Eben commencer à basculer dans le vide, il recula aussitôt pour s'engager dans la descente.

Un break barrait délibérément l'étroite route sinueuse.

— Tu ne peux pas le contourner ! cria Willeen.

— Cramponne-toi, tu vas voir !

Il braqua, mordit sur l'étroit bas-côté pour passer derrière le break mais les roues avant dérapèrent.

— Tu vas nous tuer ! hurla Willeen. Regarde l'à-pic !

Judd passa la marche arrière, braqua le volant, écrasa l'accélérateur. La voiture déséquilibrée amorça un tête-à-queue et, dans une glissade incontrôlable, alla s'écraser contre le flanc de la montagne, les phares braqués vers le haut sur la voiture d'Eben. Le choc assomma Willeen contre le pare-brise, projeta Judd sur le volant. Saignant, à demi inconscient, il entendit s'ouvrir la portière arrière.

— Ne te retourne pas, dit une voix calme. Ne fais pas un geste pour prendre ton arme. Une fois de plus, pauvre minable, je te dois des remerciements.

Pendant que Tripp menaçait d'un pistolet les occupants de la voiture accidentée, Regan se rendit compte qu'il y avait quelqu'un dans celle dont les roues avant dépassaient au-dessus du vide. Sans réfléchir, elle bondit hors du break, remonta en courant jusqu'au véhicule au bord du gouffre, ouvrit la portière arrière... et n'en crut pas ses yeux :

— Eben !

— Bessie est là aussi, lui dit Eben d'une voix pâteuse.

— Sortez vite, je m'occupe d'elle.

Elle lui empoigna une main, tira de toutes ses forces et parvint à le faire tomber à terre. Soudain déséquilibré, l'arrière de la voiture se souleva et l'avant s'inclina dangereusement vers le vide.

— Sortez Bessie, je vous en prie ! gémit Eben qui tentait vainement de se remettre debout.

A demi couchée sur la banquette, Regan essaya de la soulever par les aisselles mais Bessie, inerte, était un poids mort. Regan sentit la voiture commencer à glisser. Avec d'infinies précautions, elle s'agenouilla, saisit Bessie à bras-le-corps et parvint à la déplacer un peu. Au bout de plusieurs tentatives, elle lui sortit enfin la tête et les épaules à l'extérieur. Eben s'approcha en titubant et joignit ses efforts à ceux de Regan. A eux deux, ils réussirent à tirer Bessie à l'extérieur et Eben s'affala à côté d'elle sur le sol gelé.

Ainsi délestée, la voiture s'inclina, reprit sa glissade en avant et finit de défoncer le parapet. Alors même qu'elle amorçait son plongeon vertigineux, Regan eut le temps de sauter, mais elle retomba à l'extrême bord de la plate-forme, le bras et la jambe droits au-dessus du vide.

Elle se sentait glisser et cherchait désespérément un point fixe auquel se retenir quand une main lui agrippa le poignet et la hissa vers le haut.

— Ce n'est pas l'heure de faire du ski, Regan, lui dit Eben, à qui le froid et le grand air redonnaient ses forces et sa lucidité.

L'un et l'autre épuisés par l'effort, ils restèrent étendus par terre à côté de Bessie, toujours inconsciente. Comme dans un rêve, Regan entendit le ululement des sirènes de police. Aussitôt après, des appels de voix familières retentirent à ses oreilles.

Les événements n'avaient pas du tout pris la tournure prévue par Tripp. Il lui importait peu que sa couverture soit désormais grillée : le Beasley était en sécurité dans sa voiture. Il avait pris par précaution les clefs de celle de Judd ; quant à Regan Reilly, elle s'évertuait encore à sortir la femme de l'autre voiture au moment où il démarrait. Lorsqu'on retrouverait tous ces gens, son plan d'urgence serait déjà enclenché. Son autre automobile, avec ses vêtements de rechange et ses papiers d'identité, était bien à l'abri à un quart d'heure de là, dans une grange isolée dont lui seul possédait la clef.

Il négociait un virage en épingle à cheveux quand il croisa une file de voitures, dont quatre pourvues de gyrophares. A peine les avait-il dépassées qu'il vit dans son rétroviseur deux d'entre elles faire demi-tour sur place.

Tripp regretta amèrement d'avoir trop bien soigné son déguisement en choisissant ce vieux break poussif, incapable de distancer ses poursuivants. La chance insolente qui lui souriait jusqu'alors l'avait bel et bien abandonné.

— Regan ! Regan ! hurla Nora. Où es-tu ?

Regan leva la tête. Un groupe accourait vers eux.

— Je suis là ! cria-t-elle. Tout va bien !

Marvin Winkle n'en revenait pas. C'était *sa* voiture qui avait mené la poursuite ! Et c'était avec *son* téléphone portable qu'on avait appelé la police ! Incroyable ! Sans lui, ils n'auraient rien pu faire.

Ils avaient tous vu le véhicule basculer dans le vide. A peine Angus avait-il stoppé qu'ils avaient sauté à terre et gravi les derniers mètres en courant. La fille des Reilly, Regan, était couchée par terre avec deux autres personnes : un homme à la courte barbe blanche qui se redressait péniblement et une femme qui commençait à remuer.

Le groupe les entoura. Regan se remit debout avec un sourire triomphant.

— Regardez qui j'ai retrouvé ! Nos deux disparus : Eben Bean et Bessie Armbuckle.

A ces mots, Marvin Winkle sursauta, comme frappé par la foudre.

— Eben Bean et Bessie Armbuckle ? s'écria-t-il. Mais c'est à cause de vous deux que je suis ici ce soir !

Se tournant vers Geraldine qu'Angus serrait contre lui pour la protéger du froid, il annonça d'un ton solennel :

— Madame Spoonfellow, permettez-moi de vous

présenter les jumeaux que vous recherchiez. Voici vos enfants.

Ahurie, incrédule, Geraldine le regarda d'abord sans comprendre. Elle dévisagea Eben, qui ressemblait vraiment à Pop-Pop avec sa barbe blanche, puis elle baissa les yeux vers Bessie, dont les cheveux défaits retombaient de chaque côté de son visage, exactement comme les siens quand elle ne faisait pas son chignon.

Alors, les larmes aux yeux, Geraldine s'agenouilla près d'eux. Pour la première fois de sa vie, elle avait le droit de prendre dans ses bras ses bébés perdus et de les serrer sur sa poitrine.

Au sommet d'une montagne assaillie par des tourbillons de neige et des rafales de vent, Geraldine ne sentait que la chaleur de ces corps serrés contre son cœur, cinquante-six ans après leur naissance clandestine. Jamais plus elle ne consentirait à les lâcher. Jamais plus.

62

Après le choc de l'attaque au gaz et du vol du tableau, La Mine d'Argent retrouvait déjà son atmosphère de fête. Dans sa salle des banquets dévastée, Louis se rétablissait de la crise de nerfs qui l'avait mis à deux doigts de la mort ; et lorsque Geraldine était reparue, radieuse, entre Eben et Bessie, avec Angus sur ses talons, il avait pleuré de joie et d'émotion. Dire qu'Eben était le fils de Geraldine !

Le gros des invités avaient pris la fuite. Mais pas les médias : l'auberge grouillait d'équipes de télévision, de photographes, de journalistes. Au retour de la caravane de voitures, Louis avait mobilisé son personnel au complet, à la notable exception de Tripp, pour préparer du café, des en-cas et, bien entendu, déboucher le champagne. Dieu merci, pensait-il, j'échappe à la ruine. Je devrai remplacer ma vaisselle cassée mais je ne serai pas forcé de fermer boutique et d'aller cacher ma honte à l'autre bout du monde.

Assise à une longue table dressée en toute hâte dans la salle de restaurant, Geraldine tenait ses jumeaux par la main. Les larmes lui brouillaient la vue, elle devait de temps à autre les lâcher pour se tamponner les yeux à l'aide de son mouchoir trempé. Puis elle les reprenait aussitôt, en serrant un peu plus fort à chaque fois.

— Ne pleurez pas, Maman, lui dit Eben à un moment.

— Je n'y peux rien, mon petit, répondit Geraldine en reniflant. Je n'aurais jamais osé rêver, vois-tu, que ce bonheur m'arriverait un jour. Penser que je n'en savais rien jusqu'à ce que je lise dans les mémoires de Pop-Pop que vous étiez deux ! En ce temps-là, on endormait les accouchées et Pop-Pop n'a jamais voulu me dire que j'avais eu des jumeaux. Il croyait que j'aurais été deux fois plus malheureuse de les perdre. Il avait si bon cœur ! C'est lui que j'avais appelé à l'aide en apprenant que j'étais enceinte. Mes parents ont accepté qu'il m'emmène loin d'ici pour avoir mon... mes bébés sans être déshonorée.

— Qui était notre père ? demanda Eben.

Geraldine se redressa, le regard étincelant de colère.

— La pire des vermines, le plus répugnant serpent qu'on ait jamais vu dans les parages, voilà qui était votre père ! L'individu à côté de Pop-Pop dans le tableau était son grand-père, l'associé de Pop-Pop. Ils se sont séparés, Pop-Pop a réussi, lui pas, et il a décampé avec sa famille. Des années plus tard, le petit-fils est revenu me faire la cour. Il faut croire que je n'avais pas beaucoup de jugeote, car je me suis retrouvée enceinte de lui après un grand bal où il m'avait emmenée. Le misérable n'avait pas plus tôt appris la nouvelle qu'il s'est envolé ! Pop-Pop était sûr qu'il m'avait fait cela par vengeance. Au moins, il me reste vous deux... Je suis si heureuse que tu aies été adoptée par des braves gens qui t'aimaient, ajouta-t-elle à l'adresse de Bessie.

— C'est vrai, répondit Bessie, mais ce n'est pas pareil. Je considérerai toujours comme ma mère celle qui m'a élevée avec tant de bonté — qu'elle repose en paix ! — mais c'est vous que je veux désormais appeler Maman.

Geraldine dut s'y reprendre à plusieurs fois pour éponger un nouveau flot de larmes.

— Louis ! cria-t-elle. Apportez-moi donc une tasse de votre fameuse tisane, je crois que j'en ai grand besoin.

— Tout de suite, répondit Louis avec un sourire épanoui.

Kendra et Sam arrivèrent en courant :

— Nora ! Luke ! Nous ne savions pas ce qui se passait, nous vous cherchions partout ! Où étiez-vous ?

— Nous courions dans la montagne, répondit Luke.

— Que voulez-vous, Kendra, il se passe toujours des choses bizarres partout où nous allons, dit Nora en souriant.

— Nous savions que vous vouliez récupérer votre fidèle gardien, ajouta Luke, alors nous ne pouvions pas faire moins que de participer aux recherches.

D'un signe de tête, Sam montra Geraldine, Eben, Bessie et Angus absorbés dans leur conversation :

— J'ai l'impression qu'Eben aura mieux à faire.

— Pourrions-nous installer un jacuzzi à la maison, Maman ? demanda timidement Eben.

— Tout ce que tu voudras, affirma Geraldine.

— Je m'en charge ! déclara Angus. Pour le bricolage, je ne crains personne.

Bessie lui assena une bourrade sur l'épaule :

— Au fait, vous pourriez être notre nouveau papa.

— Il ne faut jurer de rien, dit Angus en lançant à Geraldine un coup d'œil amusé.

Lorsque Regan franchit le seuil de l'auberge, Stewart se précipita au-devant d'elle.

— Tout va bien ? Vous n'êtes pas blessée ?

— Mais non...

Le nœud de cravate dénoué, les cheveux en désordre, Regan lui trouva, pour la première fois depuis qu'elle le connaissait, l'allure négligée — et la mine soucieuse.

— Votre robe est trempée de neige fondue ! Couvrez-vous vite, vous allez attraper la mort, dit-il avec sollicitude en l'enveloppant dans sa veste de smoking.

— Merci, Stewart. Que sont devenus Kit et Derwood ?

— Ils sont par là, quelque part.

— Rentrons, je voudrais voir dans quel état se trouve la salle des banquets.

Ils traversèrent le restaurant et marquèrent une pause à l'entrée de la vaste salle, qui offrait un spectacle de désolation : les tables renversées, le sol jonché de vaisselle brisée, le pupitre gisant sur l'estrade. Seul intact sur son chevalet, le portrait de Pop-Pop contemplait les ruines avec sérénité. Les cadreurs de la télévision avaient demandé à Louis de tout laisser en l'état jusqu'à ce qu'ils aient fini de filmer et Louis n'avait été que trop heureux de les satisfaire. Quelle publicité gratuite pour son établissement !

— A voir un tel désastre, on ne se douterait pas que tout a bien fini, dit Regan en serrant autour d'elle la veste de Stewart. A l'heure qu'il est, Judd, Willeen et Tripp sont sous les verrous. Je m'en veux de ne m'être doutée de rien au sujet de ce garçon. Il avait l'air si franc, si sympathique. Moi qui me croyais douée d'un instinct infaillible !

Stewart lui posa timidement la main sur le bras.

— Et que dit votre instinct à mon sujet ?

Regan hésita, baissa les yeux.

— Eh bien... Euh... C'est-à-dire...

— Oui, je sais, vous vous méfiez de moi depuis le début, dit Stewart avec un soupir à fendre l'âme. C'est pourquoi je tiens à mettre les choses au point.

— Mettre quelles choses au point ? s'étonna Regan.

— Je ne suis pas le patron d'une fabrique de vêtements pour enfants.

Quand ma mère saura ça, pensa Regan, amusée, c'est la dépression à coup sûr.

— Vraiment ?

— Oui. Elle appartient à mon oncle. J'y ai seulement travaillé deux ou trois étés pendant les vacances, quand j'étais à l'université.

Regan garda le silence quelques instants.

— Pourquoi m'avez-vous menti ? demanda-t-elle enfin.

— Je n'en avais pas l'intention, mais je ne pouvais pas faire autrement, répondit-il en la regardant dans les yeux. Voyez-vous, Regan, je suis le garde du corps de Derwood et il ne veut pas que cela se sache.

— Son garde du corps ? s'écria Regan, stupéfaite. Pourquoi Derwood a-t-il besoin d'un garde du corps ?

— Il vient de vendre son affaire d'informatique pour deux cents millions de dollars. La transaction a été entourée d'une publicité considérable et il a peur d'être kidnappé.

Regan déglutit avec peine. Quand Kit saura ça, elle sera bonne pour la cellule capitonnée...

— Merci, Stewart, je suis contente que vous m'ayez parlé, parvint-elle à articuler.

Du coin de l'œil, elle vit Kit et Derwood s'approcher.

— Regan ! Dieu merci, tu es saine et sauve ! s'écria Kit.

— Nous étions vraiment inquiets à votre sujet, renchérit Derwood.

— Merci, Derwood. Allons rejoindre les autres, suggéra Regan. Mais auparavant, j'aimerais passer par les toilettes. Veux-tu venir avec moi, Kit ?

— Bien sûr. Tu as grand besoin d'un coup de

main pour te rendre présentable, ta robe est dans un état !

La porte à peine refermée derrière elles, Kit se posta devant le miroir et rajusta des mèches folles en souriant à son reflet.

— Ce qui m'arrive ce soir est invraisemblable, Regan ! commença-t-elle. Quand la lumière s'est éteinte et que les cartouches de gaz ont éclaté, Kendra, Sam, Derwood, Stewart et moi étions du mauvais côté de la table pour nous échapper. Tout le monde paniquait, se bousculait. Je suis tombée et j'aurais été piétinée si Derwood ne m'avait pas immédiatement relevée. Il a été si gentil ! Vois-tu, il a plus de qualités que je ne croyais. Il m'a porté secours quand j'en avais besoin et pour moi, cela compte beaucoup. Et puis, ses bras étaient si forts, si fermes quand il me soutenait jusqu'à l'extérieur... Alors, ajouta-t-elle, Stewart t'a donné sa veste ? C'est d'un romantique !

Regan n'avait pas encore pu placer un mot. Elle se hâta d'interrompre ce flot de confidences :

— Ecoute, Kit, il faut que je te parle. Mais tu ferais mieux de t'asseoir d'abord.

— Pourquoi ?

— Parce que la nouvelle risque de te faire tomber par terre.

— M'asseoir ? Où cela ?

— Je ne sais pas... Rabats un siège.

Inquiète, Kit ouvrit une stalle, referma l'abattant, s'assit et se croisa les jambes.

— Je t'écoute. Qu'est-ce qui ne va pas ?

— Stewart est le garde du corps de Derwood.

— Lui, garde du corps ? L'affreux menteur ! Pourquoi ne l'a-t-il pas avoué tout de suite ?...

Kit s'interrompit, les sourcils froncés. Son expression étonnée fit bientôt place à une sorte de crainte.

— Pourquoi Derwood a-t-il besoin d'un garde du corps ? reprit-elle.

Regan déglutit, chercha ses mots.

— Eh bien... Derwood ne veut pas qu'on le traite comme une bête curieuse parce que...

— Parce que quoi ?

— Parce qu'il vient de vendre son affaire d'informatique pour... pour...

— *Pour combien ?* s'écria Kit, hors d'elle. Parle ! Regan avait de plus en plus de mal à articuler.

— Deux... deux...

— Deux millions de dollars ? demanda Kit, déçue.

— Non, non... Deux *cents* millions de dollars.

Comme sous l'effet d'une décharge électrique, Kit se leva d'un bond, bouscula Regan sans ménagement et fit un démarrage de sprint si brutal qu'on aurait juré voir des étincelles jaillir de ses talons. La porte à peine franchie, Regan l'entendit crier dans le couloir désert :

— Derwood ! Derwood chéri ! Où êtes-vous ?

Louis était aux petits soins pour les représentants des médias. Il voulait rassembler tout le monde pour un toast au champagne, les magazines désiraient prendre des photos de groupe des acteurs du drame au complet. Mais il fallait auparavant attendre la fin des interviews en cours.

Ida répondait avec un sourire radieux aux questions de la correspondante de CNN, Jill Brooke.

— Vous ne le croiriez pas si je vous disais... Faut-il que je me tourne vers la caméra ?

— Non, faites comme si vous me parliez. Soyez naturelle.

— Bon. Comme je vous le disais, Jill, j'avais remarqué des peluches vertes sur le pantalon apporté par ce malfaiteur à la teinturerie et j'en ai parlé par hasard un jour où je me trouvais chez Kendra Wood, la célèbre actrice pour qui j'ai toujours éprouvé une grande admiration. Penser que si je n'avais rien dit, Regan Reilly n'aurait pas retrouvé ces misérables et que leur forfait serait resté impuni...

Assis en face de Cindy Adams, envoyée spéciale du *New York Post,* Marvin Winkle rajusta son nœud de cravate.

— Cette affaire, monsieur Winkle, comporte des angles personnels susceptibles de donner lieu à des développements exclusifs. Exposez-moi donc le rôle que vous y avez joué.

Marvin se rengorgea.

— Voyez-vous, ma chère Cindy, ma profession me réserve de grandes satisfactions. J'étais chargé depuis peu par Geraldine Spoonfellow de retrouver l'enfant qu'elle avait dû abandonner cinquante-six ans auparavant. L'accouchement avait eu lieu dans une clinique privée près de Pittsburgh. Une agence spécialisée s'était occupée de l'adoption, mais Geraldine ignorait laquelle et certaines de ces officines n'existent même plus. Je m'évertuais à découvrir un fil d'Ariane dans ce labyrinthe quand, pas plus tard que l'autre jour, ma cliente m'a informé qu'elle avait donné le jour non pas à *un* enfant mais à des *jumeaux.* Nanti de cet élément capital, j'ai pu faire progresser mon enquête à pas de géant et, grâce à mon flair, je le dis sans fausse modestie, j'ai retrouvé la trace des deux ! Laissez-moi vous dire qu'en apprenant que les jumeaux avaient eux aussi tenté, chacun de son côté, de retrouver leur mère et que, par un hasard où il faut voir l'intervention de la Destinée, ils avaient tous deux séjourné à Aspen, j'ai bondi dans le premier avion afin d'apprendre de vive voix la nouvelle à leur mère. J'avais par ailleurs la certitude viscérale de pouvoir les identifier ici même. Eh bien, conclut-il avec un rire satisfait, non seulement mon pressentiment ne m'avait pas trompé mais c'est dans *ma* voiture que Geraldine s'est rendue à ces retrouvailles historiques avec ses enfants perdus ! N'est-ce pas incroyable ?

Eben se pencha affectueusement vers Bessie.

— Tu sais quoi, frangine ? Quand nous étions ficelés sur ce lit, j'avais l'étrange impression d'avoir déjà vécu ces moments-là. J'étais sûr qu'à un stade de notre vie, nous avions été couchés tout nus l'un à côté de l'autre.

Les yeux pétillant de gaieté, Geraldine lui lança une petite gifle.

— Pas d'impertinences, mon garçon !

Bessie éclata de rire.

— Il faut que j'appelle ma cousine et que je lui dise de venir. Elle doit se faire du mauvais sang en se demandant ce que je suis devenue, la pauvre !

— Bonne idée, approuva Geraldine. Plus on est de fous, plus on rit.

Au même moment, Ted Weems fit irruption dans l'auberge en marmonnant des paroles incompréhensibles. Inquiet, Louis courut à sa rencontre.

— Que se passe-t-il ?

Ted tendit un doigt tremblant vers le portrait du roi Louis accroché au-dessus de la cheminée du hall.

— Le... le portrait...

— Quoi ? Il ne vous plaît pas ?

Surexcité, Ted dut reprendre haleine.

— J'étais venu pour le gala, expliqua-t-il, et j'avais remarqué ce tableau au moment où l'on passait à table dans la grande salle. Quelqu'un m'a dit que vous l'aviez depuis ce matin seulement et qu'il provenait de la grange de Geraldine Spoonfellow. J'ai aussitôt couru chez moi consulter mes ouvrages d'histoire de l'art et téléphoner à mes correspondants en France. Si vous saviez la nouvelle que j'ai à vous apprendre ! Vous n'en croirez pas vos oreilles !

Sur quoi, il entraîna Louis devant le portrait et continua à parler, avec un débit de plus en plus précipité.

Quelques instants plus tard, Louis rassembla l'assistance dans la salle de restaurant et demanda le silence.

— Je sais que les interviews ne sont pas terminées, mais j'aimerais dès à présent porter un toast...

Le bruit de la porte l'interrompit et Larry fit une entrée remarquée.

— Ah ! le voilà enfin, dit Regan. Ne vous inquiétez pas, Larry, tout le monde est sain et sauf.

— Pas du tout ! protesta-t-il. J'arrive de l'hôpital où j'ai soigné un malheureux qui s'est cassé toutes les dents de devant en voulant fuir le champ de bataille !

— Tant mieux, dit Regan en lui tendant un verre de champagne, cela vous paiera votre voyage.

— C'est sans doute celui qui m'a marché dessus, marmonna Kit, drapée à présent dans la veste de Derwood.

Louis tapa sur la table pour ramener le silence.

— Mes amis, mes amis ! Je désire porter un toast à toutes les personnes ici présentes et vous annoncer une grande nouvelle !

— Commençons par le toast, suggéra Luke, pragmatique.

— Soit. Buvons à l'inauguration la plus extraordinaire dans l'histoire de la restauration...

Chacun approuva avec conviction et but une gorgée de champagne.

— ... ainsi qu'au fait, poursuivit Louis, que le chef-d'œuvre de Beasley était en excellente compagnie dans la grange de Geraldine. Au début de la soirée, le regard d'aigle de notre brillant historien d'art et estimable journaliste, j'ai nommé Ted Weems...

Ted leva son verre en s'inclinant avec modestie.

— ... son regard, disais-je, est tombé sur le portrait du roi Louis. Il a aussitôt appelé Paris au téléphone et, grâce à la description précise qu'il en a donnée, il a pu déterminer qu'il s'agit d'une œuvre d'Antoine François Callet, portraitiste officiel à la cour du roi Louis XVI. Le portrait de Louis XVI par Callet fait d'ailleurs partie des collections du château de Versailles.

Un murmure s'éleva, où l'étonnement se mêlait au respect. D'un geste plein de majesté, Louis désigna le portrait, vers lequel tous les regards se tournèrent.

— Nous avons ici l'une des dernières œuvres de Callet, exécutée en 1816, peu après le retour de Louis XVIII sur le trône. Cette toile avait quitté le pays à la fin du siècle dernier dans des circonstances obscures, sa trace était perdue depuis et la France souhaiterait vivement récupérer cette partie de son patrimoine historique. Geraldine, poursuivit-elle en se tournant vers elle, vous êtes la légitime propriétaire de ce tableau. Quand vous l'avez donné à Regan, nous n'avions aucune idée de sa valeur réelle.

Je savais que ce tableau me plaisait, pensa Regan.

— Pas question ! protesta Geraldine. Les Spoonfellow ne reviennent jamais sur leur parole. Il est à vous, Louis. Vous avez donné sa chance à Eben, mon fils, en le recommandant à Kendra et à Sam, reprit Geraldine. Eben était un bon gardien, n'est-ce pas, Kendra ?

Oui, quand il ne s'installait pas chez moi comme chez lui, s'abstint de dire Kendra, qui se contenta de hocher la tête.

— Et vous, Louis, vous n'avez pas eu la vie facile quand des gens comme moi vous jetaient des sottises à la tête pour avoir aidé Eben, n'est-ce pas ?

poursuivit Geraldine. Par conséquent, quelle que soit sa valeur, ce tableau vous appartient. Faites-en ce que vous voudrez.

Les caméras de télévision ronronnaient frénétiquement, les flashes des photographes crépitaient, les journalistes griffonnaient furieusement des notes. L'espace d'un instant, instant terrible, inhumain, Louis hésita — mais le sens du devoir finit par l'emporter.

— Cette œuvre historique reprendra sa place en France annonça-t-il avec grandeur. Mieux encore : nous l'accompagnerons tous ensemble à Paris au printemps prochain. Vos livres se vendent très bien en France, n'est-ce pas, Nora ? Vous êtes célèbre là-bas. Il faut donc que vous soyez avec moi quand nous livrerons le tableau au ministre de la Culture.

Nora consulta Luke du regard.

— Qu'en dis-tu, mon chéri ?

— Ma foi, l'idée me semble excellente.

— Je pourrai venir moi aussi ? s'enquit Ida, surexcitée.

— Tout le monde est invité ! déclara Louis dans un grand élan de générosité.

— Deux inestimables trésors perdus et retrouvés ! s'exclama Ted Weems. Qui aurait pu croire qu'un tel miracle se produirait ?

D'un geste large, Geraldine attira ses jumeaux par les épaules et les serra contre sa poitrine.

— Sûrement pas moi, déclara-t-elle.

Epilogue

Mardi 14 février

Le bureau de Regan se trouvait dans un de ces vieux immeubles de Hollywood Boulevard où l'on sent rôder, le long des couloirs poussiéreux au carrelage noir et blanc, la présence entêtante des fantômes du temps passé. Regan l'avait choisi parce que ses murs étaient imprégnés d'histoire et, surtout, à cause de son absence d'éclairage fluorescent.

Par ce bel après-midi ensoleillé, Regan pénétra dans le hall et prit l'ascenseur qui la hissa en grinçant jusqu'au quatrième étage d'où elle jouissait, malgré l'exiguïté de sa fenêtre, d'une vue imprenable sur les collines de Hollywood.

De l'angle du palier, elle entendit son téléphone sonner. Elle pressa l'allure, sortit ses clefs de son sac, ouvrit la porte, fit les deux pas qui la séparaient de son bureau et décrocha.

— Regan Reilly, annonça-t-elle dans l'appareil.

— Bonne Saint-Valentin !

— Ah ! C'est toi, Kit, dit-elle en se laissant tomber dans son fauteuil. Comment va ?

— Quelle question ! Toujours rien. Pas une fleur, pas un bonbon, pas une carte de vœux.

— De qui donc en espérais-tu ?

— Personne en particulier. Je me disais simplement qu'un pauvre diable victime d'un coup de cafard pourrait se souvenir de mon existence... Je n'arrive pas à croire que Derwood ne m'ait plus jamais donné signe de vie !

— Tu le détestais.

— Au début... pas après.

— Si cela peut te consoler, je ne vois rien venir moi non plus.

— Los Angeles a trois heures de retard sur Hartford. Tu as encore du temps devant toi.

— Ecoute, Kit, je rentre de déjeuner et il est deux heures de l'après-midi. Si quelqu'un m'avait envoyé quelque chose, je l'aurais déjà reçu.

Tout en parlant, Regan ramassait par terre le courrier que le portier avait jeté dans la fente *ad hoc* en son absence.

— Ma seule consolation, dit Kit, c'est que le triangle des Bermudes se termine à la Saint-Valentin. Nous voilà tranquilles pour une dizaine de mois... Regan, tu m'écoutes ?

Après avoir feuilleté la pile d'enveloppes, Regan était en train d'en décacheter une.

— Dis donc, Regan, reprit Kit, furieuse, si ma conversation te rase à ce point, dis-moi tout de suite de me tuer ! Ce serait plus charitable.

— Mais non, Kit ! Tu ne devineras jamais ce que j'ai sous les yeux en ce moment.

— Une carte de Stewart ?

— Un faire-part de mariage d'Angus et de Geraldine !

— Geraldine se marie ? Voilà qui ne me remonte pas le moral...

— Attends. Il y a aussi une lettre. Je vais te la lire.

Chère Regan,
La vie me réserve de bien bons moments ! Angus et moi sommes si heureux de nous retrouver que nous avons décidé de nous marier le mois prochain. Vous conviendrez

que de longues fiançailles ne sont guère de mise à nos âges. Nous comptons donc sur votre présence ainsi que sur celle de vos parents, de Kit, de Sam et de Kendra. Mais comme la pièce de Kendra marche très fort à New York, m'a-t-on dit, elle ne pourra sans doute pas venir. Nous lui enverrons des photos.

La réception aura lieu chez Louis ! Le croiriez-vous en pensant à notre première rencontre ? Louis est devenu une vraie star à Aspen. Angus et moi y emmenons dîner les jumeaux plusieurs fois par semaine. Louis nous garde une table en permanence parce qu'il est maintenant impossible d'aller chez lui sans avoir réservé des semaines à l'avance.

Eben va très bien. Son emploi chez Kendra lui plaisait tant qu'il est enchanté de l'avoir repris. Kendra l'a même autorisé à occuper la chambre d'amis en leur absence ! Il a pourtant fait installer une de ces baignoires spéciales à la maison pour s'en servir quand il y vient. J'avoue qu'Angus et moi aimons bien tremper nos vieilles carcasses dans cette bonne eau chaude pleine de bulles...

Bessie est très heureuse dans son nouvel appartement. Je ne pouvais pas me résoudre à la laisser repartir à New York avec les Grant. Après avoir été si longtemps séparés, je voulais que nous restions tous ensemble pour profiter du peu qui nous reste à vivre. Nous lui avons donc procuré un logement en ville et un bon job à l'Association, qui lui a confié la responsabilité de la salle du musée réservée à Pop-Pop, son arrière-grand-père. Elle les mène tous un peu à la baguette, mais c'est dans sa nature et elle ne vole pas son salaire. Ils l'ont chargée de préparer les vieilleries que j'ai sorties de ma grange pour les donner au musée. Si vous pouviez voir les crachoirs de cuivre ! Ils brillent comme de l'or.

Vous voyez, Regan, me voilà avec une famille après être restée si longtemps seule au monde ! Je ne pourrais jamais assez vous remercier de ce que vous avez fait pour sauver mes enfants. Et puis, Angus et moi sommes si heureux ensemble ! Qui aurait pu prévoir que j'épouserais, à mon âge, un homme aussi plein de qualités ? Eh bien, tout finit par arriver ! Nous espérons sincèrement que vous pourrez venir partager avec nous le bonheur de cette journée. Et n'oubliez pas que les pistes de ski seront encore ouvertes.

A bientôt de vos nouvelles.

Votre affectionnée,

Geraldine.

Quand Regan s'arrêta de lire, elle n'entendit que le silence à l'autre bout du fil.

— Kit ! Tu es toujours là ?

— Oui.

— Que fais-tu ?

— Un peu de calcul mental. Geraldine se marie pour la première fois à soixante-quinze ans. Si nous marchons sur ses traces, nous avons encore quarante-cinq ans à attendre.

— Ils passeront très vite, tu verras.

— Non ! Je ne me crois pas capable de subir encore quarante-cinq triangles des Bermudes !

— Mais si ! Je t'organiserai une fête somptueuse quand Derwood et toi serez enfin réunis en l'an 2040.

— J'ai hâte d'y être.

Un bip-bip résonna dans l'écouteur.

— Ne quitte pas, Kit, je reçois un autre appel. Allô ?

313

— Regan ? Ici Larry.

— Bonjour, Larry. Je suis avec Kit sur l'autre ligne. Puis-je vous rappeler dans deux minutes ?

— Bien sûr. Mais puisque vous avez Kit, dites-lui qu'il faut absolument qu'elle vienne à Aspen le premier week-end de mars pour la Coupe du monde. Il y aura plein de types sensationnels, je les lui présenterai.

— Ce sera justement le week-end du mariage de Geraldine et d'Angus.

— Pas possible ! Ils se marient, à leur âge ? Pourquoi tant de précipitation ?

— On appelle cela l'amour... A tout de suite.

Regan revint en ligne avec Kit.

— C'était Larry. Il sera à Aspen au moment du mariage et de la Coupe du monde. Tu viendras, n'est-ce pas ?

— Bien sûr. Autant profiter à fond de chaque minute des quarante-cinq prochaines années, n'est-ce pas ? répondit-elle en riant. Au fait, Regan, crois-tu que Geraldine jettera son bouquet de mariée dans l'assistance ?

— Le jeter ? Dis plutôt qu'elle le catapultera ! A ta place, je me tiendrais à l'écart de Bessie à ce moment-là. Je la soupçonne d'avoir un crochet du droit redoutable !

Je tiens à remercier le Dr Larry Ashkinazy, aussi fidèle ami que brillant dentiste, qui m'a incitée à me rendre à Aspen et m'a permis de m'amuser dans ce livre aux dépens de son personnage.

Composition réalisée par JOUVE

IMPRIMÉ EN FRANCE PAR BRODARD ET TAUPIN
Usine de La Flèche (Sarthe)
LIBRAIRIE GÉNÉRALE FRANÇAISE - 43, quai de Grenelle - 75015 Paris.
ISBN : 2 - 253 - 17026 - 7